阳光正好

YangGuang ZhengHao

西西小说集

西西 著

文匯出版社

图书在版编目(CIP)数据

阳光正好 / 西西著. —上海:文汇出版社,2019.4
ISBN 978-7-5496-2845-2

Ⅰ.①阳… Ⅱ.①西… Ⅲ.①故事–作品集–中国–当代 Ⅳ.①I247.81

中国版本图书馆 CIP 数据核字(2019)第 067600 号

阳光正好

著　　者 / 西　西
责任编辑 / 吴　华
出版策划 / 力扬文化

出版发行 / 文匯出版社
　　　　　上海市威海路 755 号
　　　　　(邮政编码 200041)
印刷装订 / 成都兴怡包装装潢有限公司
版　　次 / 2019 年 4 月第 1 版
印　　次 / 2019 年 4 月第 1 次印刷
开　　本 / 880×1230　1/32
字　　数 / 260 千
印　　张 / 10

ISBN 978-7-5496-2845-2
定　　价 / 35.00 元

总　序

吴亚丁

20世纪下半叶以来，在中国辽阔大地所发生的重大历史性事件之一，是深圳的崛起。迄今为止，四十年过去，深圳作为中国改革开放的先行地区，作为改革开放的重大成果，它以充满活力的形象，耸立在中国的南方。

濒临香港的罗湖区，是深圳的中心城区之一。20世纪70年代末期以来，改革开放成为中国社会经济政治文化生活的主流，香港因素则成为深圳特区发展的重要因素。深圳文学秉承改革开放的深刻影响，在粤港澳文化氛围中发展成为具有鲜明深圳地域特色的新南方文学。作为深圳文学的参与者，同时，也作为《罗湖文艺》的主编，时至今日，我仍然记得2014年那个秋天，我们首次在《罗湖文艺》提出"南方叙事"或"南方写作"的概念。不，岂止是概念呢？事实上，那一年，我们正急切地期待一种全新的命名，来概括和诠释当代深圳文学的写作。

那是一次偶然的机缘。那年的某一天，我与文学评论家、深圳大学教授汤奇云博士曾就深圳文学的现状与未来展开讨论。深圳地处南海之滨，接续港台之风熏陶，在经济与贸易层面与国际诸多接轨，这些都对人们的生活和观念产生了莫大影响。在这座城市里，热爱写作的人日益增多，遍布在社会的各个阶层，每年都有新人新作问世。在这里，青春的面孔织就了写作的版图，新人辈出，佳作不断。在这里，年轻的活力正在引领写作的潮流，且日益成为引人注目的文学创作优势和标识。在这里，文学创作已经成为蔚为壮观、活力四射的不可阻挡之势。是的，深圳当代文学，经过数十年来的创新与发展，正在步入一个更具宽度与深度的活跃期。作为受惠于改革开放、日益繁荣发展的深圳文学，理应得到世人更多的关注与重视。在这充满希望之地，在这最具活力的南方经济之城，深圳的文学，更加迫切地需要寻找到自己的发展坐标与路径，需要认清楚自己的未来与使命。我们共同认为，深圳文学应该赓续和弘扬自屈原以来的浪漫主义传统，融合和发展源远流长的南方文化基因，在理想的旗帜下，承继古老而新锐的文学梦想。基于此，我们想给深圳文学的旗帜，写上这样的大字："南方叙事"，或者"南方写作"。

自然，我们也有困扰。其中之一的困扰便是，深圳文学研究弱势相对明显。深圳虽然地处全国一线城市，可是大学少，文化（文学）研究机构少。在深圳，能从理论上系统研究探讨深圳文学现状与发展的专业人员也相对较少。一言以蔽之，我们面临的情况就是，我们仍然缺少为深圳文学摇旗呐喊、为深圳文学的发展鼓与呼的人。于是，我们设想，是不是能以罗湖为核心，即以罗湖以深圳的作家为核心，以《罗湖文艺》等文学期刊为平台，团结更多的创作力量，一起来联手推动这项文学运动呢？这样的念头与想法，其实在更早的年份，我们也曾经产生过。若干年（近十年）前，在深圳的文学圈内，我们也曾聚集过一群重要的中青年作家谈论我们的理想。主要是大力鼓励和推动文学创作，鼓励推出新作品——创作出令人心动的新小说、新散文与新诗歌，齐心协力，一起为深圳的文学创造辉煌。这些设想与动机，犹如星星之火，轻易便点燃了"南方叙事"或"南方写作"的熊熊火炬。

从那个秋天开始，我们携起手来，利用掌握文学期刊和团结了一批作家的优势，正式亮出了"南方叙事"的旗帜。次年春季，有感于"南方叙事"构想的顺利推进，我写下了如下文字表达我的热望：

关于"南方叙事"，我们其实是想表达一个梦想，一个关于深圳文学的期待。深圳人，数十年间，经由祖国四面八方而来，聚集在这座辉煌的城市里，充满热情，奋力拼搏，努力耕耘。经过三十余年的努力，取得了不容忽视的成就。我们认为，从这个意义上来说，这是一种新型文学，具备了一种崭新的文学视野，它所讲述的，是关于新城市的叙事，也是关于南方的叙事。——这是我们推出"南方叙事"这个概念的缘由。

从那时起,我们满怀热情,立足罗湖与深圳,在文学期刊中开辟"南方叙事"的平台,聚焦本地重要作家与诗人。为了推动文学创作,扩大社会影响,我们与深圳大学部分文学教授与学者精诚合作,重点配发关于当代深圳文学的最新评论与理论研究成果。当然,更重要的是,我们用主要精力来推介深圳作家作品,在这方面,我们有主要栏目"南方叙事·作家作品推介"。关于"南方叙事"的理论探讨,我们有"南方叙事·论坛(理论)";关于"南方叙事"的作家作品评价和研讨,我们有"南方叙事·评论"等栏目。通过立体的栏目构建,我们力图让读者对深圳文学的现状与发展有一个全方位的观察和认识。在这样的努力下,深圳的作家和诗人们,以重点篇幅出场,以新的面目示人,以风格各异的身姿陆续走进读者的视野。

由于杂志的篇幅和时间所限,在深圳范围内,仍有许多重要的作家尚没有收录进来。这是一个遗憾。现在,这套"南方叙事"丛书的编撰与出现,便成为深圳文学多声部呈现的另一个重头戏。在对深圳当代文学的巡视或扫描中,我们认为,通过杂志发表作品,当然是一个重要方式;通过出版社的出版和发行来推动文学的创作与繁荣,同样也是一个不容忽视的重要途径。我们相信,这些通过不同方式铸就的文字、画面与声响,将一道构筑起深圳的文学群像,构筑起丰盛迷人的"南方叙事"崭新的文学景观。

在此，我们想强调的是，与寻常意义上的"文学南方"不同，我们现今所提倡的"南方叙事"，并不单纯是一个地域或方位的概念，而是一个突出人与文学的双重自觉的文化概念。我们心目中的"南方叙事"，尤为关注它的世界意识和现代价值。

正是在这个意义上，我们自觉地将自己纳入宏大辽阔的南方概念，纳入南方的范畴。由于深圳地处南方特殊的地理位置，由于频繁国际交往和粤港澳台诸多因素的各种影响，这些由内地各省投奔深圳而来的作家艺术家，他们远离寒冷辽阔的北方，驻足于温暖南方的天空下，呼吸南方的空气，感受南方的花木，身受南方文化的影响，日渐形成了身上混搭一新的新南方气质。这些人，因此又被称为深圳新移民。我们希望，这种新移民身上新生的南方气质，能够与广州珠三角地区，与南粤大地，与整个南中国的文学风气，遥相呼应，形成气候。假以时日，他们将以新的南方文学基因，完成不同文化融合，以创新的姿态，进入中国南方新的文学编程，续写南方文学的浪漫新篇章。

这套"南方叙事丛书"，便是在这样的时代与文学背景下产生的。

收录在这套丛书中的11位作家与诗人，其所撰作品体裁遍及小说、诗歌和散文。他们中间，有自20世纪八九十年代便来闯深圳的前辈们，数十年来，辛勤耕耘在深圳这方土地上，收获颇丰。有来深圳较晚的年轻姑娘与小伙子，他们在这里嫁人成家，娶妻生子，却仍心怀文学梦想，在繁忙的工作之余致力文学创作，屡有佳构。他们无论男女长幼，都一直忙碌地活跃在当下的深圳，在每一个夜晚与白昼，心甘情愿地执着奋斗于文学的疆场。他们热爱文字，愿意为自己写作，愿意为深圳写作，愿意为梦想写作。他们愿意为生命写作。他们的写作，构成泱泱深圳民间庞大写作史的一部分。他们本身，也即是"南方叙事"大潮中的一群文学弄潮儿。

倘若阅读他们的作品，我祈愿作为读者的您——能够读到一个新鲜好奇的深圳，发现一个心仪有趣的南方……

2018 年 12 月 24 日于深圳

（注：吴亚丁，小说家。中国作家协会会员，深圳市作协副主席，深圳市罗湖区作协主席，《罗湖文艺》主编。现居深圳。）

灵魂深处的爱之歌
——序西西中短篇小说集《阳光正好》

认识西西，是在一个儿童文学研讨会上。所谓认识，不过是当时聊上几句，然后互加微信，再然后就没有然后了。忽然一日，西西打来电话，道是要出一本中短篇小说集，拟请我为她写个序。西西言之凿凿情也切切，我虽受之有愧却之亦觉不恭，盛情难却之下，只好应承下来则个。

身为一名80后作家，西西乃才女一枚——她16岁便发表作品，之后一发而不可收，小说、散文、诗歌各种文体都来。如今仍未及"不惑"的她，多年前从偏僻乡下独闯特区深圳，如同神农遍尝百草，她也尝试过各种职业，变换过多种人生角色，经历过生活的艰辛磨难，也收获了丰硕可观的创作成果。西西认为，生命本是一段旅程，对生活的热爱，让她一次次踏上新的里程，投入陌生时空，并且以笔为旗，写下一串串由文字组成的生命音符。

西西是个爱好广泛，对世界充满好奇心的女生。她坦陈自己喜欢大自然，喜欢小动物，喜欢小孩子，喜欢探险，喜欢幻想，喜欢创意，喜欢讲故事，喜欢这个世界上所有美好的事物,最大愿望是写很多很多童话故事与读者分享。西西说她有一魔幻乐园,如果谁偶尔路过,她定会盛情邀请,给路过者带来数也数不完的惊喜。虽然仍年轻着的她,已然拥有二十多年的文学闯荡资历,且一直都在用心灵写作。读西西作品你会发现,她的文字浸透着她的心血与汗水,是她灵魂深处的爱之歌。

这本中短篇小说集《阳光正好》,并非西西情所承诺的童话故事抒写,可以算作青春文学,是以爱情为主题的虚构文体。论及青春爱情文学,古今中外有经典无数,它们或抒写执着爱情,男女主人公的困惑令人心痛,其命运亦博人同情;或表现青春女性的坚强与独立,告诉人们爱情与人的外表并无太大关系,但一定要有吸引人的内在魅力;或让你窥见爱情的无望与凄凉,把你引入一场凄美的爱情悲剧里;或昭示人们爱情永远是闪亮的,永远是美好的,永远是令人心仪的,崇高的爱情可以凌驾于一切之上。事实上,最伟大的爱情一定是悲剧,美学意义上的悲剧,像莎翁的《罗密欧与朱丽叶》,像鲁迅先生的《伤逝》。

西西以自己对生活、对社会、对时代、对爱情的真诚与执着,跋涉在勇攀文学高峰的路上。在我看来,这部中短篇小说集《阳光正好》,故事曲折,语言优美,情感细腻,塑造了一个又一个"有故事"的青春女性。这些女子,大多感情真挚热烈,渴望来一场生命中轰轰烈烈的"山无陵,江水为竭。冬雷震震,夏雨雪。天地合,乃敢与君绝"那样的伟大爱情。殊不知现实等待她们的,却是各种的苦辣酸辛与情何以堪。西西擅长描述人物心理活动,以此刻画各种人物性格，揭橥她们对爱情的认知、向往、恐惧、逃避等等。

西西在写作的时候，是带着悲悯情怀的，这一点很重要。在她的小说集中，女子们的情感与命运、挣扎与呼喊、神往与幻灭，令人身临其境，欲罢不能，似乎就是你我的人生情景再现。不管是《一棵树一个人》《拉拉，我爱你》《情人》，还是《爱与不爱都是永远的痛》《谁是谁的第三者》《我要嫁给你》等等，都是当代都市青春爱情并不浪漫的诉求与磨砺的文字赋形，读来心弦为之震颤。

《阳光正好》蕴含着的"道"昭示我们：青春是美好的，爱情是美好的，然而也是奢侈的，伴随痛苦与无奈。这就构成了恩格斯所说的"历史的必然要求和这个要求的实际上不可能实现之间的悲剧性的冲突"。西西曾经较长时间生活在农村，对乡村风土人情熟稔。她的《龙脉》《拯救谁》等小说将城市的喧嚣与乡土的淳朴融为一体，她笔下的人物也因此变得丰富而立体。与有的80后作家一味关注自我不同，西西的作品虽不乏这方面内容，但也有不少更多地将视野投向社会现实，如《爱情坊》《油画》《你看你看月亮的脸》等。可以说，它们是作者经历了生活的苦难历练之后，以真挚情感诉说心灵深处爱与痛，读者在欣赏其文字之美、之细腻的同时，更感动于主人公对爱的执着、渴望与追求。

西西对人生、对社会、对深圳、对爱情，都有着自己的独到体验与认知。她以文字的形式告知人们，理想很丰满，现实很骨感。在这个貌似光鲜内里却布满荆棘的城市，所谓"小鸟依人""个性张扬""温婉可人"都不属于"她们"。

深圳的男女比例为1:7，某种意义上甚至可以说，深圳是一座由女人支撑起来的城市。从西部蛇口的青青世界，到东部龙岗的大运中心，行色匆匆面带倦容的女人们，遍布这个钢筋混凝土构成的城市森林每一个角落。然而，有谁读懂过那些紊乱的眼神，有谁关切"她们"脆弱的心灵？在拥挤逼仄的员工宿舍，在人头攒动的人才市场，女子们奋力地挣扎着，一身套装，满脸汗水。晨光熹微或夜幕笼罩时，"她们"淹没于涌动的人潮中。男人给不了"她们"安全感，贴心的永远只有知己的Bra。面包抑或玫瑰，落魄还是堕落，是这个城市抛给"她们"的必答题。"她们"是这个城市特有的符号，也是这个城市特有的风景。

在文学写作的路上，西西始终葆有一颗赤子之心。既埋头看路，亦仰望星空。虽曾受到各种的困扰，却一直痴心不改，初心不变。她用真挚细腻的文字，讲述对世界、对人生、对自我的思考和故事，自信而坚韧地行走在文学马拉松的征程上，永不气馁，决不回头。预祝她取得更大成功！

是为序。

周思明
2018年9月15日写于深圳羊台山麓

（周思明：中国文艺评论家协会会员，广东省作家协会文学评论委员会委员，深圳市文艺评论家协会副主席，深圳市福田区作家协会副主席）

目录
Contents

爱情坊 / 1

油画 / 18

你看你看月亮的脸 / 41

拯救谁 / 66

龙脉 / 75

谁是谁的第三者 / 126

我要嫁给你 / 157

一棵树一个人 / 183

情人 / 216

爱与不爱都是永远的痛 / 247

拉拉，我爱你 / 262

爱 情 坊

　　素兰从小就没离开过牌坊街，街上的牌坊横跨路面，四柱三门，鳞次栉比，气势宏伟。素兰一直感觉这些高高的牌坊，像一座座山峰一样。这些牌坊，有的歌功，有的颂德，有的记事，有的扬名。不知从什么时候，素兰就有个怪怪的念头，这偌大一个牌坊街怎么就没有个爱情坊呢？

　　午后的黄昏，素兰踩着石板路穿过古董店、红木店、潮绣店、理发店。从太平路到东门街再转去开元寺，漫无目的地把整个牌坊街都逛了一遍。

　　天还没黑，这时候回家尚早，实在是有点厌烦娘的唠叨。自从高考落榜，娘整天在耳边叨个没完：潮汕女子哪个不是十八岁就定好了亲家？潮绣店的阿秀比素兰还小十天，早早就定下了亲事。

　　素兰的家在牌坊街最繁华的地段，对面是一口古井，楼下是他们家经营了多年的裁缝店，二楼是住的。日子过得倒也舒畅，只是里里外外苦了娘一个人。

这时候,牌坊街的店铺亮起了灯火,素兰远远望见自己的家,轻轻地叹了口气。

素兰爹在素兰刚生下第二天就悄悄离开了牌坊街,据说投奔澳大利亚的姑姑去了,娘便一个人拉扯着素兰。守了大半辈子,娘不信爹不回牌坊街。娘对素兰的婚事格外上心,外婆过世后,娘便带着素兰在牌坊街的老房子里继续经营着裁缝店。

早些年,娘的生意红红火火,时常忙不过来,现在满大街都是成品衣,花样时尚且不说,价格还便宜,一件衣服的手工费就可以买一套成品衣了。娘却看不上这流水线生产出来的衣服,说人有高有矮,有胖有瘦,只区分小码中码大码,就能合身得体?素兰打心里笑话娘对自家手艺的执着。

她说:"还不如开一个时装店算了。"

"你个死伢子,你懂?你爹就是看中了我的手艺。你爹在牌坊街穿的衣服都是我裁剪的,不大不小,刚合适,说多挺拔就有多挺拔。"

"爹还不是一去不归?"素兰嘴硬,顶了一句。高考落榜后,她一直闲在家里,牌坊街讨生活的都是上一辈的人,同龄人有去深圳的,也有到百里外的汕头的,谁还愿意守着牌坊街?"你以为那二十二座牌坊真的能让日子过得鲜活起来?"

"你爹那也是迫不得已,但他心里不会忘了咱娘俩,你爹是讲情义的人。"娘在做龙凤扣,这龙凤扣做起来有一定的难度,说着话不小心把手给扎了,哎哟一声叫了起来。

素兰撇撇嘴,娘那是给自个儿台阶下,她也不想再提那个从未相识的爹,却忍不住地替娘打抱不平。

"重情义,重情义会做抛妻弃女的事?兴许早在那边享受儿孙满堂的天伦之乐了,谁还顾着想起你我,想起牌坊街?我说了我不姓林,你非要我姓什么林。"

"你爹有苦衷,那年月,林家成分不好,能逃出去谁个还会想到能回来,你不姓林你姓什么?你是老林家的世孙,状元坊的林大状元是你祖。"娘急了,狠狠地朝素兰瞪了一眼,素兰便闭口不语。

在母女俩互不理睬的当儿,苏森从门外走了进来。

苏森是早些年牌坊街的又一状元,当然,牌坊街没有为苏森立坊,但苏森在以全省第一名的成绩考上清华的那几年,倒是成为牌坊街老老少少津津乐道的对象。素兰几乎就是在苏森发奋读书的励志故事中长大的。苏森是素兰心中神圣的偶像。小时候,放寒暑假时,她喜欢远远地看着苏森和伙伴们在牌坊街玩耍。苏森骑着自行车穿过牌坊街的身影常常在她的梦中出现,她多想快快长大,这样苏森就会看得到她。等到素兰长大,苏森已经从大学毕业回到了牌坊街。每天早晨,素兰都能看见苏森提着公文包出门上班,苏森现在是副局长了。

素兰默默地喜欢苏森很多年,谁也没告诉,谁也不知道她的秘密,就连和她关系最亲的阿秀面前,她也没有提过"苏森"两个字。素兰喜欢苏森,并不只是因为苏森是高考状元,素兰的喜欢是根深蒂固的,像童话里灰姑娘对白马王子的爱慕。苏森长得帅气,如今虽然已经有了中年人的小肚子,却也不乏成熟的魅力。

当了官的苏森喜欢中山装,娘是这方面的高手,在牌坊街,除了老头老太之外还买布过来给娘缝制衣服的,就只有苏森一个人了。

娘对苏森的体形已经了如指掌,连量都不用量,苏森说道:"又胖了不少,婶娘看准了?"

素兰未等娘答话,就拿起软尺站在苏森面前,苏森温和地笑笑,配合地挺胸伸手让素兰量。

"婶娘从未看走眼,还不信婶娘了?"娘说道。苏森轻声笑,说道:"素兰可会做衣服?"

"打打下手。现在的年轻人,哪肯学哟!我这祖传的手艺怕是要失传了。"

娘的龙凤扣已经做好,栩栩如生,娘要给自己做一件旗袍。

"谁说我不会?娘小瞧我了,苏哥哥,你可放心让我替你做一身?"素兰看着苏森带过来的深蓝布料调皮地一笑。

"可别把你苏哥哥的料子糟蹋了。这小妮子,在生我的气呢,苏森,莫见怪。"娘说道,"这妮子,闹心呢!"

"婶娘,反正素兰也闲着无事,让她学学也好,婶娘有如此好的手艺,女儿自然不会差。"苏森的手有意无意地轻轻触摸了一下素兰的手,素兰的美是牌坊街出了名的,却不承想她手更是如此柔软美嫩。

素兰从缝纫机上拿起记事本,写下了苏森的尺寸。娘看着素兰娟秀有力的字,说:"你爹的书画在岭南是有名的,可惜了。"

潮绣店的阿秀大礼那天,素兰当了伴娘。阿秀和素兰是同学,一起高考落榜,阿秀满不在乎。她家七姐妹,她是老大,为了生个儿子,潮绣店的老板一口气连生七个闺女,直到老婆生不出来了才罢休。

阿秀家要招女婿上门,从她还很小的时候就知道自己肩负着怎样的家庭使命了，她也曾一门心思想过考上大学，离开牌坊街，离开潮州，离得越远越好。

可爹娘早已找了一个外地的小伙子到店里当学员，暗地里撮合着大女儿的婚事。

爹娘的话阿秀可以反抗，却没办法反抗小伙子的猛烈追求，还在高三时就坠入了爱河。小伙子同意上门，爹娘乐得合不拢嘴。生不出儿子已让他们半个世纪抬不起头，在家族聚会时也恨不得将头埋在裤裆里。

未来的女婿不仅愿意上门，还提出在自己的姓名前面加上朱姓，要真真正正变成牌坊街上的朱家人。

阿秀的婚礼自然很隆重，整个牌坊街的老邻居们都过来喝了喜酒，素兰拿着酒杯替阿秀敬酒。

新郎新娘敬到苏森那桌时，素兰的脸已经泛着绯红色的酒晕，苏森携着妻子女儿一起坐在苏家亲戚那桌，素兰感觉到苏森在和新郎新娘客套时，眼睛的余光一直关切地看着她。

苏森的中山服，素兰花了十天才完工，苏森一直没有去拿，素兰惦记着，她想对苏森说中山服做好了，却没有机会。苏森旁边的小女孩像极了苏森，素兰忍不住多看一眼，梳着羊角辫，乖巧地坐在爸爸妈妈中间。

苏森的妻子，素兰和阿秀中学的政治老师，还是那么瘦小，坐在苏森身边，犹如一棵大树脚底下的细豆芽。素兰读书的时候，政治永远都学不好，和政治老师的关系自然是普通得不能再普通了。

素兰端着酒杯，一饮而尽，顿时觉得恍恍惚惚。后来，她不胜酒力，醉了。

第二天，素兰睡到中午才起床，头还在隐隐作痛，这一夜无梦。

娘不在家，估计又去开元寺烧香了，娘信佛，每逢初一、十五必去开元寺烧香。素兰从二楼到一楼，打开了自家店铺的大门，望着潮湿的地面，才知道昨夜下了雨。这一夜睡得真沉啊，连早上开元寺的钟声也没有听到。

阿秀结婚了，自己十八岁刚过，但也不能总闲在家，这会闷死个人。素兰想着未来：娘真是，这裁缝店说到底，不过是帮牌坊街老老少少缝补衣服罢了，要是开一个时装店多好。可娘就是不同意，娘不同意时装店就开不成。

苏森撑了一把蓝色的雨伞从门外走了进来，素兰朝他微笑算是打招呼，天空不知何时又飘起了雨丝。

苏森是来拿中山服的。素兰从衣杆上取下衣服，期待又忐忑地递给苏森，在这之前，她只给娘打打下手，自己一个人做成一件完整的衣服，还是第一次。

素兰帮苏森穿上衣服，两人面对面，素兰不敢看苏森，眼里只盯着扣子，一个扣子一个扣子替他扣好，她屏住呼吸，屋子里很静，她能听到自己的心跳。苏森已经有啤酒肚，素兰可以感觉到苏森在尽量地收腹，自己竟然能这么近距离地和苏森待在一起，素兰觉得像是做着一场梦。

没有故事发生，素兰有点失落。苏森对衣服很满意，多付了一倍的手工费，素兰推辞，苏森的大手握着她的小手，示意她收下，素兰的小手不再挣扎，乖乖地收下。

素兰的时装店没有弄起来，娘倒是联系上了澳大利亚的父亲，想让素兰去澳大利亚留学。素兰不解：娘其实是可以联系上澳大利亚的陌生父亲的,十八年来,为什么从来不主动去寻找,只是在牌坊街傻傻地等?

娘说:"你小孩子家家不懂大人的事。"

素兰闭嘴,她是不会去澳大利亚的,更不会去投奔什么父亲。她只想待在牌坊街,在这里每天都能听到开元寺悠悠晃晃的钟声,闲着没事就跑到韩江散散步。素兰的心愿最多就是在牌坊街开一个时装店。素兰听说很多人把店都开在网上了,如果娘不同意把裁缝铺改装成时装店,她可以在网上开一家属于自己的时装店。

素兰不想离开牌坊街,当然还有一个理由:苏森都已经是状元了,考到北京,毕业后还不是回到了牌坊街?自己连大学也没考上,又如此热爱牌坊街,为何要远赴澳大利亚?

娘说,不去澳大利亚可以,和阿秀一样,找个人把婚事定了,把后半辈子的大事解决了,她也放心了,也对得起林家了。

素兰撇撇嘴,说:"娘,你已经够对得起林家了,林家兴许没人稀罕你。"

娘叹了口气。素兰说:"如果我抛下你去澳大利亚,那才是白眼狼。"

娘便不再说话,埋头做活,继续给自己缝旗袍。这是娘的拿手绝活。娘每年都要缝一件旗袍和一件中山服,娘只在生日那天晚上穿一次旗袍,然后和中山服一起压在箱子里。素兰偷偷看过那箱子,里面的旗袍和中山服已经厚厚一叠了,像娘的心事一样越积越多。外婆在世的时候就曾苦苦劝娘改嫁,娘不愿意,素兰便恨那个远在澳大利亚的男人,打心眼里从来不承认是她爹,甚至牌坊街所有姓林的,素兰都不爱搭理。

素兰开始和苏森偷偷约会,这一切都瞒着娘,瞒着所有牌坊街的人,素兰喜欢这个有妇之夫,甚至喜欢他微微发福的肚子。

爱情就像毒药,素兰爱上了这种感觉。天底下如果有爱情的解药,她一定也不愿意去喝,她更愿意义无反顾地喝着这杯爱情的毒药。刚开始的不安慢慢被激情淹没,她忘了她自己。

苏森在牌坊街不远的新区里给她买了一套房子,那里成了他们幽会的地点。苏森说这里安全。素兰却不屑,素兰更喜欢牌坊街,想让苏森每天陪她走在牌坊街上。这只是素兰的一厢情愿,苏森不会这么傻,苏森不能让牌坊街的人知道他们在一起。

阿秀怀孕了,生了一个儿子,阿秀的爹娘笑得合不拢嘴,香火终得延续。满月酒那天,素兰抱着阿秀的儿子,小小的,粉粉的,那么小的人儿,让她突然很羡慕阿秀可以光明正大地当妈妈,接受大家的祝福。

政治老师也带着女儿来喝喜酒,她显得更瘦了,倒是女儿越来越漂亮,像极了苏森。素兰心里涌出许多的酸楚,转过身,发现眼角有泪。苏森不知什么时候站在她面前,给她递了纸巾,她想扑进他的怀里痛哭一场,他匆匆离开,回到妻女身边。

世上最远的距离,原来不是你在天边,而是你我在眼前,却不敢对视。素兰开始懂娘,娘不是找不到父亲,而是娘不敢找。

苏森想让素兰给他生儿子,这是苏森的心愿。素兰不语。她爱苏森,但她知道自己没有勇气。她不是娘,娘可以不要名分替林家生下她,从此不嫁人。娘一年一件旗袍打发自己的生日，她做不到。

苏森不会离婚娶她，这是苏森的底线。苏森说，除非生了儿子。有那么一刻，素兰动摇了。

素兰的肚子悄悄埋下了苏森的种子，还未来得及细细品味其中的甜蜜，牌坊街已经议论纷纷，地下情浮出水面的那一刻，素兰一点准备都没有。

娘关起店门，把素兰锁在屋子里，娘不说话，拿着剪刀在一堆新旧布上乱剪，素兰从来没见过娘生这么大的气。娘剪累了，拿着剪刀指着素兰一句话也说不出，泪如雨下。素兰急了，怕娘想不开，上前把剪刀夺下，却不小心刺破了手，鲜血一滴一滴染红了地上的碎布。

娘愣了，扯起一块布边哭边骂替她包扎。素兰跪下，求娘原谅。

"几个月了？"

"两个月。"

"……"

"娘，苏森想生个儿子。"

"你个死伢子，他婆娘生不出儿子，找你为他生儿子，你是他什么人？"

"他爱我，娘。我自己愿意的。"

"你还能在牌坊街待下去吗？叫你生！"娘不耐烦。

苏森不知道怎么跟政治老师解释的，政治老师没有像泼妇一样打上门，甚至都不曾来找过她。牌坊街的人说，政治老师和苏森都是公职，他们不愿意丢公职去生儿子，找了素兰这个大傻妞。

素兰不相信，责问苏森，苏森现在已经有点心不在焉，苏森说已经找好关系，让素兰去香港生儿子，他会负责的。

仅仅是负责吗？素兰的心一颤。她以为，苏森会像她爱他那样爱着她，苏森真的只是为了生个儿子吗？

苏森去了一次裁缝店跪下求娘的原谅，苏森爱极了他的公职。苏森让娘答应把素兰带去香港，答应给他们娘俩一笔钱，只要不再回牌坊街。

娘说："你走你的，素兰肚子里的孩子跟你无关。"

苏森沉默不作声，从包里拿出一叠钱，说："手术我就不陪了。素兰，我欠你的，下辈子还。"

娘不再责怪素兰，煮了碗鱼汤给她。娘说："喝鱼汤，睡好觉。苏森是牌坊街出的官，怎么说也是有头有脸的，牌坊街的人要骂也只会骂你勾引了他。到最后，苏家会拼命保住他的官。"

娘总是一针见血，眼泪一滴滴落在鱼汤里。

素兰不相信，他对自己是那么柔情万种，他轻唤她的名字，他的承诺，他是那么期盼着她肚子里的孩子，他无数次亲吻她的肚皮，怎么可能只是一场空？苏森自有他的难处罢了。

素兰没有听从娘的话去医院，她铁下心要生这个孩子。牌坊街的人都知道素兰怀孕了。素兰索性不理会，有事没事就跑到潮绣店找阿秀聊怀孕生子。

娘裁缝店的生意竟然出奇地好起来，牌坊街的老老少少有事没事拿着一块布过来做衣服，实在是不愿意做衣服的，也拿件新衣服过来改大小，一坐就是半天。素兰竟也不避嫌，只是不提怀孕的事。

娘不再理睬素兰，娘知道劝不过，干脆不再劝，也不愿意多说话，只是每餐都弄好吃好喝的摆上桌。娘在牌坊街住了几十年，当初被抛弃，差点抬不起头做人。几十年后，好日子终于来了，不承想女儿的事又闹得沸沸扬扬。

娘偶尔会恨铁不成钢，素兰只低头吃饭，从来不还嘴。娘便叹气。素兰的肚子已经越来越大，都有胎动了，苏森给过钱后从牌坊街消失了。

政治老师终于来了，带着女儿，提着糕点。

素兰正一个人坐在古井边上织小毛衣，阿秀前几天教会了她，说孩子出生时是冬天，用得着。

素兰想不到政治老师会来，突然间竟没有了当初的理直气壮。

"苏森不敢来见你，我和阿妹过意不去，过来看看，五个月了？"

政治老师还是那样轻声细语，就像上课时一样。

素兰继续低头织毛衣。苏森的女儿长高了，那个小姑娘一言不发地盯着素兰的肚子，咬着嘴唇，如果不是母亲在，素兰敢肯定，那小姑娘会扑上来狠狠地朝她的肚子咬上一大口。

"你大概知道，我和苏森是大学同学，我们在学校相识相爱，我舍弃了北京的亲人和他一起回潮州，只是因为我爱他，他也爱我。这些日子，他不好过，我也不好过。素兰，我不怪你，也不会原谅他的背叛。他说只是想生个儿子，给苏家继个香火，这太荒唐。他爱上了你吗？"

"是，他爱我胜过爱你。这是他们家祖传的祖母绿，他有送你了吗？你和他结婚这么多年，这东西你见过吗？"

素兰不知道哪来的勇气，挽起自己的袖子，一个玉手镯露了出来。政治老师是来说服她的，凭什么是她来，而不是苏森亲口对她说？她是真的爱他的啊！

政治老师不置可否地点点头："是的，这个手镯是他们家的祖传之宝，我婆婆去年临死前交给他的。打扰了。阿妹，我们走吧！"

政治老师放下糕点，牵着女儿的手离开了。

素兰笑了，那玉手镯是苏森知道肚子里怀的是龙凤胎的时候替她戴上的。

素兰做梦也想不到，已经走远的政治老师还会跑回来，然后纵身跳进了古井。小女孩惊恐的声音划过素兰的心脏，有那么一刻她的头脑一片空白，等反应过来时，古井旁已经围了很多人。

"快救人啊。"素兰歇斯底里地叫喊着，一阵眩晕倒在了地上。

素兰睁开眼睛的时候，发现自己躺在医院的病床上，娘握着她的手在流泪。医生笑盈盈地对她说："没事，孩子大人都平安。"

"她救上来了吗？"

"没。寻了一晚上，没见。第二天自个儿浮上来了。那井已经用钢筋网钉死，以后跳不下去了。"娘说道。

素兰眼角滑下两行泪："如果是我，绝不会跳井，要跳也是跳韩江啊，韩江干净。"

娘紧张地盯着她："乱说什么，她跳是她的事，你切莫乱想，你生吧，娘替你养。"

"娘,是双胞胎,是龙凤胎,要不,我也不生了。娘,我是真的爱苏森的。"

"伢子,你走的是一条不能回头的路,她去了,苏森更不能和你在一起。"

"娘,不是我逼她死的,是她自己跳。"

"我和你爹打好招呼了,签证也帮你办好了,娘陪你去澳大利亚。"

"不,娘,我不!我要在牌坊街生宝宝,我要在牌坊街把孩子养大,孩子姓苏。"

娘狠狠地甩过来一巴掌,素兰脸上火辣辣地疼,这是娘第一次打自己。素兰没能忍住泪水,把头埋进被子里放声大哭。

娘也哭,边哭边骂,骂自己当初为何要生下素兰。

素兰在牌坊街找到了苏森,苏森一下子显得苍老了许多。苏森用陌生的眼神看了一眼素兰:"你推了她?为什么?"

素兰愕然:"我没有推。"

"我不相信她会自己跳下去,滚!"

孩子在肚子里使劲地踢着腿,素兰摸着肚子,苏森却不再看她,苏森沉浸在自己的悲痛中。

缝纫店的门再也没有开过。娘已经收拾行李,娘说:"门口就对着古井,那口井天天对着家门诅咒我们,你如果要一意孤行,我就当没生过这个女儿。"

娘带着素兰踏上了寻亲之路。澳大利亚,那个遥远的国度,有着许多潮汕移民。娘临走前带上了每年替爹缝的中山装和自己的旗袍。

八年后,作为在澳大利亚的潮州商会秘书长,素兰携一双儿女带着潮州华侨回了一趟牌坊街。

到牌坊街的时候，天下起了大雨，大家纷纷钻进临街商铺躲雨。八年，牌坊街变化并不大，古井还在，那年钉上的钢筋网也还在。素兰的家已经租给了阿秀，阿秀将裁缝店改成了潮绣坊。

站在自家门前，她没有想进去的冲动，倒是阿秀一眼就看到了她，招呼爸妈出来迎素兰，素兰摘下墨镜，和阿秀紧紧地拥抱。

阿秀的四个儿女齐刷刷地站在她的跟前，她笑着一个个摸他们的头。她回头把自己的孩子拉到他们面前，六个孩子似乎早已相识，没有一点陌生感，牵着手跑出了店铺。

"长得真像苏森。你见过苏森吗？"阿秀望着孩子们跑进牌坊街问道。

素兰摇头。苏森虽然是两个孩子的爹，这么多年，她从来不曾打听过他的消息。

"你走后，苏森辞去公职了，也有的说是被开除了。政治老师的父母从北京过来把他女儿领走了，苏森没有拦，那天我听到了那孩子撕心裂肺的哭声，她妈死的时候她都没这么伤心。第二天，苏森就去开元寺出家当了和尚。对了，现在苏森的法号是净空，但他经常不露面，整天只待在藏诗楼里不出来。"

开元寺的钟声敲起。素兰的行程计划是从牌坊街到开元寺，潮州商会的会员是要去开元寺烧香的，他们不少人是阔别家乡多年，更多的人则是父辈去的澳大利亚，自己则是第一次回到故乡。

娘说去开元寺第一道香要替她烧。娘带去澳大利亚的中山装终究没有拿出来送给父亲，娘自己的旗袍也没有穿过。时过境迁，几十年的空缺，再深的情，再多的爱，在相见的一刻也已经成为空白，相见不如怀念。

爹倒是挺讲义气，在澳大利亚买了一套大别墅送给她们娘俩。孩子出生后，娘帮带着，爹手把手地教她一起做生意，她那三个同父异母的弟弟倒也和善。

娘说："你爹在澳大利亚生了三个儿子，这是你爹不回牌坊街的原因，但你爹以前是最爱你娘的。"

素兰不和娘谈爱情。爱情是什么，孩子出世后她还是没弄明白。娘说："你太年轻了，二十岁就一个人抚养孩子，爱情是二十年后才能弄明白的东西。"

"二十年后，你从牌坊街跑到澳大利亚，弄明白爱情了吗？"

娘不语，给孩子换尿布。从此，娘在澳大利亚还多了一件大事，帮女儿物色一个可以结婚的对象。

素兰领着孩子替娘烧了一炷香，娘其实是可以一起回来的，但娘却不肯回，娘刚交了一个男朋友，是一个丧了妻子的澳大利亚白人，比娘大五岁。娘这么多年一直独身一个人过，娘第一次有了再婚的念头。

娘说再婚前要试婚，老头老太两个人跑美国西部度假去了，比她们早一天出发。素兰给娘送行的时候，娘说："兰子，从此，娘不再属于你一个人了。"

素兰抱了抱娘，也抱了抱娘的男朋友。娘去年才停的经，今年交男朋友要结婚，空空浪费了二十八年的好时光。

素兰在开元寺里转了一圈，没有见到苏森，她在犹豫着要不要问问工作人员，见或不见，就在一念之间。

对于她的孩子，牌坊街是何其陌生，开元寺更是一个传说。她没有刻意去告诉他们，他们是中国人，一出生便在异国他乡，以为故乡是国外。那双儿女见到钟鼓，迫不及待地上前猛敲，素兰想阻止，已来不及，钟鼓声惊动了寺里的和尚。

那个穿着僧服的和尚走上前拉着两个孩子的手，素兰只是远远地看着，儿子领着和尚朝妈妈走来。素兰犹豫了一下，是苏森，出了家的苏森，素兰扶着柱子，凝望这个男人，思绪飘飞。

他走到她面前，用他那低沉的声音说阿弥陀佛的时候，素兰方收回飘远了的思绪。

她怔怔地看了看苏森，嘴巴动了一下，却不知该如何开口。

"妈，和尚叔叔说要送我们两串佛珠哦，可以吗？"女儿向素兰扑过来，撒娇道。

"妮儿，妈妈说过，不可以乱拿别人的东西。"素兰抱了抱女儿，轻声说道。

"开过光的，妈妈，我可以向和尚叔叔买吗？"

儿子继续追问，素兰摇头，向苏森慌乱地说声："谢谢大师，孩子不懂事，莫见怪。"

素兰拉着孩子朝大门走去，心里涌起了太多的酸楚。

"女施主，请留步。"苏森跟上来，素兰停了下来。

八年前，她二十，八年后，她才二十八，而他已经四十八，快要年过半百了，八年前，他还是这么年轻。素兰，你真的爱过他吗？

苏森从口袋里拿出两串佛珠，一串挂在女儿脖子上，一串挂在儿子脖子上，满脸期待地朝素兰问道："女施主，孩子可姓苏?"

"我们姓林。"两个孩子拿到了礼物,不约而同积极回答。

有那么一瞬间苏淼的身体在颤抖,但也只是一瞬间。素兰念了句阿弥陀佛,带着孩子匆匆离开。

素兰带着孩子上了一辆人力三轮车,她要再看看牌坊街,把每个牌坊都默记在心里。

踩三轮的车夫是个话唠,每踩一步就要说一句话,素兰细细地听,突然又冒出了早年的那个念头,随口问道:"这牌坊街有没有爱情坊?"

"爱情坊?没有。"

"二十二个牌坊,怎么没有为爱情设的坊呢?"

车夫哈哈大笑,说:"立牌坊是个念想,是纪念用的。爱情这玩意太虚了,若有人要立个牌坊纪念爱情,岂不贻笑大方?"

2014-07-10

油 画

1

张阳醒来的时候,左手习惯性地伸向另一侧,伸到一半却愣了,另一侧是空空的,枕头上滑稽地躺着一张离婚协议书。他们没有孩子,没有房子,没有车,所以,离婚协议书简单,一张 A4 纸,被丁燕挥洒的签名占去了一半,另一半空白对称地压着家里的房门钥匙,毕竟是学油画的,丁燕一直在意整体布局的美感。张阳的目光落在签名上,当年,热恋中的他为了帮她设计这个签名,整整在图书馆里坐了一下午,消耗了厚厚一大叠速写纸,才满意地跑去找她。丁燕的签名像一只飞翔的燕子,那一夜,燕子将爱情和身体都交给了张阳。如今,这只燕子却像闪电一样刺痛他的双眼。张阳固执地不去看、不去碰、不去想离婚协议书,把它当空气。此时,丁燕已经离家出走三天了。

张阳从床上爬起来,走到窗前,将墨绿色的绒布窗帘从中间拉开,阳光挤进了屋子里。张阳揉了揉眼睛,已经是晌午,昨天晚上作画一直到凌晨五点才迷迷糊糊地睡了,梦里全是丁燕的身影,他决定去找丁燕。丁燕离家出走是有预兆的,但张阳实在是太忙了,无暇顾及,他得画画,不停地画,然后才能换来少得可怜的钞票。

2

七年前,他们毕业于内地一所美术院校,学的都是油画,领了毕业证来到了深圳。

那时候大芬村正被炒得沸沸扬扬,学油画的谁不知道黄江油画广场,谁不知道大芬村?张阳毫不犹豫地来这里寻找艺术,寻找想梦。

丁燕正热恋着张阳,正所谓"嫁鸡随鸡,嫁狗随狗,嫁个画家背着画板满天走"。她跟着张阳也来到了深圳大芬村。

从公交站台下来,站在大芬村门口那座手拿画笔作沉思状的雕塑像前,张阳暗暗对自己说,自己的梦就要从这里起飞了。张阳深信,四年学习,多次获奖,一定能在这里实现梦想。

可是他的梦很快就被现实击得粉碎,他不得不面对现实,接受现实。

整个大芬村的格局相似,一楼的店铺早已经被第一批入驻的商家租下,如今是改造好后的画廊,二楼以上的是工作室,或者是住家。小巷子也已经被精明的商家撑起了雨篷布堆满了油画和画框。偶有转让转租的,转让费和租金高得离谱。

几经辗转,他们终于在大芬村的老围街租了一间民房作为落脚点，房子是从另一个在大芬村待了一年的画家手里转租过来的。那个年轻的画家在大芬村画了一年的油画，最终选择离开，应聘去了一家广告公司做文案。他走之前将所有的画具都留下，对张阳说："哥们儿，大芬村需要的不是像你和我这样的画家，只需要普通的画工，要是哪天混不下去了，打电话找我。"

张阳那时候很是不屑，整个大芬村都是画廊工作室，每天来来往往的画商和旅游团多得不计其数，会不需要画家？

丁燕对于这个现状是隐隐不满的，却克制着没说。在一片低矮的民房里，她四年的大学生活显得是多么苍白。一起毕业的同学早就去了广告公司、动漫公司，每天坐在宽敞明亮的办公室里，吹着空调，拿着稳中带升的工资，没事的时候就到咖啡馆小资一回。

可是他们如今却不得不和农民讨价还价，租住民房。民房楼下的画框店没日没夜地赶活，切割木板木条的声音此起彼伏。这里永远喧闹。

在租来的房子门口，穿着牛仔裤，背着牛仔包的丁燕虽然已经做足了思想准备，但却看着墙上的斑斑点点和满屋狼藉久久不说话，那个转租给他们的年轻画家不好意思地笑笑。

"老住户是做国画装裱的夫妻，手工装裱，没地方风干，就直接贴墙上风干，久了，这墙壁就成了这样。我从他们那儿转租过来的时候太忙，也没时间去粉刷。"年轻的画家指着墙上的斑点和霉点说道。丁燕在一旁自言自语道："闲着也不会有人去粉刷，反正不是自己的房子，是租的，只是一个过渡而已。"深圳的房价一天一个价，他们的过渡期遥遥无期。

张阳把自己的行李放到屋子里，将丁燕背后的背包接了下来，捏了捏她的手心，她勉强地朝他笑笑。

这房子算是最便宜的了，虽是顶楼，冬冷夏热，却是三房一厅的大房子，既可当家又可当画室。

年轻的画家善意地帮他们想过省钱的招，招两人合租，分担房租。丁燕默不作声，继续打量着新租来的房，使劲抽了抽鼻子。房子里的气体和整个大芬村倒是融为一体的，空气中永远弥漫着浓浓的油画颜料味，好在他们是画画的，早就习惯了丙烯刺鼻的气味。

主卧里有一张一坐下去就吱呀吱呀响的破旧双人床，是年轻的画家留下来的，年轻的画家指着床对他们说："公司有宿舍，这床送你们吧，旧货市场两百五买来的，睡了一年。"

客厅里的油画画板和调料盒，都留了下来，也算是送给了张阳他们。这些东西，丁燕觉得与其说是年轻画家好意送他们，不如说是施舍他们。

"什么是生活质量？可以吃得少一点，穿得朴素一些，住得差一些，但是至少要干净，心里舒服。这张床在上面躺过多少的男人女人，我丁燕宁可睡地板，再也不想躺在这张床上。张阳，我告诉你，我一躺下去，就听到陌生男人的喘息声，陌生女人的叫床声。"丁燕指着也有她自己叫床声的双人床朝张阳咆哮，张阳第一次领教了生活困顿带来的刺痛。

小东北和马丽在他们搬进这房子的第一个星期就住了进来。小东北是典型的东北人，年龄比这里大多数人小，个子却不小，一米八五的个头，高高胖胖的，能喝，一口喝三两白酒不成问题。

马丽是丁燕的老乡，在大芬村"向日葵"画廊看店，长得细眉细眼的，披着拉直过的长头发，一条简短的牛仔裙将细细的长腿展露在外。

丁燕起初并不愿意让马丽过来和他们合租，她总感觉张阳居心不良，这么漂亮的女孩与他们在同一屋檐下，难道张阳就没有一点儿私心？

张阳对天起誓，他只是看上了马丽的简单，还单身，白天看店，就晚上回来住，不影响他们画画。

"单身可以变成单亲，更何况像马丽这么漂亮娇媚的女孩？天底下的租客多的是，你就看中人家漂亮吧？"丁燕不满地嘟囔着，张阳无语地摇摇头。

"小东北也是单身，再找一个单身男，屋子里的荷尔蒙过重，空气全都是男人的汗味。嘿，几个大男人整天虎视眈眈地盯着我的女朋友，那可不行。"张阳亲了亲丁燕，好在丁燕并不过分地在这件事上纠缠，否则他真的会崩溃了。合租广告贴出去以后，已经有不下十个人来看过房，好不容易有人愿意合租进来分担房租，而且还不压价，这让他们十分高兴。为了赚更多的钱和节约更多的钱，丁燕即使再不愿意，也只能妥协。

小东北在一家画廊当学徒工，先是学了传统的油画，后学刀画，白天在画廊，晚上十点才拖着疲惫的身子往出租屋走。小东北和马丽都把出租屋当作夜晚的旅馆，白天工作，晚上才回来住下。这对于需要靠卖画为生，占用客厅当画室的他们来说是再适合不过了。

他们四个，便成了三家人，一起合租在大芬村这套七楼顶楼三室一厅的房子里。张阳和丁燕开始了在大芬村的寻梦之路。

3

　　小东北从小爱画画，高中毕业没考上大学，跟着村里南下打工的老乡坐长途火车到了深圳。他先是在工地上干活，后来工程款迟迟不发，工头被工人逼债急了，跑上深南大路，一头撞到一辆大货车后，工程款最后也不了了之。离开建筑工地，小东北跟着老乡学装饰，初到大芬村对面的茂业书画广场给人装修店铺后，便与大芬村结下了不解之缘。他去一家大型的画廊做学徒工，也就是油画流水线上的普通的上色工人，他的身上永远散发着油画颜料的味道，跟油漆工人身上的味道没有什么两样。

　　一开始张阳挺看不起小东北的工作，这太亵渎了真正的油画艺术。在他的眼里，任何一幅画都不可以复制，所有可以复制的都不再是艺术。可是，这不关小东北的事，甚至跟张阳也没有一点儿关系。老板要做生意，顾客也认可了这便宜的流水线生产出来的油画。一幅打印后重新上色的《蒙娜丽莎》，不带装裱做框，就可以卖到上千元，成本呢，不过是一张打印的油画纸和人工上色的报酬。可是顾客愿意，因为人们至多只能跑到巴黎罗浮宫看一看《蒙娜丽莎》，而绝没有人能买得到真正的《蒙娜丽莎》。

　　"哥，你敢保证你画出来的一幅油画，能比我上了色的打印油画卖出更好的价钱？想都不用想！你没画廊吧？画廊老板肯高价买你的画再高价卖掉？"小东北习惯了称别人大哥大姐的，搬到这里以后，干脆把大哥改成了哥，这时候他正对在客厅画画的张阳摇头说道。

"小东北，那你大姐我的总可以卖出高价吧？"丁燕朝小东北白了一眼，在没读大学的小东北和马丽面前，她时不时流露出高傲，不过这与贫穷没关系。

"丁燕，你的画嘛，如果经我手，肯定能卖出好价钱，包括张阳。小东北，老打击人呢。"马丽刚好看店下班回到门口。

丁燕知道马丽是在一家大画廊上班，兴许真的可以牵个线帮个忙，他们必须尽快卖掉自己的画。

张阳曾拿着几幅油画向一家一家画廊推销，忙活了一上午，一幅都没卖出去，更不用说卖个高价了。画卖不出去，意味着无米下锅，艺术家也将因此而陷入更大的困顿。

马丽上班的画廊叫"向日葵"，专卖油画。这个画廊是大芬村油画街最大的油画画廊，画廊老板姓周，不到三十，却已经拥有了大芬村十几家店铺，每年光是凭着二房东的身份就能赚一大笔。

二房东遍布大芬村，他们从村委或者原住居民的手里把店铺租下来，再将店铺转租出去，然后收取租金。一手房东都是有钱的主，他们知道这些人有本事能折腾，也乐意把店铺租给他们，反正每个月按时收房租就是了。

周老板没有发家前，也只是大芬村众多画工中的一个，因娶了一个本地姑娘，便以炒店起家。他在大芬村有着通天的本领，哪个店有纠纷他都可以一一摆平：双方走人，他自己入驻。这就叫本事。

周老板大量收购画工的作品，有时候来了订单，也会让画家过来接活，按照客户的要求（客户提供尺寸和图样进行模仿画）作画。丁燕对张阳抱怨说，他们已经不再是画家，而是一台油画复印机,每天重复做的就是复印一张张名画。这些名画有的从网上下载,有的从图画册中复印然后交到他们手中,让他们再用油画颜料复制一遍,仅此而已。

这样的工作和普通的油漆工没啥两样,辛苦但得到的回报相当少。他们已经和小东北没有什么两样。丁燕已经不愿意做油画复印机。

张阳安慰丁燕:"牛奶会有的,面包也会有的,只要坚持,总有机会。"可是机会没等来,等来的却是房租、水电、手机话费的账单。

马丽长得漂亮,能说会道,是周老板的得力助手。丁燕把马丽当成了自己命中的贵人,渴望着马丽能牵线卖自己的画。

马丽也说到做到,第二天就把丁燕一幅大学时画的俄罗斯风景画拿到店里,说服了周老板,装了外框挂在店里醒目的位置。很快,丁燕的画就以比市场价高一倍的价格卖了出去。按照口头协议,马丽将百分之三十的画款返还给丁燕。这可不是小数目,要知道,给画店复制油画,至少也得画上几十幅才能拿到如此可观的报酬。

马丽告诉他们,她也有百分之十的提成。她说,在画廊卖画的,除了基本工资,便靠提成,今天她运气好,卖了一万块钱的画,提成有一千,比一个月的底薪还要高。

一千?不只是丁燕,张阳和小东北也瞪大眼睛不相信地看着马丽。马丽甩甩长发笑着说:"其实也不是每天都能卖出画,再说了,我们老板娘抠门,工资结算的时候不是扣这就是扣那。"

4

　　张阳和丁燕算是在大芬村有了生计，丁燕和马丽的关系也因为马丽频频帮他向老板说情，在画廊里挂上她的创作画，偶尔还能卖出好价钱，关系变得亲密无间。

　　毕竟是正规学院里出来的，画的画也偏向学院派，在大芬村还是比较受欢迎，周老板也乐意偶尔的时候挂一挂张阳的画。

　　后来，张阳总算明白了，挂上他和丁燕的画，只不过是周老板做销售的一个小小伎俩。画工出身的周老板在大芬村混了这么多年，属于一边创作一边经商，店里挂的油画基本都是他自己的抽象画"向日葵"。偶尔挂几幅别人的画，那只是向顾客表明，店里还有别的风格画。他自己的画都标高价，别人的画标个中价，也分出个高低来。高价的有人买，低价的也有人喜欢，皆大欢喜。

　　张阳不喜欢周老板的画，把凡·高的"向日葵"搬到自己的画布上，用周老板自己的话说，在西方的元素上加上了东方的国画元素，成就他自己的风格。张阳说，狗屁，那是东方和西方都没学好，都没模仿好的缘故，倒成了自己的风格。可是丁燕不觉得这有啥不可，有人喜欢，有人认可，能卖出好价钱就是好东西。

　　丁燕和周老板渐渐地在油画上有了更多的共同语言，这让张阳很不痛快。丁燕最近的画，也慢慢地由学院派转向了"野鸡派"，与周老板的风格颇为相似，张阳多次提醒丁燕，丁燕却不屑："为什么你的画挂不出去？你更多的时间只能在家里接订单活，做一台油画的复印机，因为你跟不上潮流了。艺术，什么是艺术？只有能卖出去才叫艺术，卖不出去，就是一张白布，被涂上了油漆，比白布更不值钱。"

马丽安慰张阳说："可以找老板娘谈谈，老板娘不画画，但老板娘对油画特别是学院派的油画情有独钟。"

当初老板娘看上周老板，就是因为喜欢老板的画，那时候的周老板还不是周老板，还只是周画家或者周画工，和现在的张阳一样靠画画为生，喜欢模仿凡·高画向日葵，画了几年向日葵，没画出凡·高这么高艺术品位的作品来，却把凡·高贫困潦倒的生活过了一轮。

那时候的老板娘也还不是老板娘，还只是大芬村的本地姑娘，帮家里收收房租，没事就跑香港购物。

老板娘不漂亮，可周老板不在乎，重要的是这个本地姑娘家有一栋七层楼高的民房和两间油画街的店铺。生活总有奇迹发生。老板娘的出现，成就了一个穷画家的老板梦。

凭着两间店铺做窗口，周老板的"向日葵"成捆成捆地销往欧美，美元大把大把地往回拿。油画不好卖之后，周老板连炒了几个店铺，又狠狠赚了一把，成了大芬村有头有脸的人物。

如果说美中不足，那就是周老板和老板娘结婚多年未育一子一女，这成了周老板的心病。

该检查的检查了，该治疗的治疗了，钱大把大把地扔进了医院，老婆的肚子还是不见起色。这却不能怨别人，怨只怨周老板自己。老板娘却不干了，两人经常在店里大打出手。大打出手后的老板娘也突然醒悟了，从前不管画廊生意的她，开始操控画廊的生意。

在大芬村,老板娘就是兰姐。兰姐人挺好,至少张阳觉得挺好,比周老板说话和善,有时候还可以跟她磨磨嘴皮子谈谈价。

张阳没有去找兰姐,兰姐却主动找上门来了。兰姐要挂上张阳的画,而且是长期合作。

张阳受宠若惊,能与"向日葵"这样的大店合作,那是多少在大芬村画画的人梦寐以求的呀!

张阳高兴了,丁燕却不高兴了,挂上张阳的画,得先撤下丁燕的画。

第一次,张阳和丁燕大吵了起来。

吵完了,别人的画廊,依然是别人做主。以前是老板,现在是老板娘。

他们两个人躺在床上,悲哀地发现,不管是挂谁的画,还是不挂谁的画,他们都是画廊里的一颗棋子,得到的只是少得可怜的提成。

戏剧般地,张阳和丁燕的画都出现在向日葵画廊。同一块地方,同一个挂钩,挂谁的画取决于当天谁在画廊当家,老板娘当家就挂张阳的,老板在家就挂丁燕的。

在这样的游戏规则里,老板和丁燕的关系融洽,老板娘兰姐和张阳的关系更融洽。

"老公,我们只是为了卖画,别的跟我们无关。"丁燕不无感慨地对张阳说道。

张阳点头:别人的规则,跟自己又有何关系?

5

马丽怀孕了,她说:"孩子不是别人的,是周老板的。"她拿出一根验孕棒,在客厅里得意地笑,好像马上就可以当上老板娘一般。

刚怀孕一个月的马丽不知道从哪里弄了一条孕妇裙套在身上,然后趾高气扬地跑到店里找老板娘摊牌。

那天是周六,店里生意不错。老板娘见到马丽,头也不抬地埋怨她这么晚才来上班,马丽却一反常态,一屁股坐在椅子上,稀里哗啦地流泪。

老板娘急了,店里的小姐妹也莫名其妙地看着她,不知该如何安慰。偏不巧,这时候大芬村广场停了几辆旅游大巴,游客们三三两两地涌进了店里。

"我怀孕了。"马丽站了起来,大声说道。

那时候店里人真多啊,有看画的,有买画的,可是马丽的话大家却都听得真真切切。看画的、买画的都安静下来朝马丽的肚子看去。兰姐这才注意到马丽今天竟然穿上了孕妇装,原本平平的肚子因为孕妇装的缘故显得有点鼓了起来。

"阿丽,你有男朋友了?"一个店员惊呼道,立刻引来了别人的哄笑。女店员意识到自己的失态,赶紧掩住了嘴,却掩不住别人的嘴。

顾客不再看画,都看着这个刚宣布自己怀孕的、脸上还有泪痕的女孩。兰姐不高兴地说道:"阿丽,现在是上班时间。"

"上班时间?"马丽笑道。

"你要是怀孕了，不方便做事，你可以辞职。"兰姐皱了皱眉头，然后招呼客人。

"我怀的是你老公的孩子。"马丽挑衅地站起来，在兰姐的身边转了一圈，手按住自己的肚子，与从前判若两人。

"你跟我老公上过床了？"兰姐冷冷地一笑。

不知哪位好事者打了电话给周老板，周老板听说马丽怀了他的孩子，在店里找老板娘闹，二话不说，火急火燎地赶了过来。

买画的不买画了，看画的也不看画了，却都没有要走的意思，似乎都不想错过这场好戏。

马丽见到周老板进店，似乎受了极大的委屈，扑到了老板的怀里，全然不顾老板娘的存在。

老板娘呢，倒也冷静，她从抽屉里拿出一包瓜子，慢慢地磕，不理会马丽的哭闹。

周老板在哭哭啼啼的马丽面前大为狼狈，大庭广众之下，如果要承认漂亮店员肚子里的孩子不是自己的，岂不是当众承认自己没用？

周老板不能生子的事情从那一天在大芬村传开。

马丽也是那天离开了向日葵画廊，把自己关在出租屋不吃不喝，丁燕好说歹说才说服她，煮了点粥给她喝。

第二天，马丽去了私人诊所要把孩子流掉，她做的是药流，疼了几天几夜，血腥味弥漫整个房间。许多天过去了，张阳依然能闻到那让他恶心的气味。

马丽的药流没成功，两个星期后不得不由丁燕陪着去布吉医院做了一次清宫。孩子到底是谁的，马丽没有说，丁燕曾经将怀疑的目光盯向小东北和张阳。小东北显然不可能，早出晚归，还谈着一个女朋友。张阳，似乎也不可能，来到大芬村后，几乎与丁燕形影不离地在客厅里画画。

一个月后，马丽的神秘男朋友才出现，马丽也搬出了合租房，与男朋友另租房住在一起。从此，马丽完全变了另一个人，不再找工作，完全靠着有妇之夫的男朋友养着。一年后，小东北也搬离了合租房。

丁燕曾经感慨地对张阳说，周老板不能生得一男一女，赚这么多钱挺没劲的。

张阳就笑丁燕是强烈的仇富心理。

"张阳，如果你有周老板一半的钱，我给你生一儿一女。"丁燕噘起小嘴。

张阳不吭声了。结婚以后，家里的老人就一直盼着丁燕的肚子能早点鼓起来。丁燕不是不愿意生，而是深圳的生活压力太大了，生孩子都是一种莫大的恐惧。他们在大芬村多年，画画没有任何的积蓄，艺术在市场面前显得太苍白。

生，容易，活，也容易，就他妈的生活太不易了。

6

张阳给丁燕打电话，电话没人接，给丁燕发信息，丁燕回复："离婚协议你签了字再联系我，民政局门口见。"

看来，这次丁燕是铁了心要离婚了，张阳这才慌了。小两口以前吵吵闹闹都是床头吵床尾和，离家出走却是头一次。

这几年马丽依然住在大芬村，和丁燕走得也近。本来张阳对于丁燕交朋友是不阻拦的，更何况马丽他也认识，而且是曾经合租的舍友。但马丽后来的变化，却让张阳不敢恭维。马丽年纪轻轻，做点啥工作不好，非要做二奶，做一个没钱却嗜赌如命的赌棍的二奶。

想必马丽的男人这几天又去澳门赌博了，要不丁燕也不可能赖着这么久不回家，张阳没去过马丽家，只知道就在大芬村的老围西一栋楼七楼。于是，他便从家里跑过两条街去马丽楼下等。

马丽楼下的"欣荣画廊"专卖十字绣，张老板娘正坐在店里绣十字绣，看到门口站着一个人，白了一眼。张阳识趣地走开，人落魄，到哪儿都不招人喜欢，更不招生意人喜欢。

张阳仰着头朝楼顶望去，企图从阳台晒晾的衣服判断哪个是马丽家，但很快他就知道这是徒劳。各家阳台上晾晒的衣服，远远看去似乎没啥两样，正值夏季，每家阳台上晾晒的女人衣服无非就是花裙子为主，要让平时并不怎么留意马丽衣物的张阳从阳台去判断，那太难了。

张阳使劲在脑海里回忆，竟然没想起最后一次见马丽时她是穿红的还是绿的衣裳，如果丁燕在马丽家住了三天，一定也会晾晒衣服，张阳没有找到和丁燕相似的衣服，不免有些好笑，凭什么丁燕一定会在马丽家呢？

张阳正想走开，大楼的铁门开了，马丽花枝招展地下来了，一手拎着高仿 LV 小皮包，一手挽着她的男人，见到张阳，朝他笑笑。马丽的男人也朝他笑笑，然后两人手挽着手走了。张阳愣在原地，忘了自己站在这楼下的目的，但有一点他是可以肯定的，那就是丁燕不在马丽家。马丽和男人在家，丁燕是不可能赖在人家家里不走的。

张阳丢了魂似的走进各个巷子里。张阳在大芬村画了七年油画，和许多画廊都有生意往来。谁家有订单，都喜欢找他，他的画画得好且快，要价也不高。他自嘲，自己的画全当批发品了，辛苦一天，连酱油都吃不起。

张阳和马丽又打了一个照面，不过这回只有她一个人，显然，刚才是送她的男人回自己家去了。

"找丁燕？"马丽站在小东北的画廊前，朝张阳笑笑，"也许丁燕不会回来了，哪怕她还在大芬村，这辈子她都不想再画画了。"

果不其然，马丽知道丁燕在哪儿。张阳深吸了一口气，胸闷的老毛病又犯了。

"你知道丁燕为什么要离家出走吗？"张阳与其说是问马丽，不如说在自言自语。

马丽摇摇头。

说话间，小东北从店里走出来，递上一支烟。张阳略显尴尬地接过烟，却没有抽，他满脑门子全是丁燕。

小东北非要拉张阳进店里坐坐，如今的小东北已经是小老板了。

小东北的店是安徽人的，光转让费就十三万，小东北从老家亲友处借到了一笔钱，硬是把这间画廊盘了过来。二三十平方米的小店，位置还略显偏，唯一的好处是，楼上还有一个小阁楼可以当画室，也可以当展厅，还可以住人。小东北图省事，将楼梯都挂满了油画，二楼便充当画室和宿舍。好在小东北还没结婚，一个人倒也方便，一天二十四小时都在这间画廊里待着。

七年前，小东北的梦想是有一间自己的画廊，从此不再给别的画廊画画。自己的画廊，全是自己的创作画，爱挂哪幅就挂哪幅画。张阳也渴望有一间自己的画廊，但是他和丁燕的经济状况都不好，梦想一直没有实现。

小东北好客，晚上没事的时候就叫上张阳过来泡茶闲聊。丁燕离家出走后，张阳一直把自己关在家里，希望这只是一个梦。

马丽白了一眼小东北，然后扭着屁股走了，不忘回头对张阳说："丁燕这回铁定要离了。"

张阳尴尬地看着小东北店里的画，小东北装着没听见，拿出打火机先给张阳点了烟，张阳吸一口，却拼命地咳起来，两人坐在画廊门口的条藤椅上，各自抽烟，都无话。

张阳为了不使小东北看出自己的窘态，吸了两口烟，喝了一口小东北沏的工夫茶后，扯到他的画廊。小东北笑笑，说凑合着过，今天还没开张呢，过两天女朋友从老家来帮忙看店，看店这种事还是交给女人好。

张阳也笑了，问小东北，是之前同居的女朋友吗？

小东北摇头，说早分了，还是回老家找好，彼此知根知底，不会被人算计了。深圳这地方，谁也信不了，现在不单纯画画了，自己开店做生意，怎么说都得找个靠谱的。

张阳点头，说那是，可是这世上靠谱的也会变成不靠谱的。

小东北给他倒了一杯新茶，拍拍他的肩说道："哥，你也算在大芬待了七八年了，有机会自己开个画廊，赚不赚钱倒是次要的，画画的没一间自己的展厅，整天画订单画，像个劳工，没意思。"

张阳叹口气，自己何曾不想，可是天天在大芬行走，有哪家画廊不要高额转让费？他付不起这转让费。

"哥，不瞒你说，别看我这房租金贼贵了，一天也不见有人进来买幅画。"小东北嘿嘿笑，压低声音继续说道，"你我不是外人，哥，跟你实说了。你还记得我那幅《回眸》吗？之前在大芬美术馆展览过，别的画廊开价低，没舍得卖。乖乖，昨天卖了，给一个老外，把我半年的房租都赚回来了。"小东北是个爽快人，在大芬，和张阳算是从一条道上混出来，与张阳称兄道弟，坦诚相待。

张阳心里一惊，那幅《回眸》，他还指导过，算是一幅好画，可是按照他给画廊老板画订单画的思维，这幅画无论如何也不可能卖到那么高价。在大芬村，半年的房租就是三四万，这已经是张阳一年的收入了。

"哥，现在算是明白了，我们这行，要么不开张，一开张就得管几个月。"小东北继续往张阳的茶杯里倒茶，脸上洋溢着对未来生活的希望，一点也不像几个月前为了筹到转让费一筹莫展的小东北。

小东北说得含糊，我们这行，到底指的是画画这行，还是开画廊自己做老板这一行？

两人喝着工夫茶那会儿，店里来了一对年轻的夫妇。女的挺着个大肚子，估计快生了，轻声细语地说着话，生怕吓着了孩子，男的一脸幸福样，摸着老婆的肚子，说宝宝快看油画了。小东北不失时机地上前招揽生意。张阳独自坐着觉得没意思，心里也堵得慌，没打声招呼就走了。

张阳继续茫然地走在大芬村。熟悉的大芬村，突然间变得陌生。张阳竟然记不起七年前自己第一次到大芬的时候是什么情景了，大芬的格局还是一成不变。

丁燕已经彻底关机了,无论什么时候拨打都会听到:"您好,您拨打的电话已经关机,请您稍候再拨。"

张阳不再画画,也不再去寻找丁燕,只是在家里坐着,连盒饭都是叫楼下的快餐店送上来。

听到敲门声,张阳从满屋的烟雾中一跃而起,打开门,却不是丁燕,而是老板娘兰姐。张阳和老板娘算是熟人了,时常开开玩笑聊聊天,每每他都会从心底里替她惋惜,老板娘其实年龄比他还要小两三岁,细皮嫩肉的。

张阳站在门口,丁燕出走后,他已经不接活,没有欠画廊的画。

"怎么,就这样让我站在门口?"老板娘嘴角向上一翘,露出浅浅的两个小酒窝,张阳突然地就想起了小东北的那幅《回眸》,画上的据说是小东北的初恋情人,也有浅浅的酒窝。小东北初恋情人的酒窝卖了三四万。

张阳再看老板娘的时候,感觉那两只小酒窝已经变成了红色的一叠百元的钞票,恍恍惚惚的。

老板娘在张阳的眼前打了打手势,张阳这才想起把老板娘让进屋,屋里的烟雾很快将老板娘给呛着了,张阳不好意思地赶紧打开窗户,抱歉地朝老板娘笑笑。

"丁燕不回家,你就打算这样糟蹋自己?"老板娘走到张阳的画板前站住,画板上是一幅没有画完的地中海风景油画,因为没有心情,虽然技法娴熟,可是不管怎么看,都感觉少了些什么。

"连老板娘都知道丁燕离家出走了?"张阳苦笑。

"叫我阿兰。"老板娘的眼里突然涌出了泪水。张阳慌了,他不是没见过女人的眼泪,而是老板娘的眼泪他可受不起。

张阳递来纸巾,老板娘却不接,像孩子一样拿手擦眼泪。眼泪越擦越多,于是,她索性放声大哭起来,这下张阳是真慌了。

"丁燕是我老婆,她离家出走,该哭的人是我。"张阳一脸苦恼相。

"你知道我为啥哭,就为了你家的丁燕。张阳,千真万确。"老板娘不哭了。

"你知道我家丁燕在哪儿?"张阳看着老板娘带泪痕的脸,说道。

"你是真的不知道?你家丁燕这会儿正躺在我们家老周的怀里痛快呢。你说我为啥哭?就为你家丁燕,好端端的不跟你过日子,和我们家老周飞香格里拉了。"老板娘的泪水又往外淌。

"不,不可能。你胡说,丁燕不是这样的人。"张阳的头脑里一片空白,身子和声音一起发抖。

"张阳,你以为我真的哭你家丁燕,我在哭我自己,也在替你哭。就你还蒙在鼓里。"老板娘狠狠地瞪了一眼张阳,似乎站在他面前的是她的情敌丁燕。

"我不信。"张阳摇头,声音却低得只能自己听到。

"你相信你家丁燕,那你也相信我们家老周?"兰姐摇了摇头,脸上露出无奈神情。

张阳仿佛又见到了当年马丽在店里闹着要名分,周老板承认与马丽上床的情景。周老板能和马丽上床,能和别的店员上床,一定也能和丁燕上床。

他顿时心里闷得慌,想吐,冲进洗手间关起门,却吐不出来,倒是眼泪鼻涕一齐流了出来。

后来，他们开始喝酒，他们两个人一瓶接着一瓶地喝，直到喝得晕了头歪斜着身迷乱了眼神，房间里堆满了酒瓶。

在满是酒瓶子的出租屋里，兰姐脱光了衣服，让张阳画她，张阳满手沾着油画颜料拿着画笔就在她身上画。他在她的背后和腹部，画满了兰花，只是画着画着，在她的乳房上不经易间画上了一只小燕子。

也许是那只小燕子勾起了他的心事，也激起了他复仇的激情，他抱起老板娘轻放在地上，在那具画上了画的身体里挥洒更多的悲伤。

张阳在离婚协议上签了字，发了个手机信息给丁燕，约好了去民政局领离婚证。

老板娘也和周老板协议离婚，几乎是同一天，两家人都以最快的速度办理了离婚手续。

一个月后，兰姐怀孕了，孩子当然是张阳的，张阳答应带兰姐去领结婚证。兰姐说，画廊以后就是你张阳的了。

张阳抱起兰姐，泪涌了出来。大芬村七年，张阳就要当爸爸了，要当画廊老板了，要给自己的油画做主了。

丁燕似乎知道张阳要结婚，回到了一个多月没有回的出租屋。自从民政局分手后，张阳第一次见到丁燕。

已经是秋天了，深圳却还像夏天一样炎热，丁燕一改往日的牛仔裤装扮，穿了一身淡黄色的连衣裙，这连衣裙还是刚到大芬村那一年，张阳倾其所有在女人世界花了五百八买的，丁燕也只有过生日的时候才会穿上。张阳恍然大悟，今天是丁燕的生日，二十八岁生日。每年的这一天，都是张阳陪丁燕过。

领了离婚证后，兰姐一直在暗示让张阳把丁燕的东西打包送走，这叫眼不见心不烦。自从和张阳有了亲密的关系后，兰姐便一直在吃丁燕的醋，这醋与老周无关，只与丁燕相关。

张阳已经将丁燕的衣服、书籍和画稿都整理打包放在客厅的角落里，却一直没有给丁燕送去，今天丁燕上门，就让她顺便拿走吧。

"你的东西都打包放在这儿了，今天抽空搬走吧。"张阳说道。

"你都打包好了？这么着急、这么不欢迎我？"丁燕悠悠地说道。

张阳不作声，走到没画完的画板跟前，拿起颜料细细地调颜料。他在画一个女人的背影，模糊的背影，他也说不清这背影到底是不是丁燕的，反正这背影是远远地消失在小巷子里。

"张阳。"丁燕猛地上前从背后抱住张阳，把脸埋在他的后背上。

丁燕颤抖着身体在哭泣，张阳的手上拿着颜料，却忘了放下，他转身抱住丁燕，泪水也缓缓而下。他明白这一切不能怪丁燕的无情。

"张阳，你能原谅我吗？这么多年，我们太清苦了，我只想真正拥有一间自己的画廊，让自己的画都挂在自己的画廊上。"丁燕把脸埋在张阳的胸口，声音哽咽。

"燕子，是我对不起你，这么多年，你跟我受苦了。现在，你已经实现了自己的目标，应该高兴。"张阳叹了一口气。

他想安慰丁燕，想告诉她明天他就要和兰姐结婚了，兰姐已经有了他的孩子，以后，在大芬村，他也有自己的画廊了。可是他不知道应该怎样跟她说。

"张阳,我怀孕了。"丁燕抬起头。

"嗯,怀孕了,恭喜你们。"张阳的手下意识地推开丁燕的身体。现在,别人怀了他的孩子,而她也已经怀了别人的孩子,两不相欠了。

"张阳,应该是恭喜我们啊,你要当爸爸了。"丁燕说道。

"你说你怀的是我的孩子?"张阳第一次,知道什么叫一个头两个大,声音都明显地不对了。

"张阳,你怎么了,你不高兴?你不是一直都盼着有一个孩子吗?"

"怎么可能这么巧?可是,我们已经离婚了。"

"我们复婚吧,张阳,为了孩子。我想通了,只有你才是真爱我的。"

复婚,孩子。

丁燕,兰姐,孩子?结婚?复婚?

张阳只想逃离,逃离大芬村,他潜意识里想去买两张票,可是到底是带走丁燕还是兰姐,他一时间糊涂了,她们都声称肚子里怀有他的孩子。

后记:大芬村,曾经是我创业梦开始的地方,有过成功也有过失败,见识了深圳另类的生活。虽然已经离开快两年,每一个来店里的客人和画家,却都还历历在目。直到两年后,才敢动笔写写大芬村和大芬村的故事。

生活是真的不容易,女人何必为难女人,男人也是。

2011-12-06

你看你看月亮的脸

那晚的月亮很圆，比八月十五的月亮还要圆还要亮。苏泽对着月亮起誓，天一亮，他就向张莉摊牌，不能再拖了，最好是立即、马上了结。他完全沉浸在对新生活美好的向往中，完全忘记了二十年前他也是在月圆的时候对天起誓，要和张莉一生一世相守。可是又有什么关系呢？生活每一天都在变化，就像我们的身体也一天天在变化一样，癌细胞可以吞噬我们的生命，岁月也可以淹没掉我们的激情。而他，苏泽，需要全新的生活，全新的开始，他不过四十出头，事业有成，他圈子里的这个总那个董的身边早已经换了好几届娇妻。

只穿一件薄薄真丝睡袍的林丹整个身子都贴了上来，抱着他狠狠地亲了三口，眼中满含幸福的泪水，欲言又止。此刻她在他的怀里安静得像一只猫，从什么时候起，他就像中了毒一样贪恋她年轻的身体，一发不可收拾。

林丹拉着苏泽的手轻轻地抚摸在自己稍微有点凸起的肚子上，林丹的肚皮随着她的呼吸均匀起伏，肚子里的孩子才一个多月，顶多有小蝌蚪这么大，苏泽却激动地把脸贴上去装模作样聆听。他想要一个儿子，他不承认他重男轻女，张莉生女儿的时候他一样高兴，可是人到中年后，他开始迫切希望有个子嗣。每年清明回老家扫墓，去宗族里上香都是男孩，尽管他在修建宗族庙时捐了最多的钱，可是没有儿子，排序时他只能排在最后面，而张莉再也不可能替他生个一儿半女了。

破天荒地，那天晚上，苏泽第一次留在林丹的公寓过夜。他们好了好几年，因为过夜的事情，林丹一直和他闹别扭，他从来不曾让步，不管有多缠绵，夜里十二点一到他就起身穿衣服匆匆忙忙往家里赶。迟早，总要摊牌的，这一次林丹没有挽留他留下来过夜，她肚子里的小蝌蚪却像一块吸铁石深深地吸住苏泽，他关掉了手机要好好陪小家伙一个晚上。

一夜无梦的是林丹，苏泽倒是一夜无眠，早早地就起床给林丹做了早餐，而他自己却没有一点胃口，只是随便喝了一口牛奶，林丹的心情显得特别愉悦。

要向张莉提出离婚，苏泽想了一夜之后，似乎又没这么大的勇气了，于是，两人又坐在餐桌前讨论用什么方式向张莉摊牌。林丹害怕苏泽临时怯场，想和他一起回去，把孕检报告往她面前一扔，啥话都不用说。

苏泽不肯，说小溪还有半年要高考了，还是要瞒着女儿，他要回家心平气和地跟张莉谈谈，他相信她一定可以理解，如果他提出给她足够多的物质保证，她一定会同意的。

"你只想你的女儿，那你的儿子呢？"如果是以前，林丹一定会无话可说，现在她说话的底气似乎比从前足了。

"儿子女儿都想，张莉会同意的，你放心，大不了我净身出户……"苏泽一定是被爱情冲昏了头。

"不要。"林丹急急地尖叫道,"净身出户,我们的儿子生下来吃什么喝什么住哪里,你最好一分钱也不要留给那个女人。"

苏泽不满地转过脸轻皱了一下眉头,他觉得那是他和张莉之间的事情,林丹犯不着管。可是很快就释然了,如果他一无所有,林丹凭什么要跟他,还要给他生儿子?他们相差十几二十岁呢。

"丹,我会处理好的,相信我,只是要给我多一点时间。你知道的,小溪马上要高考了,如果我和张莉离婚了,张莉只剩下小溪了。小溪考上大学了,对我对你都好,你说是不?这事还真得瞒着小溪。"苏泽打开手机,关机一晚上后,各种信息微信未接来电接踵而来,嘀嘀嗒嗒一阵好不热闹。

林丹的好心情被苏泽再次的优柔寡断给破坏了,她独自抚摸自己的肚子,突然一阵恶心,强烈的妊娠反应导致她不得不跑去洗手间吐起来。

苏小溪是苏泽的宝贝女儿,继承了他的学霸优点,又继承了妈妈高挑姣好的身材,又乖巧又漂亮,是上北大清华的料。都说母凭子贵,如果小溪是张莉手中的王牌,那么现在林丹肚子里的小蝌蚪就成了苏泽的致命杀手锏。林丹吐完后对着镜子得意地笑了一下,过不了多久,她肚子里的孩子就要叫苏泽爸爸了。

从林丹的公寓到家,平时堵车时,没有一个小时到不了,那天上午却出奇地顺畅,开车不到半小时就到家了。苏泽在地下停车库停好车并不急着上楼,而是点燃了一根烟慢慢地吸,烟雾缭绕,他的双眼变得模糊起来,心里有点堵得慌。张莉会怎么想？会爽快地答应离婚吗？他要怎么开这个口？张莉的病情已经开始稳定，她会不会因为这事病情复发？如果这样，小溪会原谅他吗？他能心安理得地和林丹住一起吗？内心就会没有愧疚吗？

三年前，他和张莉做爱时，他贪婪地吸吮她饱满性感的乳房，满身的激情眼看就要喷射而出，突然，张莉尖叫一声后昏迷不醒，他的下身在那一瞬间也分崩离析，偃旗息鼓，一年里都不再勃起。

张莉是突然的乳腺疼痛，医生说幸亏是早期，切除两个乳房还可以保命。手术是一个月后进行，他在家属一栏签上名字的时候，满脑子里都是张莉的乳房被癌细胞吞噬的场景。他为此去查过癌细胞，明知道这是用肉眼无法看到的，他只要看着张莉的胸部，就感觉到有千千万万条虫子在她的乳房里爬，而他是那么地爱她的乳房，睡觉时都用手搭在上面，抚摸着亲吻着才能安睡。他一遍遍地想，一遍遍地出冷汗，恶心。刚刚失去乳房的张莉还沉浸在自己的病痛中，没有意识到苏泽微妙的心理变化，都老夫老妻了，她甚至当着他的面露出胸口的刀疤，如今，那里不再有饱满的奶子，只有满目疮痍的疤痕。

张莉出院后，他就搬到了书房，他解释说他睡觉打呼噜，要给她一个安静的空间好好养身体，她没有多说什么，只是幽怨地看着他。他逃也似的躲避她的目光，十几年的夫妻了，都心知肚明，自从她检查出癌症后，他的手再也没碰过她敏感的部位。

"医生说以后可以装上假胸，不影响正常的生活。"张莉在身体调理好一些后，坐在他书房的小床上暗示过他。

他装作听不见。他其实没有嫌弃她的意思，只是癌症像是一支插在张莉身上的暗箭，他不敢靠近，也不敢触摸，他看张莉就会看到癌细胞像千万的虫子在她的身体里、她的血液里流动。而他，那晚以后，再也没有勃起过，他不敢告诉她，只能继续装。

张莉不再提，也不再向他表示亲热。一个女人，一个妻子被自己的丈夫拒绝，而自己还是一个癌症患者，敏感如她。

日子似乎一成不变，实际上早已经变得面目全非了，婚姻的暗河处处有礁石，有各式各样的漩涡，各种陷阱。手术恢复后的张莉依然把家务活做得窗几明净，滴水不漏。女儿也顺利地考上了重点高中，寄宿去了，一个周末才回来一次，夫妻之间也不用特地演戏给谁看。

他的应酬越来越多，回家越来越晚。不管多晚，她都在客厅等他回来，她的等待是执着而又固执的，他不在外面过夜，很多原因都是怕她会一直坐着等。她不跟他说一句话，只是看他进门关门，她转身去卧室睡觉。他对她再也没有性的冲动，认识林丹是偶然中的必然。她年轻青春阳光有朝气，他喜欢健康的女孩，这个皮肤晒得像小麦色的女孩让他痴迷。他以为他再也不会有生理需要了，林丹却成功地让他重获男人雄风，他又能勃起又能射了。他在林丹身上找到了失去的阵地，没有一丝对张莉的内疚，相反，是失而复得后的激动喜悦。但他很快悲伤地发现，面对张莉，他的身体还是死水一般平静，甚至说是冷漠。

没有夫妻生活的他们不管从前是多么恩爱，身体和身体的隔膜让他们慢慢地不愿意过多交流，家里的空气似乎也凝固了，她睡她的卧室，他睡他的书房，平时互不相干，有事在各自的房间里微信交流。除了周末苏小溪从寄宿学校回家，家里的气氛才会变得和从前一样温馨。他想逃离，癌细胞疯狂吞噬他们的家，吞噬所有的温情，只有病痛和陌生。他偷偷地加入一个癌之友家属群聊，他们的心情和他一样，因为家里的另一半得了癌症，他们的生活也像得了癌症，再也回不到从前。

他曾检讨过，也曾自责过，他不是不爱张莉，还是关心她的身体，他陪她去医院做复查，唯独不能做的是再碰她的身体。敏感的张莉和大多数癌症患者一样脆弱自卑，以至于他们的感情变得别别扭扭。

感情变得越来越渺小，现在，他和她之间只有平常简单的吃吃喝喝，爱情在别处，是的，他的爱情早已经在别处了。

他答应给林丹一个结果，等小溪高考以后。但她等不及了，即使她能等，她肚子里的孩子也等不及了。小溪已经十七岁，她会懂的，会理解的，他自欺欺人安慰自己。

张莉不在家，估计是出去买菜了，下午小溪要从寄宿学校回家过周末，他坐在客厅里盯着那台摇摆得分秒不差的挂钟等她，一定要在小溪回来前跟她谈谈，他们有多久没有正儿八经地坐下来好好聊过天了？

一个小时过去了，她还没回来，其间他打了她的手机，手机响了却没人接，估计是菜市场人多嘈杂没听到。生病后，她不再上班，生活除了家便是菜市场。

快到中午了，她还没回来，手机依然可以打通，却总是无人接听。菜市场就在离家两百米的地方，买个菜也用不着这么久，他甚至邪恶地想，是不是昨晚的一夜不归，她生气了，电话也不肯接了？这样也好，长痛不如短痛，她不接电话让他更快地下了决心，三年了，没有夫妻生活的两个人还捆绑在同一屋檐下，他已经是迫不及待地想要逃离。

中午的时候，林丹给他发来微信，问他事情都搞定了吗？他回了一个笑脸，说放心，这次不会让她失望了。

她很快打了电话过来，他没有告诉她张莉不在家，她却立即警觉到了什么，催他要尽快，她不能再等了。

他放下电话，感觉到肚子饿了，已经到了吃午饭时间，楼上楼下邻居炒菜的香味从门窗里飘进来，他闻到了洋葱炒牛肉的味道，还有哪家在煲的香菇汤味也扑鼻而来。张莉喜欢煲老火汤，每天下午家里都是老火汤的味道，有时候刚从电梯走出来，他就可以闻到从自家方向飘来的老火汤味道，有时候是香菇味，有时候是萝卜味。张莉曾经说过，那就是家的味道。他不得不承认，张莉炒得一手好菜，煲一手好汤，他不愿意碰她，也不愿意和她过多交流，但他从来没有拒绝过她做的美美的饭菜，汤汤水水，滋补他中年渐渐发福的身体。

冰箱里只有昨晚的剩菜，估计是他昨晚没回家，张莉一直放着等它凉了又放到冰箱里，他从冰箱里拿出剩饭剩菜放进微波炉里热了将就着对付了两口。昨晚一夜未眠，他在心里演练了好几个要向张莉摊牌的场景，却没有等回张莉，他不免开始焦灼起来。坦白地说，他还是爱她的，但这爱却已经不再是夫妻的爱，顶多吧，算是亲人的爱。他还会对她负责，房子留给她和小溪，家里的现金他会留一大部分给她，癌症患者最缺的是钱，哪次上趟医院不大把大把地花钱呢？好在他还有正在赢利的公司，当然，公司每年的分红他还是要分给张莉的，因为公司也是他和张莉从夫妻店开始，一步一步经营发展起来的。苏小溪比林丹小不了几岁，已经快成年人了，马上就去外地读大学了，他不会幼稚到和她争抚养权。

可能是太累了，他迷迷糊糊竟然躺在沙发上睡着了，还做了一个梦，算不上是噩梦，他梦见他们热恋时最常去爬的山，她体力没他好，爬了一段就气喘吁吁，他便连扶带拉地把她拉到山顶。梦里，那山竟然稀里哗啦地碎成一地石头，他和她都被埋在碎石里，他听见她的呻吟声、呼救声，他努力想张开嘴却发不出声音。

小溪的电话把他从梦中解救了出来。小溪在电话里叫道，说我妈怎么没来接我？也不接电话，爸你在哪儿？

他看了看手表，下午三点半了呢，小溪周五下午放学的时间，以往都是张莉开车去学校接她。

他洗了把脸下楼开车去接小溪。张莉的电话还是没人接，真奇怪了，小溪是她的心头肉，两年多来，她总是风雨无阻地去接她，今天怎么了？从上午到现在，家里一个影子都不见，电话也不接，不会出了什么事吧？

他打了一个激灵，怎么就没想过呢？那么大个活人，平时都极少在外面，怎么会无缘无故家也不回，电话也不接？

父女俩到家的时候已经六点钟，张莉还没回家，林丹倒是打了几个电话催问晚上是不是可以一起吃饭，她现在妊娠反应大了，吃不下饭，老想吐。他有点为难，小溪这一路上都闷闷不乐地一直拨打她妈妈的电话，小溪一个人在家，老实说，他是不放心的。

"我妈什么时候出去的？"小溪回到家，把所有的房间都打开瞅瞅，不安地盯着他，好像是他故意把她妈妈藏起来似的。

"大概早上十点前。"他犹豫了一下。昨天下班后，他就从福田直奔福永林丹住的公寓里，林丹把孕检报告拿出来的时候他把手机关机了，直到早上起床后才开的机，其间有不少短信微信留言，还有几个未接来电，却没有一个是张莉的。

"我妈早上出门，能去哪儿了？这一天了还没回家，我找我妈去。"小溪委屈地叫道，眼睛立即通红起来。

"我陪你去找。"他急急地拉住小溪，小溪却强硬地甩开他的手，两只大大的眼睛瞪了他一眼。这一眼，直瞪到他的心里，他像做贼心虚般耷拉着眼皮看地板，什么都瞒不了小溪，她不说，她心里全明白。

"要不我们去报警吧？"他低声说道。小溪嘲弄似的看他，嘴里低低地嘀咕着，声音太小，他能看见却听不清。

外面下着毛毛细雨，苏小溪的手机响了起来，小溪按了接听键，急急叫道："妈，你在哪儿？"他也屏住呼吸，却不是张莉的。小溪失望地挂掉电话，对他叫了起来："山体滑坡，爸，我妈该不会？"

这孩子一惊一乍，尽胡思乱想。

"我妈出门前有没有留下字条或者有没有跟你说过什么？"小溪翻箱倒柜地要查找她妈妈离家出走的蛛丝马迹，他跟在她屁股后面安慰她，你妈妈是个癌症患者，算是死里逃生，不会想不开的，兴许出去有事不方便联系我们。

"你就是这样想我妈的吗？爸，你能不能不要整天癌症患者癌症患者地说我妈？癌症怎么了？每个人体内都有癌细胞，发不发作只是看你运气好不好而已。"小溪白了他一眼。张莉生病以后，小溪也不太爱跟他说话，有什么事总是和她妈妈说悄悄话。

"我妈肯定离家出走了，昨晚你回家了吗？你是不是刺激我妈了？"小溪盯着爸爸的脑门问道。

"胡说八道，尽瞎想。我带你出去吃饭，回家等吧。"女儿在他面前显得特别陌生，那是他眼里乖巧的女儿吗？今天说话句句是冲着他来，毕竟是血浓于水，他很快就原谅了女儿对自己的无理。

小溪基本吃不下东西，只是象征性地动了动筷子。小溪说："爸，你知道今天是什么日子吗？"

他摇头，今天能是什么日子？周末呗，女儿回家的日子。以往他们的周五晚上都是坐在家里吃饭然后听女儿聊在学校发生的事，兴趣好张莉还会在电视里翻出老电影一家人坐在沙发上观影，那应该是张莉生病后每个周末最放松的晚上，他会主动地挨着老婆和女儿坐下，似乎张莉从来没有生过病，似乎平时他们也会这样挨着坐在沙发上。他觉得他们都是人生最好的演员，有女儿在和没有女儿在时，家里的空气都变得这么柔顺，那些想象中的癌细胞都躲得远远的。

"耶稣受难日，也是你和我妈结婚二十周年纪念日。你说我妈这时候不见了，什么意思？上星期她还说今天是特别的日子，她还说今天晚上不在家吃饭，她订了酒店，到时我们一家三口一起在外面吃个大餐。"小溪白了爸爸一眼。他开始坐立不安，女儿像个侦探似的总是以审问的口气跟他说话，他自知心虚理亏，背后直冒冷汗。

手机不停地响，林丹的电话打得他心烦意乱，在女儿面前，他不敢接她的电话，跑到餐厅外面接了两次，她却像个调皮淘气的孩子不停地拨打，只是一遍遍地问他什么时候到她那儿去。他把手机调成静音，林丹的微信却像滔滔不绝的洪水一般涌了进来。

小溪一直当低头族在玩弄手里的手机。小溪说："怎么会山体滑坡呢？你看，一瞬间，两个足球场这么大的厂房写字楼宿舍全被淹埋起来了。"

他看了一眼，果然呢，视频在朋友圈里疯转，他还以为是在拍电影，细细一看，却不是，深圳怎么可能会有山体滑波呢？又不是下大雨，毛毛细雨而已，有点匪夷所思。

"爸，我们从前住的地方，怎么会呢，我记得山不高，怎么会山体滑坡呢？哪来这么多的泥土？"女儿举起手机，他这才看清，不是拍的什么特技电影，是真的呢。他打了一个激灵，下午躺在自家沙发上，他做的梦，不就是那座土坡山吗？他梦见他和张莉一起去爬山，还梦到碎石一地把他俩淹埋了。怎么这么巧，冥冥之中上帝安排好了吗？在同一时间，他做梦时的小山坡竟然发生了特大自然灾害，而他，已经好久没有去过那个山坡。

好险，幸亏搬家了，他暗自庆幸。刚来深圳时，他和张莉在同一个工业区上班，周末喜欢去附近的山上玩，后来，他们创业自己开了公司，早就搬离了那里，可是他还有客户关系在那个工业区，有不少老朋友。

他拨打了其中一个老总的电话。电话接通了，那头传来焦急无奈的声音，说这回完了，埋了不少工人，厂房也倒了，设备也全埋里面，他刚好在外面开会，要不然……

微信传播速度好快,他今天只顾着想怎么开口向张莉摊牌,没看到朋友圈里到处在刷屏,各种现场的视频,看得他触目惊心。他好久不曾去那座山附近转转,怎么会有这么多的泥土涌向成排的工业区厂房,像推倒多米诺骨牌似的?

张莉的电话还能打通,却总是没有人接听。父女俩开着车兜了一圈后已经是深夜,他们决定去报警。

那个年轻的接警员虽是好脾气地接待了他们,却告诉他们失踪没有超过二十四小时不立案,建议他们再找找。

"我妈的手机还能打通,你们可不可以帮忙定位找一下?"小溪不服,苦苦地哀求。

年轻警察笑了一下,说:"也许你妈只想出去转转,兴许现在已经到家了。"

"下午被山体滑坡掩埋失踪的几十个人,手机也还有信号。"旁边那个一直盯着屏幕的协警说了一句。

小溪生气地拉他的手往外走,他却突然感觉到从头到脚地冰凉,张莉不会一个人跑去那个工业区吧?

他叫小溪不要再打妈妈的电话了,再打就没电了。

"我妈会不会被人绑架了?前段时间香港的富豪被人绑架要一千万的赎金。爸,你会去赎我妈吗?"小溪坐在副驾驶位上,头发遮盖住大半个脸,她双手紧紧地抱住自己的肩膀,哽咽道。

"别乱说,哪来这么多的绑匪?人家要绑也是绑富豪,我们哪里够得上?"他紧急地打了下方向盘,差点撞到路中间的隔离带。

"爸,我妈是什么时候不在家的?"小溪反反复复地重复着问道。

他不语，张莉的失踪彻底打乱了他的计划。他看着女儿无助的眼神，甚至打起了退堂鼓，只要张莉平安回家，他决定再推一推，至少等小溪半年后考上大学。林丹那儿他还没想好怎么跟她开口，但已经不重要，她舍得为他怀孕，都等了这么久，一定不在乎再等一年半载的。

父女俩回到家，屋里黑黑一片，张莉没有回来。

小溪不死心，又到母亲的卧室里翻箱倒柜地想寻找一丝蛛丝马迹。

他独自在阳台安抚电话那头的林丹，让她这几天尽量不要打扰他，他会解决的，前提是他要找到张莉。

"姜果然是老的辣。老狐狸，她不想离，就玩失踪了，那我们的孩子怎么办？"电话那头林丹终于爆发，歇斯底里地喊道。

如果是以前，他一定会好话哄劝林丹，今天他实在是累了倦了，早早挂了电话。

卧室里传来苏小溪的尖叫声，他冲进去，小溪手里拿着一本台历，脸色苍白，嘴唇哆嗦，害怕使她浑身发抖。

他拿过小溪的台历，没看出什么特别来。这只是一本普通的台历，一直放在张莉的床头，每到元旦换一本，这是她的习惯。

"爸，你看，我妈每天晚上睡觉前都画一个符号，前面全是勾，就昨天画了个叉，今天我妈就失踪了，这是为什么？"

他的脸在一刹那一定非常难看，先是发烫然后是冰冷，他看懂了她的符号，昨晚他没有回家。

"我要去报警，妈妈一定出事了，你看这些符号，一定是出事了。"小溪从他的手里抢过台历。

"警察又不是福尔摩斯，这符号并不能代表任何事情，你妈说不定在和我们玩捉迷藏。小溪，你冷静冷静，你妈最后一次和你通话是什么时候？"他抱住女儿安慰道。

"昨天晚上下晚自习，我给我妈打了电话，她还问我回家想吃什么，她提前准备，我没感觉和平时有什么反常。"小溪盯着妈妈用红笔画的叉回忆道。

他始终没有勇气在女儿面前承认昨夜一夜未归。女儿已经长大了，在妈妈被确诊癌症的那一天就长大了，只是他不知道。

他安抚女儿回房睡觉，自己半躺在客厅的沙发上看电视，电视里正播放今天下午山体滑坡的紧急救援。老天爷似乎害怕突如其来的灾难不够引起人们的重视，竟然下起了倾盆大雨，给救援工作带来了更大的难度。他盯着电视屏幕，脑海里一片空白，他算明白了，新区的建设，一层层高楼平地而起，挖地基的泥土都堆到山坡上了，总有一天会向人类报复，就像身体，堵得久了就会得癌症。对，那个山坡就是城市的身体，堆上去的泥土就像癌细胞，总有一天会土崩瓦解，要了人的命。然而现在，对于他来说张莉的失踪、林丹的突然怀孕远比山体滑坡更重大。虽说是上百人来不及逃出，被泥土掩埋，可这跟他又有什么关系呢？现在跟他有关系的只是张莉的不知去向。他不得不承认，私底下，他是一个自私的人，不关心政治、不关心环境、不关心人类，只关心自己，与自己息息相关的事哪怕是针尖小也是大事，与自己无关的事再大也不过是新闻。

女儿哭了一个晚上，他没有哄她，寄希望于明天早上。也许，明天早上张莉就会奇迹般地站在他们面前，提着一大袋新鲜的菜，袋子里还有一条活蹦乱跳的鲈鱼或鲤鱼，女儿爱吃鱼，每个周末家里的饭桌上总少不了清蒸鲈鱼或者红烧鲤鱼。

他是被一阵急促的电话铃声吵醒的,是家里的座机,在天蒙蒙亮的早晨,在客厅的小茶几上急促地响起。这座机好几年了,形同虚设,他们的电话都是打到手机上,要不是电信办理一年的 ADSL 免费送座机话费,估计早就停机了。

他怔怔地盯了一眼还在急促响起的座机,女儿也从房间里冲了出来,父女俩都没敢去接电话,会不会是绑匪终于来电要他们去赎人了?一瞬间他的脑海里竟然闪现了这么一个念头。

女儿接了电话,电话接通,竟然没有人说话。

"也许打错了?"他松了一口气,故作轻松地对女儿说道。

女儿刚挂掉电话,电话又响起,这次他朝女儿摆摆手,看了一下显示屏上的陌生号码,还是刚才的号码,他说我来接。

他接起电话,电话那头还是沉默,他立刻火冒三丈,好像这两天来的怒火怨气终于可以发泄了。

"山体滑坡来得突然,张莉没来得及逃出来。"好久,电话那头传来一个男子疲惫的苍老的声音。

"你谁,你说清楚一点,张莉怎么会去那个鬼地方?"他咆哮道。

女儿已经抢先一步把电话抢过来:"你说我妈妈在哪里?你手机不要关机,我和爸爸现在就过来。"

雨下了一夜,父女俩二话不说去车库开车往山体滑坡的工业区,他脑海里一片空白。据说整个工业区都没了,那里有他们从前一起工作的厂房,有他们一起在工业区里住的宿舍,全被夷为平地了。他和张莉的爱恋回忆都跟这个工业区有着密切的联系,现在一切都不复存在了,和他们已经消失的爱情永远消失。当然他相信，过不了多久，在被掩埋的工业区废墟上还会新建起一片新的工业区，但已经不再是从前的工业区，从前的工业区，现在躺在一层层厚厚的黄土之下。

迎接他们的是一个高高瘦瘦的中年男人，没有开场白。中年男人很直接地告诉他们，昨天上午他和张莉在房间里聊天，她累了，要躺一会儿。他出去买菜要给她做饭吃，他从菜市场买菜回来，泥石流像万马奔腾般汹涌而来，他来不及回到房间叫醒张莉，房子已经被埋起来了。他不安地看着他们父女俩，说昨天下午他已经在失踪人口那登记了，也许张莉命大……

女儿早已经哭成泪人，几个足球场大的空地上，昨天全是厂房、宿舍楼、写字楼，如今只剩下黄土，几辆救援车在里面挖掘，旁边哭天喊地的家属一直在埋怨，怎么才几辆车，这要挖到什么时候？

他狠狠地向高瘦的中年男子打了一拳，这一拳打得两个男人都醒了，然后是撕心裂肺的哭声，好像张莉真的已经死了。可是他不是急着要和张莉离婚吗？

林丹的电话再次打来，他再也不愿意接。现在，他的心是悲痛的，是失去亲人的悲痛，这种悲痛是任何人都无法抚慰，任何小三小四都代替不了的。

中年男子边哭边诉说他和张莉的故事。他叫高飞，也是个癌症患者，他们是在癌之友认识，两人谈得来，他知道她患了癌症后再也没有性生活，他患了癌症，妻子也离婚远走高飞，两个同病相怜的人经常一起互诉衷肠。

她是个好女人，昨天她过来是想看看你们以前一起工作一起生活的工业区，然后跟我说要和你离婚的事情。我劝她想开点,好歹她这么多年了身体里没有癌细胞复发,而我的已经是晚期了,医生说最多三个月。人都要落叶归根的,我买好了这星期回老家的车票,还没来得及告诉她。

他从裤子口袋里掏出一张皱巴巴的火车票递到他面前,他不知道他要向他说明些什么。他卑鄙地看了他一眼,怪不得这么瘦,面部这么黄。

"你什么癌?"他问。

"肝癌。"

"疼吧?"

"疼。"

"张莉也是,我不敢看她疼痛,甚至再也不敢碰她的身体,我怕癌细胞。"苏泽给自己点燃一根烟,女儿在不远处的地方哭着和家属们一起用双手抛开泥巴。

"张莉说过,说你有洁癖,她不怪你。"

"你们给我戴了绿帽子,还戴了这么久?我竟然不知道,如果不是事故,估计我永远也不可能知道了!"

"张莉说你外面的女人怀孕了,前天到家里找过她。"

"你是说林丹去找了张莉?不可能。"

"你外面的女人朝她脸上吐了口水,要不然她也不会跑过来找我聊天。

"还有,没有人给你戴绿帽子。我们只是癌友,两个患了癌症的人除了惺惺相惜、互相同情、互相可怜,不可能发生关系。任何一个癌症患者,都更渴望一个健康的伴侣。你不懂,你没有生病,你是幸运的。如果可以让我多活半年,让我干什么都行。"男人似笑非笑。

高飞带他到失踪登记处慎重地把家属一栏换上他的名字和手机号码,登记处的工作人员狐疑地看着他们。

高飞说他要走了,如果不走,以后就没有机会了。他不想死在深圳,他要回老家先给自己找一块风水宝地,他说他们那儿山清水秀,是个好地方。

两天后,救援队挖出了一具遗体,遗体已经面目全非,只能通过DNA比对来确认,小溪已经采集了血液。

整整一个星期,登记亲人失联的家属们寸步不离地守在那里,大家的心情越来越沉重。那天晚上,传来好消息说救出了一条生命。然而却是一只小狗,其他挖出来的都是遗体。人们围着那只被救出来的小狗,小狗已经饿得奄奄一息,微弱地呜咽,一直不肯离开。人们纷纷猜测,一定是小狗的主人还埋在里面,它舍不得离开它的主人。

小溪拖着沉重的脚步走到小狗跟前,惊讶地叫道:"欢欢。"小狗睁开眼睛看了一眼小溪,神形变得欢快起来,在场的人们也都惊讶地看着这一幕。真的是欢欢,苏泽的泪水在那一刻汹涌而出。欢欢是张莉养的小狗,他不喜欢小动物,从来不和小狗亲,小狗也识趣,不在他面前摇头摆尾。欢欢没有往日的神采,皮毛沾染了黄泥全然不再是白毛狗,而是黄毛狗了,小溪竟然能从小狗的眼睛认出欢欢来。小溪给救援队反馈,在找到欢欢的地方一定能够找到她妈妈。不过,他们却没有能找到张莉。

在欢欢被挖出来的附近,没有张莉的影子,救援队的人解释说动物都是敏感的,山体滑坡时,它跑得快……

后来的几天,每一次新挖出一具尸体,他的心都被揪得紧紧的,上前辨认不是张莉后,心情却更复杂,偌大的滑坡山体下面,张莉到底在哪儿呢?

他开始一遍遍地回忆他们的故事。就在被掩埋的工业区里,那时候没这么多的厂房,也没这么多的泥沙,下班后,他们穿着清一色的蓝色工衣手牵着手丈量每一寸土地,小山坡是他们每个周末都要爬上去的。他记得山坡上还有好几棵杨梅树,高高的,是土杨梅,个小又酸,每年清明前后他都带她摘杨梅,他像猴子一样爬上去,拿根小树枝使劲打,她在树下捡,运气好的时候可以摘一大袋,她拿回厂里分给小姐妹们吃,一脸的幸福。

后来,他们结婚了,租在工业区的农民房里,简简单单的一个小单间,一张床、一张桌子、两把椅子、一个电饭锅、一个炒菜锅就是他们全部家当。

他凭着过硬的技术自己出来单干,也是靠运气,那时候真不愁单啊,也不像现在月结,还有半年才结的,那会儿做工厂真好,付款及时,生意慢慢就做开了。女儿学习好,考上了好的高中。本以为好日子就要来了,张莉做好了当全职太太的准备,却不承想,一次体检结果彻底粉碎了她的梦想,虽然是早期,还是全切了,张莉丰满的胸部像被铲平的飞机场。

他替她难过,陪她去医院,却不愿意再和她同床共枕,他挣扎过,他还是爱她的,只是他不能接受睡在旁边的是一个癌症患者,天生的洁癖让他本能地拒绝。

一个星期过去了,又一个星期过去了,救援工作暂告了一个段落,张莉不在被挖掘出来的遗体里,和另外五个失踪的人一起,活不见人,死不见尸。

小溪在他的劝说下终于回学校了。他送小溪进入校门时，心里涌出了酸楚，小溪瘦弱的身影像一根刺突然就刺痛了他的心脏。

这期间，林丹倒是很知趣，除了偶尔地微信问候一下，没有过多地骚扰他。

他开车往福永林丹的公寓去，不管怎么说，现在，林丹肚子里怀着他的孩子。

林丹在家里煲了汤等他，他不知道该怎么开口，想责问她为什么要去找她，已经没有意义，反正张莉已经变成了失踪人口，而他现在不可能和一个失踪的人办理离婚，那么林丹肚子里的孩子生下来时只能是黑户。

他没办法面对小溪。他该怎么跟她解释？她能接受吗？她妈妈失踪了，他告诉她，他给她找了一个新妈，准备生一个弟弟或者妹妹给她？

他叹了口气，只坐了一会儿就借机公司有事要处理，匆匆离开。他不提她肚子里的孩子，她也不提，但她已经开始穿宽松的孕妇裙，肚子显山显水地暴露在那儿。

然而就在此时，苏小溪出事了。原本是乖乖女的苏小溪在网上认识了一个男朋友，最初只是天生好奇，玩玩而已。谁料到那天，苏小溪竟然鬼使神差地请了个病假到酒店和那个所谓的男朋友开了房。偏巧那阵子政府扫黄，小溪用的是网名，男的也用网名，两人被扫黄队碰上时互相说不出名字，被当扫黄对象抓到了派出所。

他去派出所领回小溪时，小溪眼神涣散地盯着天空，始终没有看他一眼。

他尴尬地面对女儿，这件事，他甚至不知道应该怎样开口问，不知道应该怎样开口和女儿谈，如果张莉在就好了，他再次意识到他们家缺失张莉就像缺失了气场，哪儿都不对劲。

他带小溪回到家，等小溪洗完澡出来，他想好好和小溪谈谈，小溪的眼睛却始终只盯着天花板和地板，真把他当爹的当成空气了，看也不愿意看他一眼。

长大成人的小溪长得真好看，和年轻时的张莉简直就是一个美人胚子里出来的，弯弯的眉毛，高高的鼻梁镶在白净的瓜子脸上，一笑起来和当红影星章子怡一样。章子怡是小溪的偶像，小溪知道自己的气质和她不相上下，甚至一笑一颦都模仿也想成为国际章。

小溪梦想的大学是北影，从小的梦想，却因后来妈妈的生病，小溪一夜之间改变了主意，想当医生，一心想报考医学院。现在好了，快高考了，妈妈失踪，失踪的还有小溪对高考的渴望。

苏泽开不了口。小溪长大了，破处了，他是她的父亲，却找不到更好的言语来和小溪谈谈这事，苏泽情急之下竟然想到了林丹。

苏泽做梦也想不到，小溪竟然可以在众目睽睽之下羞辱林丹，一个十几岁的女孩，凶狠起来不亚于四十岁的泼妇。他狠狠地甩了小溪一巴掌，小溪的泪在那一刻决堤而出，一屁股坐在地上大喊救命。正值晚餐高峰期，酒店里座无虚席，他狠狠地看着围过来越来越多的人举起手机不停地对着他们三个人拍照，林丹估计也没想到小溪有这么大的能量，可以当众指责她是小三，指责她肚子里的孩子是野种。

平生第一次，苏泽心里拔凉拔凉的。他一直以为他是周旋在妻子和情人之间，原来不是，他周旋在三个女人之间。张莉失踪就像一个紧箍咒，每天诅咒他的生活。

苏泽在小溪的身上，看到了另一个张莉，生病后不爱言语的张莉原来一切都看在眼里，一丝不祥从指尖传递到他的脸上，手指不听使唤地发抖。张莉真的失踪了吗？小溪真的不知道张莉去了哪儿？难道就不会是她们母女演的双簧？

男人的智商有时候真的很可怕，苏泽突然一阵轻松，拉起林丹就走。小溪还在那儿继续向陌生人指控他的种种罪行，那又有什么关系呢？小溪长大了。

苏小溪也失踪了，学校老师打电话过来，小溪已经好几天没有上学了。苏泽这才真正地着急起来，小溪的手机也已经停机，才十七岁的小溪能去哪儿？酒店事件后，苏泽再也没见过小溪，他天真地以为女儿闹过消停后就乖乖回学校了。

小溪没有回家，也没有回学校。这可真的急坏了苏泽，连连检讨在酒店里他作为一个父亲的失职。林丹不以为意，小溪这么大的人了，又不会饿死，有一天自然会回来。

他是我的女儿，你怎么能这么说？苏泽白了她一眼，他那天只是想让林丹劝劝她，林丹竟然炫耀地告诉小溪，她快要当姐姐了。

罢了罢了，都是他的错，他怎么会没有想到，林丹这么急切地要让他娶她进家门，巴不得向全世界宣布她肚子里怀了他的种？

或许，替意识里，他带小溪和林丹见面，不过是一个自己的借口，是他要借林丹的嘴告诉小溪的借口。

可是现在一切都不重要了,重要的是张莉失踪,泥石流挖出来几十具尸体,却没有张莉的。小溪也失踪了,所有能找的都找了,好像从人间蒸发一样。他甚至后悔没有留下高飞的手机号码。在很多个没有月亮的夜晚,他一个人坐在家里的阳台上,很想找个人聊聊时,他总是想到高飞,一个临死的人对生命总有自己的感悟。现在他特别难过,张莉生病后,他从来没有真正关心过她的心。他残酷地把张莉划成癌症患者,只要给她足够的钱治疗就够了,他没有想过张莉的需求,作为一个女人的需求,生理的,心理的,他只想到他自己。他知道他再也无法弥补,只能选择淡忘,毕竟生活还要继续,不是吗?

警察找到苏泽时,苏泽正在商场给林丹肚子里的孩子买小衣服。小家伙会动了,还有五个月就要呱呱落地,那天是林丹的生日,他想不出送什么给她,他不能跟她结婚,张莉只是失踪了,他还有婚约在身。有人说小溪去打工了,有人说小溪去了另一座城市,有人说小溪和网友私奔了,他没有办法去求证,正如林丹说的,腿长在她身上,想回来时一定会回来的。

他没有理由把妻女的失踪之罪加在林丹身上。林丹肚子里还怀着他的孩子呢,他是一个男人,不过四十出头,需要正常的生活。焦灼了两三个月,他很快地调整好自己,准备迎接新的生命,只有这样,才能让他忘了那些焦虑的事情。

不知不觉,时间又过去了两个月,张莉和苏小溪有了消息。

是林丹雇凶杀死了张莉和小溪,现在已经是人赃俱全。苏泽听到后一下子晕倒在地。软软弱弱的林丹怎么可能做了这种事?他醒来第一件事就向警方证实,不可能,是不是搞错了。

"你不问问你老婆、女儿是怎么死的,还只关心嫌疑犯?"

一个女警员冷冷地看他,估计太多的情杀案,女警员已经看惯了。

他这才搞清楚,他也被当作嫌疑人带到警察局问讯。

女警员指着几张照片一一审问他。高飞?那个男人的照片怎么也在警察手里?他不是说他和张莉都是癌友,晚期,快死了,坐火车回老家等死吗?

"没错,他确实是肝癌,不过还没死,估计也快了。他就是林丹的合伙人,你认识他?"

"不可能。一个癌症患者,怎么可能是凶手?你们是不是弄错了?"苏泽喃喃道。直到现在,他还没见到张莉和小溪的遗体。

林丹在网上找的高飞,起初不过是想找高飞以癌友的身份去引诱张莉,只要张莉和苏泽离婚。哪知道张莉并不领情,甚至不愿意让人知道自己是个癌症患者。

高飞急需一笔医疗费来维持生命,引诱不了张莉,林丹不给钱,最终,两人合计,将张莉杀死在出租屋里,还没来得及掩埋尸体,山体滑坡,一切似乎安排得天衣无缝。

如果没有后来小溪当众羞辱林丹,如果高飞回到老家,安静等死,一切似乎都是那么完美。

高飞又飞回深圳,为了给父母留下一笔养老钱,再次充当了林丹的雇凶。

苏泽从警察局回到家,他觉得自己也患了癌症。是什么癌呢?是生活癌还是爱情癌?他说不清,他只感觉到浑身都不舒服,浑身没劲,似乎家里到处都是癌细胞,这些癌细胞在慢慢入侵到他的身体里。他裸身在空气中,空气中的癌细胞抚摸他身体的每一寸肌肤,甚至头皮,对,无孔不入,他呼吸,癌细胞也吸到了肺里,吸进了身体的每一个部位。他痛苦地闭上眼睛。

这个和张莉一起建造起来的家还是没有一点改变,一样的摆设,客厅的空白墙上还挂着他和张莉的婚纱照,照片上,张莉是那么年轻、那么健康。

回想前几天他才答应的林丹,让她搬过来一起住,在这个家里生下她肚子里的孩子。那天,她承诺会比张莉更好地照顾他。她对他说,她肚子里的孩子一定会比小溪还要优秀。

他躺在阳台的躺椅上对着夜空茫然地张望,一轮明月升了上来,悬挂在天空,圆圆的。他仿佛听到张莉和小溪在他背后叫他,她们一起对他说:"快看啊,月亮的脸。"那仿佛是很多年前的事了……

2016 - 08 - 02

拯 救 谁

正午的太阳火辣辣地照射着大地，建筑密集的街道上一丝风也没有，灼灼热浪透过低低的气压，一层层从四面八方扑来，顿时让人喘不上气。做完手术后，我独自一个人走出医院大门，感到前所未有的疲惫和致命的干渴。

我的脸色一定非常难看，没有一点血丝，一脸病态的苍白。我只想一个人坐一坐，好好理一理三十年纷扰繁杂的人生。推开麦当劳的门，一股冷气袭击而来，真是冰火两重天，找个位置坐了好一会儿才慢慢适应室内的冷气。

一群孩子在过生日，热热闹闹地说笑，唱着欢快的生日歌，两个小时前，我在医院流掉了肚子里刚成形的孩子。我转过身看着窗外，透过玻璃窗，公交车站的广告牌前人头攒动，不远处的人行天桥上人来人往，我只是这座城市的看客。身后，孩子们已经散去，莫名的忧伤汹涌而来。

这是我生活了十年的城市吗？熟悉而又陌生。十年来，我只属于这个城市的夜晚。

我在滨海路的"滨海村"租了一套两居室的房子。那里远离繁华，适合居家，而且从阳台上可以看到红树林。我喜欢海，虽然这里的海充其量也不过是一个小小的海湾。白天的时候姐妹们喜欢到我这里玩，有时候唱唱卡拉OK，更多的时候则是玩麻将，打纸牌。

我们上班的地方在城市的繁华地段，用蛇口人的话说是在"深圳市"。很久以前我住在蛇口，蛇口人把蛇口外的城市叫作"深圳"，我总是弄不明白城里人的生活，可是这并不妨碍我穿梭在这些城里人之间。晚上八点到凌晨五点，华强北一带的大酒店时常有我们的踪影，我们穿着低胸裙子像幽灵般让酒后的男人沉迷和兴奋。我们的客人有陌生的也有熟悉的，但这都不是最重要的，最重要的是服侍好他们，然后拿着客人给的小费滋润每一个寂寞的夜晚。

极少的夜晚我会躺在开着空调的房间里看盗版碟。我只买盗版碟，因为那更便宜。我的卧室里乱七八糟，到处扔着已看完的光盘，我懒得收拾，它们和我换下的内衣裤纠缠在一起。心情好的时候，我才会懒洋洋地把它们收到箱子里。心情好那一定是迪安要过来陪我过夜，迪安是一个爱干净的男人，喜欢咀嚼柠檬味的口香糖，清淡的烟草味夹着柠檬的味道是我迷醉的味道。

"满香。"母亲在电话里欲言又止。我打了一个软软的呵欠。从来都是母亲主动给我打电话，不是我不想家，而是每每拨起在心里熟识的电话号码时，我就不知道我能跟母亲说些什么。

母亲已经老了,我也三十,不再年轻,岁月已经在眼角隐隐浮现。

"满香,在听吗?"母亲在电话那头干咳两声后问。我点点头,突然想起母亲在电话那头根本就看不到我,我急忙应答母亲。

"你已经很多年没有回家了,有空回来看看。"这一年来母亲的电话总是这样结尾,我说:"快了,回去后就不再出来。"

"小妍,你还记得吗?"母亲说完,一阵雷电在耳边响起。这段时间,白天和夜晚总是雷雨交加,时常有闪电从酒店的落地玻璃窗划过。

"小妍,哪个小妍?"我在记忆里搜索,脑海里一片空白。

"你五哥的女儿小妍啊。"母亲提醒道。

我说:"记得。"小妍是三伯的第一个孙女,堂哥比我大十几岁,小妍出生的时候我也才十一二岁。那时候,我放学的任务便是帮堂嫂照顾小妍。小妍对我比谁都亲,怎么不记得呢?现在小女孩应该已经出落成大姑娘了,从家乡出来后除了母亲和我联系,极少和家里人联系。母亲也会偶尔在电话里提起她,见我没有反应也不再提起。母亲话里有话,吞吞吐吐让我心里一阵阵紧张。

"小妍怎么了?"

母亲开始在电话里数落小妍的种种不是。她说小妍初中毕业后去一所普通的技校读书,却不学好,旷课,还骗同学老师的钱去网吧打游戏,最后被学校开除了。小妍从学校回家后,每天泡网吧,和社会上一些三三四四的男男女女混在一起,整天不见人影……

"还记得世言吗?"母亲又小心翼翼地问。

当然记得,世言是我的初恋情人,我和他青梅竹马。高中毕业时我们都没有考上大学。高考放榜那天,我们从镇上走回村里,一前一后,一句话也不说,我们已经互相暗恋多年。回到村里时已经很晚了,天下起了小雨,村里的小路开始泥泞,带着高考落榜的失落,我不小心摔了一跤,世言默默地把我扶起,然后抱紧我。第一次有男人抱着自己,我没有挣扎,那是我梦里渴望了许久的怀抱。

世言吻了吻我说:"嫁给我吧,满香。"

第二天,我就离开了家乡,没有告别,我逃向了南方。

我知道世言一直在等我。八年前,我回过一次家,世言天天到家里看我,回深圳的时候,世言默默地把我送上车,汽车快开时,他说:"满香,我等你回来。"

我从来不愿意提起世言,母亲却早已洞察。

"世言走了,听说去了云南。满香,世言一直在等你,等不到,如果不是小妍他也不会走,也许还会等你回来。"母亲叹了口气。

我打了个哈哈,我不想让母亲听出我任何的心绪。母亲一直在说与我不再相关的事和人,小妍和世言好上了,早已经不是新闻。

"世言人不错,怪可惜的。"母亲还在诉说,我没有打断,也不插话,只是静静地听。

母亲最后说:"小妍去深圳了,缠着要你的电话号码,我已经把你的手机号码给了她。如果她去找你,你就尽量拒绝。"

原来母亲绕了半天只为了最后一句话。我看了看手表,已经快到上班时间了，我得走了。

出门的时候，雨又下了起来。

非非把我拉到一边说："姐姐，昨天我在表妹那里认识了一个女孩，很漂亮，改天带过来给你见见。"

我不语，每介绍一个女孩进来都会有数额不等的介绍费。

"那女孩和你是同乡，和我表妹在餐厅里做服务员，刚到深圳，肯定还没开苞。"非非强调。我暗暗冷笑："初到深圳就没被男人睡过？这什么逻辑？"

我说："改天再说，现在风声紧，新人进来容易发生意外。"

非非快快不乐地走了，她也是以前的一个姐妹介绍进来的，我们这一行大多数是靠熟人介绍。我已经很久不接客了，手下有二十几个姐妹，我是她们的大姐大。

整个晚上我都周旋在姐妹和男人中间，凌晨时，她们要么已经出去坐台，要么坐在厅里抽烟聊天，或者打瞌睡。我给自己点了一支烟，脑海里还想着母亲的话，关于小妍。

小妍现在应该有十八岁了。

我一直在等小妍的电话，可是一连几天过去了，依然没有她的消息，我开始担心。

我不认为小妍真的会变坏，我已经想好了，如果小妍来找我，我就让她学点技术，然后好好找份工作，过安稳的生活。我不希望她像我这样每天周旋于男人之间。

下班后我冲了个热水澡。迪安的电话来了，他说他已经到楼下了。迪安是我无法拒绝的一个男人，我等他上来的空隙，打开音响放起了柔柔的音乐。

我们接吻，然后做爱，累了才平躺在床上说话，当然更多的时候是沉默，我喜欢在沉默中回味刚才的那份激情。我们已经认识五年，这五年里，我们做了多少次爱谁也记不清，只是我们谁也不会期待，期待被世人称作爱情和归宿的东西。在很多年以前我们就不期待，所以我们之间从来不会说爱，迪安不会说爱我，我也不会，我曾经问过自己我和迪安之间是否有爱，但我没有答案，后来也就懒得再问自己了。

爱与不爱又能怎样？我的身份始终是这座城市的夜精灵，不属于白天。白天只能睡觉，偶尔和一个固定的人做做爱。晚上也不属于我，一到晚上我们就属于需要我们的男人，然后他们会在心满意足之后给一些小费养活我们的白天。

迪安呢？迪安属于他的油画。他已经在大芬村画了七年的油画，我去过那里，全村都是油画，迪安的画在这些画中被成批地装裱然后成批的卖出去，只是迪安只能赚到极少的钱，每个月固定给乡下的老婆寄点生活费，剩下的就用来交房租。

有一次，迪安伏在我的身上说："满香，你会跟我回家吗？我想带你回家。"

我的手指深深地插进迪安的头发里："回哪里的家，迪安？"

迪安大口大口地喘着气，最后叫了起来，如排山倒海般地泄了，我却还没有感觉，女人的感觉总是来得晚些。迪安不好意思地抚着我的脸，然后吻我，一滴泪从我的眼里流了出来。我在心底说："迪安，又何必呢？"

"满香，我没有家，我是个流浪儿，所以不能带你回家。"迪安吻着我的乳房说。

我已经不想要了,只是突然想哭。

从那以后我们做爱再也不说话,只是默默地做,大声地喘气,迪安会叫我的名字:"满香,满香。"我甚至怀疑迪安叫我的名字就像叫着任意一个音符。

迪安会在某个早晨到来,在黄昏时离去,他淡淡的柠檬味在床上久久不散。

我跟迪安谈小妍,迪安沉默不说话,我也沉默着躺在床上,手机一直没有响。

我有事没事总喜欢四处逛逛,我知道自己是在潜意识里寻找小妍,深圳这么大,小妍会在哪里?

我计划着找到小妍后要对她说的种种,告诉她要学好,要学东西才能在深圳谋生,当然我也一直在想着如何向她隐瞒我的工作。

可是小妍没有出现,我的生活和原来没有两样,我的姐妹又走了两个,其中一个被港商包养了,这已经算是最好的归宿,还有一个修补处女膜后就回家结婚了。

每个行业都有淡季和旺季之分,夏季是城市的娱乐旺季,大热的天,喜欢回家的人越来越少,非非又跟我提起那个我同乡的女孩,少了两个姐妹是该加人了,我说:"你带过来看看吧。"

非非便乐颠颠地走了。

非非把女孩带到我面前时,讨好地看着我,我狠狠地给了她一巴掌。非非也不是省油的灯,愣了一下后扑过来,姐妹们都慌了,不知道发生了什么事,过来把我俩支开。

"你打人。"非非朝我叫喊。

我不语。怎么会是小妍？非非带来的女孩怎么会是小妍？虽然多年没有见面了，可是我还是一眼就认出了她。

"不要以为你是老大就可以随便打人，还不他妈的都是做鸡的。"非非又冲上来，我厌恶地朝她瞪眼，走到小妍跟前，摸着她的头，这样的场面，是我所有想好的开场白里唯一没有想到的。

"姑。"小妍抬起头，我心里一沉，小妍都经历了些什么，怎么可以一点都不慌乱？

"妍儿，你怎么不跟我打个电话？走，我先带你回家。"然后拉小妍，小妍却站着不动，她满不在乎地看着我和非非。

我用力拉着小妍就往外走，我在心里说道："一定要救救小妍，不能让她如我一般生活，她是我的亲人。"

回到住的地方，我一句话也不说，小妍也没有跟我说话，只是沉默地望着窗外不理我。窗外，都市的霓虹灯下陌生的面孔已经开始了他们的夜生活。

电话响了起来，是回家乡结婚的姐妹阿兰打来的，她断断续续地哭，哭累了才说了句："大姐，我想再回深圳，你欢迎吗？"

"回来吧！"我全身都瘫痪了。

我试着跟小妍说我的计划，她现在还小，要去学校多学东西，如果愿意，也可以去学画画，迪安在大芬村收学徒。小妍瞪着大眼睛冷漠地看着我，我打了个冷战，浑身不自在。

小妍说："姑，我已经是成年人了，我知道怎样选择。"

我有什么资格管教小妍？我们本就不该在这座城市相遇，但我的潜意识里还想挽救小妍走一条充满阳光的大道。

安顿小妍睡下了,我走出家门,打车回到酒店,我已经习惯了酒店的夜,夜里的我在酒店生活。

非非闹情绪拒绝出去坐台,却被人打了一顿,我赶到的时候姐妹们正在安慰她,我说:"非非,回去休息吧。"

非非冷冷地看着我说:"我不干了。"

"我尊重你的选择,你明天就可以不来了。"我说,"明天阿兰要回来上班。"阿兰修好处女膜回家结婚时曾发誓永远不相见。没有人哼声,大家都作深沉状。我点了一根烟,烟雾遮住了我的脸和眼睛,我眼里没有泪,明天我们会在哪里?我自己呢,会回老家吗?

下班回到家的时候,房间里很安静,小妍一定睡得很香,我暗喜。

是的,小妍睡得很香,她正睡在迪安的怀里。迪安什么时候来的?我悄悄退出房间,把门重重关上,然后坐在客厅里喝水。房间里,小妍和迪安正在穿衣。

2005－06－14

龙　脉

题注：脉，本义是血管。《索问·脉要精微论》："夫脉者，血之府也。"引申为事物的连贯性。《国语·周上》："农祥晨正，日月底于天庙，土乃脉发。"指土壤开冻，如人身脉动。后人常喻地势有条理和联系。《史记·蒙恬传》："（长城）起临洮，属之辽东，成垫万余里，此其中不能无绝地脉哉？"《吴越春秋·越王无余外传》："行到名山大泽，召其神而问之山川脉理。"可见，先民早就习惯称山川之间的联系为脉。无名山高低起伏，绵延逶迤，如伏龙、龙舞、龙飞。所以有风水先生称之为龙脉。

1

知道我们罗村的人不会不知道龙泉，知道龙泉的人却可能不知道我们罗村。

龙泉是罗村的一部分，是罗村的象征，罗村人的骄傲，所以龙泉在很长的一段时间里成了我们罗村的别名。特别是干旱年，方圆几百里的人赶着马车、牛车，骑着单车或者挑着两个大木桶不分昼夜涌向我们罗村。长长的汲水队伍从村头排到村尾，又从村尾排到马路边。

沉寂了一年的罗村在干旱年变得热闹非凡，村里的大人们脸上洋溢着得意的神色，骄傲地大声说话，当然说的全是关于龙泉。外村的人边讨好地从衣兜里掏出自家种的烟草递上前边频频点头附和着，是啊，多亏了龙泉，救活了多少条人命。龙泉的水源源不断地往外流，并不因取水的人多而断流，毕竟是龙泉啊！村里的大人们狠狠地吸了一口外村人递的烟，随手在龙泉边的菜园里摘一片白菜叶当水瓢从龙泉取水猛喝一口，然后夸张地在嘴里漱了漱，对着天空喷出并不比婴孩的尿长的一条水柱，随后又是一番感慨。

我们村的姑娘个个都白白嫩嫩，大人们说那是托了龙泉的福，龙泉的水清澈甘甜，滋润了多少少女的皮肤，用龙泉的水洗澡比城里人用牛奶还滋润。

我敢说没有哪个姑娘的皮肤能比得上巧云，在我们罗村几百户人家两千多人里谁也不敢说自己的皮肤有巧云的皮肤白嫩，富有光泽。甚至我们镇上的干部子女们天天用这个膏那个粉的往自己脸上抹，见到巧云也自觉矮了三分，所以巧云是出了名的美人。

巧云是我的同学，是我们罗村的美人，这本来是没什么，我们罗村同龄同班同学的不止我们两个，少说也有十几二十个。我们罗村人气旺，据说三百年前我们的祖先，携妻拖女地逃荒到这里后就再也没有离开过，一晃三百年，全村个个是正宗的罗家人，无一外姓，人口已经超过两千，如果不实行计划生育可能还会再翻三番。虽然如此，我们罗村人却已经在早些年分支，由血缘较近的几个大家庭组成一个族。那也是没有办法的事情，试想这两千多人的大家族里谁当家长都难当，天天生活在罗村却相互叫不出名字。这也难怪，我们罗村不仅人口众多，而且分布挺广，整个罗村相当于别的村庄的好多倍，所以我们不得不感激我们的老祖先，给我们选择了这样一个非常好的生存之地。

我们罗村几百户人家聚居在一座绵长的山脚下，远远地看着这山，像一条卧着的龙。虽然没有任何一个人见过真正的龙，但罗村上上下下，从老人到小孩对龙的描述却是活灵活现，似乎龙的图腾就卧居在自家的小院子里，可想而知，这山和真的龙是多么逼真。我们把这山叫作无名山，之所以称之为无名山，是因为它确实没名字，而它之所以没有名字，是因为没有人给它取名。罗村不像附近的村庄那样有一座小小的，和狮子相差甚远的山就叫作狮子山，还有叫作猴山之类的。没有人给我们的山起名字，我想这一定有缘由的。叫作龙山吗？太俗。久而久之，我们罗村那没有名字的山就叫作无名山，直到现在，还是没有人弄清楚，到底无名山是没有名字的山还是被叫作无名山的山。这些姑且不用去考究，年年清明节给老祖宗上坟拜祭的时候，全村的男女老少都会自发地在家里蒸五颜六色的糯米，然后由年长的家长朝无名山拜了再拜，三百年过后却没有人知道我们最老的祖宗到底葬在何处。

像龙的山没有名字，或者说像龙的山叫作无名山，并不意味着我们罗村引以为豪的生命之泉也一样没有名字。不知从哪一年开始，这口一年四季源源不断流出清泉的泉眼就有了一个属于自己的名字——龙泉,甚至在龙泉的古老大理石围起来的保护墙上还刻着据说是清朝书法家王铎的真迹,这些年来纷纷慕名前来拜访龙泉的各界文人,除了仰慕龙泉的水,还有一个主要的原因,便是刻在大理石上的"龙泉"二字。

"龙泉是我们罗村人的母亲河,是我们罗村的生命血液……"这是后来成为诗人的罗诗人写的,从此,罗村的大人小孩总能在龙泉边背着罗诗人发表在县报上赞美龙泉的诗,罗村的小孩子在写作文时无一例外地都引用了罗诗人的这首诗。

每天早晨和傍晚是龙泉最热闹的时候,早晨,大人们早早起床,挑着两个木桶或者铁制的长圆桶走在小路上,到龙泉取水回家淘米做饭,傍晚的时候,女人们则挑着桶到龙泉取水给菜园里的菜浇水,或者摘了菜就在龙泉边清洗干净再回家,回到家就可以直接入锅炒了。暮色里,龙泉边上,男人女人们的说话声飘在龙泉上空,很快又像风一样散去,显出它的幽静,这个时候的龙泉惹人生出一份怜爱。我时常坐在家门口看着龙泉来来往往的村人,村人亦看我。

我家是离龙泉最近的一户人家,确切地说我家和巧云家是离龙泉最近的两户人家。我们两家并排在村里通往龙泉的小路旁。我们村的建筑错落有致地建在无名山脚下,和无名山挨着,由石子铺砌的小路连接起来,没有统一的设计,可是我们觉得却比任何设计都要漂亮。年久失修的石子小路长着一层层的青苔,给罗村带来更多的新绿。

龙泉离我家仅一百米,有着取之不尽的泉水,但龙泉的神却不在于此,而是龙泉的水永远都停留在一个固定的水平线。不管是有很多人取水还是没有人取水,龙眼的水位不高不低,静止般地停留在大理石围砌的保护墙处,永远停在刻着清朝书法家王铎先生的真迹上。这就是我们罗村的龙泉,似乎在诉说些什么,又似乎什么也没有说。

每天早晨我起床的第一件事就是拿着脸盆到龙泉打一盆泉水洗漱,龙泉的水冬暖夏凉。洗漱完毕,我总是忍不住用双手掬水喝一口,最后再打一盆水回家给母亲烧饭。回到家的时候母亲已经将昨晚的剩饭菜热好等我吃了去上学。

学校在离村子不远的小镇上,我习惯和巧云结伴而行,每天早晨我都坐在龙泉边等巧云。巧云的母亲接二连三地生孩子,作为长女的巧云早早地就帮母亲分担家务活,每天早上总是迟迟才赶到龙泉边。有好几次我们都迟到了,迟到了就要在教室后面罚站一节课,巧云总是不好意思地看着我,我装作没看见。在巧云面前我要表现出男子汉大丈夫敢作敢当的气概来,虽然巧云和我同年同月同日生,而且比我还早一个小时。

小学六年级,我是班长,巧云是学习委员,每次考试我和巧云总是不分上下,偶尔我会以一分之差位居第二名。巧云总是坐在我们班第一排的位置,这当然是给巧云的妈妈长了脸。巧云妈一口气生了五个女娃,因为没有男孩,巧云的妈在重男轻女的罗村人面前总抬不起头,只有每次考完试去拿成绩单的时候,我和巧云还没回到龙泉边,巧云妈远远地就叫起来,不用说巧云一定拿了第一,当妈的脸上也就有光了。

"瞧瞧人家巧云,这么聪明,以后肯定会有出息!"我妈总在一旁附和着对巧云妈笑,我则红着脸低着头站在妈妈面前不知所措,却从来没有因为自己得了第二感到羞愧过,倒是从心里替巧云高兴,甚至暗暗庆幸自己没有拿第一。

晚上的时候我妈照例给我煎一个荷包蛋表示庆祝,虽然没有拿第一,但年年拿成绩单回家,总有荷包蛋吃,这点我不敢告诉巧云。巧云家姐妹多,鸡蛋要攒着拿去换油换盐,而且那一年听说巧云妈又怀上了。

2

小学毕业那年夏天,我们罗村发生了几件大事,其中一件是一夜之间罗村七头肥壮的老黄牛悄无声息地失踪了。正值农忙季节,我们罗村没有机器犁田犁地,更不可能有货车帮忙从田地里运稻谷玉米花生回家。牛是几百年来罗村的重要劳动力,最不可缺少的运输工具。

七头肥壮的老牛离奇失踪是在牛主人到牛栏给牛喂稻草的时候发现的,刚开始没有人在意,以为是牛饿了挣脱了绳子上山吃草去了,不久这牛就会慢悠悠地回来,这是常有的事。可是这一次七头肥壮的黄牛没有回来。

牛的主人一上午学着牛的叫唤,满山满村找牛。那几天在龙泉边最热闹的话题就是关于牛,牛没有找着,消失得无影踪。最先醒悟过来的是巧云妈,巧云妈那时候已经挺着老大的肚子了,老人们盯着巧云妈的肚子都说这次应该是个男孩了,肚子尖尖圆圆的,不像前五次肚子大是大,却扁圆,一看就知道是女娃,巧云妈也一脸得意的笑。

巧云妈坐在龙泉边提醒村人,和牛一起失踪的还有我们村的惯偷三只手。三只手不是真名,这一看就知道,这是村人起的外号,这外号却也是有来由的。三只手的左手在大拇指处多长了一根手指，比常人多了一只。那时村人还没有把他称为三只手，叫他三只手是在他半夜潜入叔叔家偷鸡被发现之后，从此罗村就有了一个叫作三只手的人。

三只手是罗村的过街老鼠，但每一次村人都原谅了他。这跟他没有父亲只有一个苦命的妈有关系，每次村人抓到他，他那瘦弱的瘸了脚的母亲总是一把鼻涕一把泪地跪在村人面前。人心都是肉长的，再强硬的罗村人也没好意思把他送到派出所，教训他一两句就算了。

那年三只手也不过才十九岁，可是才十九岁的他已经常被大人拿来吓唬夜里哭闹的小孩，哭闹的小孩子一听到"三只手来偷小孩"了，就赶紧停止哭闹，不敢再发出声来。

七头牛的主人疯了般冲进三只手家，三只手不在家，这是人们意料中的，只有他的老娘坐在灶前生火。因为柴火不够干，火半天也生不起来，房间里浓烟滚滚，呛得冲进三只手家的人睁不开眼睛，连连咳嗽。

找不到三只手，也找不到七头牛，村人气愤地砸了三只手家的大水缸，其实大水缸里已经没有水了，愤怒的村人到派出所报了案。没有丢失牛的人家再也不敢掉以轻心，那段时间村里人一律把牛放进屋里，罗村的牛第一次享受到了宾馆式的待遇，却苦了主人，一股牛骚味在屋里弥漫着不说，第二天还要清扫牛屎牛尿，一时间村人怨声载道。

3

在牛案子后的一个星期，罗村又发生了一件离奇事。龙泉的水竟然流出了血一般的红水来，这是前所未有的。每天大人们都站在龙泉边叹气，龙泉已经流了一天一夜的红水，没有变清的预兆。原本清澈见底的龙泉现在已经变成混浊的污水，刻在大理石上的"龙泉"二字也早已经无法看清。村人赖以生存的龙泉水变红了，像血一样，再也没有人敢喝，没有水喝的村人像发了疯的困兽一样围在龙泉边团团转。老天爷，这到底是怎么回事，罗村犯了什么王法要如此惩罚罗村？难道非要罗村断子绝孙不可？

村人开始四处找水源，但是非常遗憾，除了龙泉，整个罗村挖不出一点水来。

龙泉的水再多也不会漫出几百年前用大理石砌的墙壁，据老人们讲龙泉的泉眼从地底下到刻着"龙泉"两字的地方刚好有五米，在五米的水平线上不多也不少，变成血水的龙泉便也不多不少地静静地沉默在五米的水平线上。

有人提议用抽水机不停地抽水，把血水抽完。

抽水机在村里抽了一天一夜，抽出的红水流在龙泉附近的田里，整个田野在晚霞里血红一片，远远地还可以闻到一股腥味，这哪是龙泉甘甜的水啊？

抽了一天一夜的龙泉却纹丝不动，水还是静静地在那条水平线上，不多不少，抽多少水，龙泉还会流多少水出来，这次罗村人彻底感到了恐怖。

在龙泉流血水的第二天，罗村又出了一件大事。一户人家的十五岁的儿子爬到树上掏鸟蛋时摔了下来不省人事死了。虽然罗村有老人老死病死，但这是第一次听说有小孩子摔死。

可是偏偏事有凑巧，十五岁的少年没来得及下葬，也在相隔一天的同一时刻，我们罗村又有一户人家十八岁的儿子从镇上赶集回来时，出车祸也当场死了。

黄牛失踪，龙泉的血水流了两天，村里有两个年轻人死于非命，各种传言在村里散开，一定是造孽啊。

罗村的龙泉事件惊动了县里，县里来了人，对着龙泉指指点点后无可奈何地摇摇头，小汽车屁股后面的烟还没有飘散又绝尘而去了。

村里最年老的老人坐在龙泉边烧香祭神，最后有人说出去请风水先生吧。我们罗村虽然人口众多，却没有一个风水先生，即使有，那也只是一般的道士，面对罗村这口神奇的龙泉谁也不敢说半句话。

风水先生是罗诗人经过同学的介绍从一个偏远的小城请来的。风水先生来的时候龙泉已经流了三天三夜的血水，罗村人已经有三天三夜没有喝到甘甜的龙泉水了，每天都有大人拿着一个大水桶到镇上买自来水。那些自来水喝起来没有一点儿味道，不像我们龙泉的水润喉。一些老一辈子的人喝惯了龙泉水，突然换成自来水竟然咽不下，在第三天的时候，罗村最年长的老太太死于家中，渴死的。

现在罗村人终于知道了龙泉的重要，龙泉是我们的母亲啊！村里人心慌慌，不知道明天村里又会发生些什么，发生在谁家？只要龙泉的水一天不变清，罗村人就没一天好日子过。

我们罗村的小孩子全部停学在家，大人们把孩子关在家里，不敢让孩子到处乱走，害怕一不小心就有灭顶之灾。我准备升学毕业了，我妈拿我没办法，只好天天接送我上学放学。

每天早上我和我妈在龙泉边等巧云，听说巧云妈快生了，巧云每天早上起床还要照顾四个小的妹妹，所以总会迟几分钟。

风水先生从早到晚站在龙泉边念念有词，然后由村长带着风水先生在罗村走了一圈。人们相拥着跟在风水先生后面，希望他能金口一开给罗村人指出一条生路，可是风水先生在村里转了一圈后把眉头皱得紧紧的，硬是一句话也不说，这可急坏了罗村人。

那些天罗村到处是哭丧声和人们的唉声叹气声。龙泉流了五天血水，罗村有五条人命相继死去，除了最年长的老人外，其余四个全是年轻人，一个从树上摔死，一个从无名山摔下断气，两个死于车祸。越来越多的恐惧笼罩着我们罗村，我妈每天早上睁开眼睛就大声地叫我的名字，听到我应才给我热饭，然后牵着我的手送我上学。

离升学考试越来越近了，我和巧云都在暗暗地努力，争取考上县里的重点中学。

4

对于我们罗村接二连三的离奇事件，我不知道巧云怎么想的，每次想和她谈谈自己的看法时，她总是扑闪着一双大眼睛看往天空，然后不说话。有几次她把目光转向我的时候我都可以看到她眼里的泪花，我安慰她不会有事的，却忐忑不安，这些事太离奇了，是大人无法解释，我们小孩子无法理解的。

"罗卡，你知道龙脉吗？"下课的时候巧云把我拉到操场边上的小角落里，一字一句地问我。

我摇摇头，觉得巧云这些天神色总是很忧郁，她一定是胡思乱想得太多了，要不怎么会问这么莫名其妙的问题？还有三个星期就要升学考试了。

我突然想起了什么。巧云的母亲这些天已经不出门了,是不是已经生了?可是一个男孩子问一个女孩这种事总有点不好意思,犹豫了很久最终没有问。

"我妈快生了,罗卡。"巧云红着脸低着头小声地说。

"是吗?听我妈说这次应该是个男孩,这样你爸就不会老打你们姐妹了,前些天你们家是不是请了道士?"我们罗村有个习惯,凡是生病或者家里死了人甚至准备生孩子求男娃都请道士到家里唱一个通宵,我家和巧云家近,道士唱法的时候嘀嘀嗒嗒地吹了一夜,那一夜我几乎无眠。巧云一定看得出我是红着眼睛在龙泉边等她的,她歉意地看我一眼,却不多解释,我也没问。

"你都听到了?"巧云看了我一眼,然后转身走回教室。最后一堂课我身在教室心在外,一心想着巧云说的龙脉,龙脉到底是什么意思?

无意中我的右手拇指放在左手腕上,竟然有微微的跳动传递到右手上。记得生病的时候母亲带我到一个老中医那里,母亲说叫老中医给把把脉,老中医就是这样给我把的脉。那里应该是脉了,我盯着自己的左手腕想着。龙脉呢?是不是也是龙的脉,也会跳动的脉搏?

放学的时候我拉着巧云说我知道龙脉是什么了,巧云一脸的惊奇,一脸的慌张,说:"你真的知道了?"

我神秘地点点头。

"那我们罗村的龙脉在哪儿,你也知道吗?"巧云半信半疑地看着我。

我没有接她的话,手把手地教她给自己把脉,问她感觉到跳动了吗?巧云不知道我要干什么,有点不高兴地说那跟龙脉有什么关系?

"你感觉到跳动的地方是你的血脉,是你自己的,龙脉就应该是龙的血脉啊。"我在脑子里搜索枯肠半天解释道。

"那我们罗村的龙脉在哪儿?"这次巧云不依不饶地问,我摇头,我又没有给龙把过脉,我怎么知道在哪儿?

那天放学我妈还是在校门口等我,我妈见到我高兴地招手叫道"卡子,这边"。

那一路我和巧云都无语,我妈问了我一些事,然后说了一些风水先生在村里的事,龙泉的水还是没有变清。走到镇上时,我妈顺便走进街边的一户人家买了一桶自来水。

晚上吃饭的时候,我爸兴奋地坐在餐桌前说关于龙泉和风水先生的事,风水先生在村里转了一圈之后说我们村的龙脉被切断了,所以龙泉才会流出血水来。

又是龙脉,我嘴里的饭还没来得及咽下去,差点吐出来。

"瞧你这孩子急的。"我妈拍拍我的后背,然后嘀咕着和我爸在那里小声议论。

5

风水先生在村长的带领下寻找我们罗村的龙脉,我们罗村藏在像龙的无名山下。对于无名山的描述,大人小孩都无师自通,可是对于龙脉在无名山的什么位置却没有人知道。大家都看着风水先生。风水先生神秘地笑着,然后坐在龙泉边临时搭起来做法事用的香台边上念念有词，手里拿着一根金黄色的小细棒朝东方指指又朝西方点点，村人围在龙泉边静默地看着风水先生做法事，没有人敢吭声，这关系着全村人的大事，全村两千多人的命运全掌握在与我们罗村没有任何关系的外地人风水先生手里。

风水先生大概是累了，喝着村长递上来的小米粥和村长嘀咕了两句，然后又紧锁着眉头闭着眼睛念词，至于他和村长说了些什么，没有人听到，连离村长最近的罗诗人后来回忆说可能连村长也没有听到或者没有听懂风水先生耳语些什么，要不然村长怎么会一点表情也没有？

傍晚的时候，风水先生才指出我们罗村的龙脉就在离龙泉不远的无名山半山腰上，那里长着杂草荆棘，没有任何一条通向那里的路，而且山势陡峭。谁也不可能想到那里竟然是主宰着罗村的龙脉。

大人们半信半疑，却没有人提出任何异议，有时候在科学无法做出回答的时候，人们只好沉默。

"龙脉被切，龙泉才流血水！"风水先生收起手中的小棒对村长也对村人说。

似乎有理，老人们点点头称是，却不能释然，龙脉怎么会被切呢？又不是人的血脉，小小的刀片一划就会血流成河，生命可以因此停止呼吸。龙脉也会吗？如果龙脉不会，为什么龙泉流了几天的血水？

天黑的时候，风水先生收法了，村长老婆已经在家里杀了鸡，村长和几个村干部陪着风水先生往家里走。

那个静静的夜晚，几乎每家每户关起门来就谈龙脉与龙泉，风水先生没有告诉众人龙脉何以被切断,也没有告诉村人怎么办。但那一夜,惶恐不安的村人终于睡了个好觉,既然知道了龙脉被切,总有个因果,也总有个解决的办法。

6

那一夜我躺在床上却睡得不踏实,脑海里总是浮现着巧云在学校对我说的话,她一定早就知道了,却不告诉我,那么她又是怎么知道龙脉的呢?风水先生是在我们已经上学的时候才告诉村人所谓的罗村的龙脉,而她竟然比风水先生还要神奇,这么大的秘密也不告诉我。

为巧云知情不报我一晚上都耿耿于怀,从小到大,我们一起玩耍,一起上学放学,无论什么秘密我都会告诉她,她倒好,却不把我当朋友。巧云把我当成朋友吗?我自问自答了一个晚上,直到公鸡打鸣时才迷糊了一小会儿,我妈叫我起床的时候我呵欠连天,以为是在做梦,确实是做了一个梦,一个与巧云有关的梦,梦见巧云不理我了,我追上去,可是怎么也追不着,最后再也看不到她的影子,我却脚步沉重,还站在原地,我那个急啊……我妈就叫醒我了。

那天早晨我照例到龙泉边等巧云,走到龙泉边的时候龙泉已经围了许多人,我以为龙泉的水变清了,扒开人群往里看,龙泉的水还是血红色的,风水先生正在擎着一束香朝龙泉拜了又拜。

到校门口的时候我妈目送我们进教室,我自己十三岁了,我妈还送上学,这多少让我有点不好意思,况且还是班长,所以总有点不能释怀,一挣脱我妈的手恨不得飞进教室。

"迷信。"走进校门口的时候我对巧云说。

"迷信?"巧云似乎不认识我一般看了许久。我摸摸自己的小脸,这几天没有龙泉的水可以任意挥霍,早上只是用湿毛巾揩了一下脸算是洗脸了,是不是脸上还留有眼屎或者别的?

我随手把身上的T恤卷起来在脸上抹了一把,问:"还有吗?"

"噗!"巧云掩着嘴笑。

我越发不好意思起来,也跟着笑。

"罗卡,怪不得他们都说你是最可爱的男孩,快走吧,要迟到了。"巧云说完跑了起来,她的羊角辫一跳一跳的真是好看。巧云好漂亮啊,我在心里感慨,然后也跟着她跑进教室。

7

在风水先生的带领下,村里几个年轻力壮的小伙子拿着开山斧直奔我们罗村的龙脉,人们企图寻找被切断的龙脉,那种心情无异于寻找一个从未听说过的星球,而风水先生则一路擎着一把香火念念有词。

"这里的荆棘被砍了,有人来过。"几乎是同时,几个后生惊奇地发现从另一个方向砍掉了杂草荆棘的小路。谁会到过这里呢?到上面来干什么呢?各种各样的猜测,有人想到了失踪的七头牛和三只手,甚至有人用鼻子闻闻说有一股腥味,立即有人反对说是香火味。

上山的人们面面相觑,不敢挪动自己的脚步,少数胆大的后生握紧开山斧,紧张地小心翼翼地朝着新开没多久的小路走上去,风水先生拿着香火的手因为紧张而在颤抖,大概他也没有想到吧。

"快来看,谁家新葬的祖坟?"第一个上去的罗诗人像发现了新大陆般叫起来。

在半山腰一块凸出的大石头下,一个农村人用来装先人骨头的罐子若隐若现,还有新鲜的香灰散发出淡淡的味道,在装着骨头的罐子旁立着一块碑,有人立即叫起来,是罗德才狗日家的。

"就是这里了,罗村的龙脉就在这里被切断了。"风水先生手上的香火已经燃尽,他挽起自己的长衣袖抹了抹脸上的汗水得意地笑着。

"看,日期刚好和龙泉水变红的时间相符,这个罗德才,天杀的。"人们叫骂着。

有人提议把罗德才家的祖坟当场砸烂或者把罐子里的骨头干脆扔掉,人们附和着,却没有人敢动手,你看看我我看看你,都不说话,最后大家把希望寄托在风水先生身上。风水先生从袋子里拿了一包香火点燃,这次他直接将香火插在地上。

"龙脉被切,龙泉必流血水。"风水先生朝香火拜了三拜说,然后不理众人转身走下山。不知所措的村人,是该留在山上还是跟着下山,留在山上又能做些什么?更有胆小的已经紧随风水先生下山。罗村的龙脉被切断处顿时又恢复了平静。

罗德才不是别人,正是巧云的父亲,一个已经连续生了五个女儿一心想要男孩频频酒后拿自己的妻女出气的罗村农民。村人涌进他家的时候他的老婆正挺着肚子躺在床上哼叫,被吓坏的二女儿告诉村人罗德才已经去请接生婆了,还没有回来,他三岁的小女儿正坐在院子里玩泥巴,看到那么多人冲进他们家吓得哭起来,捏着一块脏泥土跑进了妈妈的房间。

巧云的妈妈躺在床上听到院子里的脚步声时,不知道发生了什么事,一急就从床上爬起来,脚刚着地却痛得在地上打滚叫骂着罗德才的名字。

闻讯赶到的我妈在乡邻的目光中推开她的房门,她已经流了许多血了,快生了,我妈朝看热闹的几个大嫂求救,男人们都自觉地退到门外,我妈到厨房里烧水时才发现罗德才家的水缸空空如也,一滴水也没有。作孽啊,我妈叹了口气,赶回家中拿来昨天在街上买的自来水。

罗德才领着接生婆远远地从龙泉那里就看到他们家门外聚集着一帮乡邻乡亲,以为自己的老婆出事了,没命地往家赶。村人自觉地闪出了一条路,却没有人离开,有准备看热闹的,有试图主持正义的。

巧云的妈妈,罗德才的老婆,在生了五个女儿之后,生第六个孩子时难产了,鲜血染红了房间,接生婆摆摆手说快送去镇上的医院。恨归恨,怨归怨,一码归一码,这就是我们罗村人,已经有后生把担架架在自己的肩上了。

巧云的妈妈送到镇医院时已经奄奄一息,难产大出血,镇上的医生摇头说太迟了,大人小孩都没救了。罗德才像霜打的茄子一样蔫坐在地上嗷嗷大哭,叫着"我的儿子",那悲恸的叫喊声数年后村人一想起还会起鸡皮疙瘩。

巧云在下午最后一节课的时候被老师叫到教室外面后就再也没有回教室,散落在书桌上的课本也没有收拾就和来人跑到医院看妈妈最后一眼。

　　最后一节课我们正在上复习课，巧云出去了很久没有回来，我总预感是出了事，放学的时候匆匆收拾起我的书包和巧云的书包就往家赶，到校门口的时候没有见到我妈，便自己一路小跑回了家。

　　龙泉边还聚集着许多人，我看了一眼龙泉水，水还没有变清，风水先生不在了，只有昨天做法事的香台还留着。

　　"罗卡，知道吧，龙脉真的被切了。"后来成为罗村诗人的罗马拍着我的肩一副要卖弄的样子，那时候的罗马还只是一个高中毕业生，没有考上大学后便在村里四处游逛，后来才走后门当了民办教师，写起了诗，在县报上发表，被他的母亲拿到龙泉边炫耀，人们才给他起了个名字"罗诗人"。

　　"那又怎样，龙泉的水不是没变清？"我不喜欢罗马，更不喜欢别人在我面前卖弄，我已经看到我妈正在家门口朝这边张望了，她一定为忘了去接我而感到内疚，这会儿见我回来了，急急地朝我招招手。

　　"等着瞧，会变清的，知道是怎么回事吗？罗德才那个王八蛋竟然把祖坟葬在龙脉上，切断了我们罗村的龙脉，所以这水才变红，他可能自己也想不到，这倒会害死了他老婆。"罗马大声地说，似乎在发泄心中的不平，有人在旁边笑，点头称是。

　　"什么？巧云的妈妈？"我睁大眼睛看着罗马，"巧云家出事了？"

　　"罗卡，谁不知道你和巧云两小无猜，你未来的丈母娘没了，快去看看吧！"罗马甩甩手，我厌恶地朝他瞪了一眼，头也不回地往家赶，脚下似乎生风一般，从龙泉到我家这一百米路，我竟用了几秒钟就跑回到家了,如果有人做证兴许可以进吉尼斯纪录了。

巧云的妈死后几天巧云一直没有去上学,在村人的逼迫下罗德才将祖坟移迁了,罗德才跪在龙泉边向龙泉谢罪,村人远远地看着,都在叹气。

罗德才听了道士的话,将祖坟移迁到龙脉上就可以保准生一个男孩,全家兴旺,却不曾想到罗村在几天内出了那么多离奇的事,最后他老婆孩子也难产死了。

那年小学升学考试,巧云没有参加,我以全镇第一名的成绩被县实验中学录取,巧云从此再没有进入学校。

龙泉的水几天后自己变清了,开始几天却没有人敢去龙泉提水回来喝,第一个忍不住的是罗德才,大家看着他喝了没事也才放心地去龙泉取水,变清的龙泉水又恢复了往日的清甜,还是那么清澈见底,大理石上的"龙泉"二字更显得潇洒舒畅。

三只手是秋天的时候在县里偷盗时被抓获归案的,三只手承认了是他伙同外村人将七头牛偷走卖给牛贩子的。三只手被判刑那天,他瘸腿的娘拄着拐杖在龙泉边骂,说村人害了他的儿子,天理不容,人们在背地里暗暗偷笑,却没有任何一个人接茬。

三只手被判了九年有期徒刑,罗村的人无一不拍手叫好。

我去县里读中学的时候,巧云站在龙泉边默默地注视着我。自从因龙泉的事全村人用唾沫淹没了她家后,她就再也没有笑过。她妈妈的死更成了一个阴影,时时笼罩着她白净的脸蛋,她每天担负着照顾妹妹的任务,偶尔在路上遇见我,她也只是闪到一边装作没看见。

我从书包里拿出获得升学考试第一名时学校奖给我的英雄牌钢笔放到她的手里,她的眼里满是泪花,却一句话也不说,转身挑着两桶水走向回家的路。

龙泉在我的身后越来越远了,巧云也离我越来越远了,我的脚一高一低地朝前走,书包里还装着一瓶龙泉的水。

罗诗人在我去县城读书的时候当起了村里的民办教师,罗村终于有了自己的小学,孩子们再也不用到镇上读书。

我每个星期回一次家,拿米拿伙食费,我妈每次总会准备一小瓶的咸菜放进我的书包里,走到龙泉的时候我还会打一瓶龙泉水往学校带。我妈笑我说这孩子,大老远地背着一瓶水多累,学校又不是没有水。

我只是冲我妈笑笑,我妈不知道对于我来说一瓶咸菜和一瓶龙泉的水同等重要,我是罗村人,大概所有罗村人都喜欢这龙泉水。

8

我升入高中的那个暑假巧云失踪了,巧云失踪前我们村的罗马,当然,那时候小孩子们叫他罗老师,已经开始在县报上发表诗歌了,但是还是没有人叫他罗诗人,罗诗人是后来才叫的。

巧云失踪前已经出落成亭亭玉立的大姑娘,巧云的父亲越来越不顾家,每天喝醉酒了就在家里打孩子。村里人经常能听到巧云和妹妹搂抱着哭泣,那哭声我妈说就像死了娘一样凄惨无助,我妈说这话的时候一定忘了巧云的妈其实早已经死了。

没妈的孩子早当家。自从亲娘死后，巧云就负责照顾起四个妹妹的生活起居，还要忙地里田里的活。巧云的父亲在前些年时常会带回买的老婆，可是这些老婆总是在半夜的时候把巧云父亲在镇上买的新衣服全穿在身上，然后溜走，那时候巧云的父亲还不放弃生一个儿子的念头。

巧云默默地承受着父亲的醉酒和买来没几天的后妈把家里值钱的东西卷走，巧云不敢哼声，更不敢向父亲提出任何异议。要不然，父亲的拳头就会无一偏差地落在她和妹妹的身上。

"这孩子被他父亲毁了。"每次我妈看到瘦弱的巧云到龙泉挑水都会这样叹气。

巧云尽管没有得到太多的父爱母爱，但一直是我们罗村男青年爱慕的对象。虽然我们罗村全是本姓，却已经有了三百年的历史，本家人也已经没有太多的血缘关系，但这还多少让人想到乱伦。在我们那里同姓人是不允许通婚的，但这无法阻挡男青年们在龙泉边给巧云唱山歌。

由于当了民办教师的罗诗人已经写诗并发表了一首诗在县报上，他在我们村的年轻后生中就显得与众不同。那时村里的后生还都留着小平头，罗诗人已经梳起三七分头，没事在龙泉边转的时候村人总可以看到他的头发一甩一甩的。有中学生羡慕地说那是学张学友、刘德华的，大人们便问张学友是谁，刘德华又是谁？你们是怎么认识的？罗诗人越发为自己的发型感到得意。

巧云就是那时候和罗诗人好上的，两人时常坐在龙泉边看着龙泉水说话。那时候的巧云也不过十五岁，还没有人把他们的关系联想到男女问题上，直到有一天有人看到他们在无名山的山洞里抱在一起时村人才幡然醒悟。

谣言传遍罗村的时候，罗诗人已经不再是民办教师，他那在县教育局当局长的姨夫已经把他变成了公办教师，不到两个月又把他调到县里，据说是因为他的诗引起了县里某个官员的注意，让他到县委做秘书去了。

最后一个知道巧云和罗诗人事的是她父亲。男女自由婚恋本是很平常的事情，可是随着罗诗人的步步高升，村里人开始将恶毒的话语泼向巧云。说巧云勾引一个国家干部，说巧云是多么有心计，想夫荣妻贵，说巧云乱了罗村人的规矩，同姓不准谈恋爱……各种各样的谣言越来越出神入化，却没有任何一个人指责罗诗人，对于权势人们总是喜欢回避。当然，罗诗人自从当了国家干部后也极少回村里。

巧云的父亲将巧云痛打了一顿后再也不准她迈出家门一步，一把生了锈的锁锁住了巧云和外界的联系。巧云不哭也不闹，任凭父亲将自己锁在小房子里。巧云躺在床上，吃一点妹妹偷偷递进来的米粥，然后开始吐，站在窗外的妹妹以为姐姐病了，哭着到我家找我妈帮忙。

我妈好说歹说才从巧云的父亲手里拿到了房门的钥匙，巧云扑到我妈的怀里抽噎，把我妈疼得眼泪都流出来了。

巧云怀孕了。这是一个爆炸性事件，即使是巧云自己也不敢面对这个现实，那时候巧云还没满十六周岁啊！

不知道罗诗人知不知道这一回事，从那以后罗诗人就再也没有回过罗村，罗诗人的家人以一千五百块钱摆平了这件事。巧云的父亲那时候不仅喜欢喝酒而且好赌，正愁着没有赌资的他见到钱什么都答应，哪怕这钱是用女儿的名声换来的。

巧云在镇上的医院做人流，我妈和她妹妹搀扶着她回罗村，刚做完手术的她脸色苍白，我妈以为她会哭，可是自始至终她都没有流下一滴泪。

快到龙泉的时候，巧云对我妈说："婶，绕道吧！"

我妈看了她一眼，泪水在眼眶里直打转，叹了口气扶着她从另一条路拐过龙泉回家。在我们罗村有一条不成文的规定，凡是怀孕的和坐月子的女人都不许走近龙泉，以免玷污了龙泉水，我不知道那一刻，巧云的心里是不是流泪了。

那时候我正忙着准备中考。三年前，我和巧云一起去镇上的小学读书，忙着准备升学考试，三年后，巧云在罗村已经经历了一个女孩子本不该经历的痛，而我还得继续我的考试，这就是人生。

巧云做完人流后第三天失踪了，巧云她爸像疯了一样在村里骂娘。巧云失踪了，家更不成家了，巧云的妹妹跟我妈说，姐姐只带走了两套换洗的衣服。

巧云是一个没人疼的孩子，她是有意离家出走的，没有人去寻找。对于这样的事情，外人眼里只是三天的谈资，三天后就不再有人感兴趣，新的信息很快就将这件事替代。

巧云就这样失踪了，我知道的时候已经中考结束从县城回到家等录取通知书了。

巧云的二妹把一个漂亮的盒子送给我，说是巧云交代等我回来的时候要亲手交给我的。

我疑惑地接过盒子，回到家把自己锁在房间里，猜测着巧云送给我的盒子里有些什么呢？为什么她离家出走前还会想到送东西给我？

一支崭新的英雄牌钢笔,三年前在龙泉边我送给巧云的钢笔。那支钢笔本应属于她的,因为她没有参加升学考试我才考了全镇第一,这是学校奖给第一名的钢笔,我知道第一名应该是巧云,不应该是我。

巧云,她想说些什么?那天夜里,我躺在床上翻来覆去,脑海里全是巧云瘦弱的身影和一双美丽忧郁的眼睛无助地看着天空,像三年前在龙泉边一样,我欲言无语。

9

我顺利地考上了地区里的重点高中,学校不在县里,而是市里,紧张的高中生活使人几乎喘不过气来,入学仪式上校长就非常明确地指出一条路:为三年后的高考而奋斗!

在市里读高中,我几乎一个学期才回一次家,放假的时候学校经常要补课,放假对于我们高中生来说是一种奢侈。但只要一回到家,我总会提一个桶到龙泉边把自己清清澈澈地清洗一遍,把一路的尘灰全洗掉,只有龙泉水才能让自己变得清爽起来。

我还会在自己的书包里装一瓶龙泉水回学校。那时我妈已经不给我装咸菜了,在市里读高中,我们只能在学校大饭堂里吃着统一卖的饭菜,不像在县城自己带米用一个饭盒放到蒸笼里蒸,拿回宿舍就着咸菜就可以吃一餐。

其间巧云没有了一点信息,偶尔回家的时候我妈会说起,有人说看见她在市里给人当保姆,还有人说她到了广东,但是巧云却真真切切地没有回过罗村。

高考结束后我收拾自己三年高中生活的书本从市里坐班车回县城，因为没有直达的班车，所以必须在县城转车才能回到镇上。

在我下车的时候看到一个很熟悉的面孔，似乎又不像，我提着重重的行李站在车站里看着他，那人也看了我许久，然后朝我走来。

"罗卡，你小子考上大学了吧？"罗村人的口音，我努力地搜索认识的罗村人。

"你罗马哥啊，不认识了？"他笑着拍拍我。腰间别着的砖头大的手提电话"嘀嘀"地响了起来，罗马在人们羡慕的目光中拿起手提电话喂喂地叫起来，他的声音真大，吸引了旁边的一群人。那时候手提电话还不普及，而且形状也特丑，很大，却也很神气，别在罗马已经微微发福的腰间别有味道，特般配。

"嘿嘿！"我把自己的行李放在地上，不停地搓着手，那时候的我完全一副学生娃样，见到生人就脸红，即使是本村人也让我半天想不起来怎样跟人家寒暄。

"臭小子，长大了！"罗马拍拍我的肩。已经当了国家干部的罗马确实不再是罗村的罗马，在县汽车站也敢高声接电话，大声说话，说多神气就有多神气。

"卡子，我叫司机送你回家吧，天晚了，你娘会急的。"我这才注意到罗马旁边有一辆吉普车，他已经将我的行李往车上扔了，不由分说地把我塞进车里，他自己却不上车，对司机吩咐了一番朝我点点头说，我们罗村的秀才，不错。

开吉普车的是一个中年男人，长着老实的面孔，沉默着不爱说话。这种人适合给领导开车，我在心里想着。不知道罗马的官当到了哪儿。中年人没有说，我也没有好意思问。

吉普车把我送到龙泉边，下车的时候司机说，这就是你们罗村有名的龙泉了？

我说是，我们罗村的生命之源。

我妈早已经站在龙泉边张望了，见我从吉普车上下来惊愕了半天，然后才向司机道谢。

司机和许多外地人一样早已经有所闻龙泉的故事，眼下真的来到龙泉边了，神形严肃地站在铺着鹅卵石的龙泉边边看边点头赞不绝口。司机仔细地揣摩着"龙泉"那两个字，然后嘿嘿地笑，说，神奇，是一口好泉眼，怪不得罗副县长经常提起。

罗马已经当上了副县长？这大大出乎我意料，那时候我所知道的我们罗村人最大的官也不过是一个在镇政府专管计划生育的科长，而罗诗人竟然已经当上了副县长。

"这就是命运，人的命运，有些东西是天注定的，无法改变，就像巧云一样，好好的一个女孩。"我妈低着头边择菜边说。

已经很久没有人提起过巧云，冷不防地有人突然提起，大家都觉得沉闷，我爸拿着烟锅头在桌上敲了两下，我坐着没有吭声，我妈这才觉得失语，便也不再说话，一心一意地择她的菜。

大三的整个暑假里我妈再也没有提起过巧云，罗村也没有人再想起巧云，倒是巧云的父亲还时常醉酒，在村里闹酒疯，巧云失踪后她爸再也没有买到任何一个老婆。

巧云爸已经显得很老了，每次看见我总是远远地叫着"卡子"，我却像逃瘟神一样地躲开，我总是从心里惧怕着他。这种惧怕似乎是从龙泉水变红那时候开始，说不清的理由，似乎他身上真的带邪一样。多年后龙泉水一直清甜可口，极少有人会提起那时候的怪事，但我总会莫名地惧怕，后来读的书越来越多了，这种恐惧不仅没有减少反而加大。我不是一个有神论者，同时我心里也非常清楚我的惧怕跟这没有关系。我妈说："罗德才这辈子算完了。"

10

大学三年级回家过寒假的第一个早晨，我早早地帮我妈到龙泉边取水，远远地就看见一个女人抱着一个婴儿坐在龙泉边给孩子喂奶。早晨提水的人很多，女人竟然肆无忌惮地露出一个白花花的奶子给孩子喂奶。这在罗村是极少见的，奇怪的是取水的人谁也没有因此而在龙泉边停留，更没有人在龙泉边交头接耳窃窃私语，似乎大家对这已经见怪不怪或者故意装着不当回事。

在迷蒙轻雾的早晨，女人那偌大的奶子惹得人眼花缭乱。即使是在我们南方冬天的早晨还是让人感觉到刺骨的冷，更何况快过年了，正是最冷的时候。女人却没有像罗村的女人那样穿着棉袄，而是穿着在罗村人看来是很单薄的裙子，这一切显得与罗村格格不入。女人披肩的波浪形长发半掩着一边脸若无其事地给孩子喂奶，嘴里轻轻地哼着儿歌，我忍不住多看了一眼。这样的穿着打扮不会是我们罗村人，罗村的妇女即使是夏天也不穿裙子，更何况冬天，她那粉红色的裙子在龙泉边是一道说不出意味的风景。

女人看了我一眼，就这一眼让我感到整个身心都被掏空了，这是巧云般的眼睛，却似乎不是，巧云的眼睛是单纯而忧郁的，这双同样美丽的眼睛却是忧郁带着挑衅的，一丝冷冷的似笑非笑的眼神直刺人的心灵深处。

我张大嘴巴，半天说不出话来，不，不会是巧云，巧云怎么会是她？我破天荒地没有在龙泉边洗脸，急匆匆地取了半桶水落荒而逃，回到家的时候竟然气喘吁吁。

"累了吧！"我妈心疼地接过水桶。

"在学校太久没有提水了，有点不习惯。"我敷衍道，心里却突突地跳个不停。龙泉边女人的红裙子、女人的长发、女人的眼神和女人的乳房占据了我整个脑海，我在房间里走来走去，想出门再到龙泉边看看，可是却没有那份勇气。

整个寒假我闭门不出，除了每天早晨例行公事般帮我妈到龙泉边取水，我都把自己关在家里写毛笔字、读书。我渴望着再次见到那个女人，同时也害怕，一出门的时候就远远地朝龙泉边看，可是那个女人却再也没有出现。提水的村人依然在龙泉边的早晨络绎不绝，人们打声招呼寒暄一两句就急急往家里赶，没有人提起过龙泉边穿红裙子给孩子喂奶的女人。很多次我想问问我妈，我想我妈应该知道，罗村的大小事都逃不过我妈的眼睛，可我最终没有问，我妈也没有跟我提起过。

过年那几天罗村热闹非凡，鞭炮声、谈笑声不绝于耳。家家户户忙着包饺子，蒸年糕，杀年猪，为着过年准备着各种各样的年货。我们罗村有认山认树认石头为亲的习俗，说是命中注定需要这些亲家度自己，所以一到大年初一天刚蒙蒙亮就有人在所认的大树、石头前拜祭，放鞭炮，而最热闹的莫过于龙泉了。

　　罗村认龙泉为亲的如果没有一百也不会少于九十，大清早在龙泉旁边总是站满了人排着长队给"亲家"龙泉放鞭炮烧香，鞭炮声几个钟头里接连不断地响起。我家离龙泉近，年年初一天还没亮我就被鞭炮声吵醒，我妈大声地在院子里叫我："卡子，大年初一早起早吉利，起床放鞭炮了。"

　　大年初一放了鞭炮就可以吃饺子、吃汤圆了。小孩子们吃完汤圆会结伴给长辈们拜年。我妈早已经准备了一篮子的糖果、花生米等在家里，我们这一族的小孩不算多，每次我放假他们都喜欢到家里找我玩，所以没有不认识的。

　　最后一批到我家拜年的小孩是巧云的五妹，她怀里抱着一个小婴孩，我妈赶紧接过小婴孩，嘴里说别把小宝贝给冻着了。

　　巧云的五妹害羞地站在我妈旁边，我妈叫我拿糖果出来，五妹越发出落得像巧云了。

　　小孩大概七八个月了，已经会朝大人笑，粉嘟嘟的小脸蛋儿，让人忍不住想捏一把。

　　"真可爱，长得像巧云小时候，真是有其母便有其子啊！"妈妈拍着小婴孩的屁股自言自语道。

　　巧云的孩子？

　　我拿着糖果篮的手差点就松开，难道那天在龙泉边见到的那个粉红色裙子的女人真的是巧云？那个贪婪地吸吮着她奶子的就是妈妈手里的孩子？真是巧云的孩子？

　　大年初一巧云五妹抱着孩子走后，我犹豫着要不要去看看巧云？看到巧云我能说些什么？我们两家相隔不过几米路，可是我却感觉到距离的遥远，似乎是一条无法走到尽头的路。是啊，这么多年，我们都已经长大，成长使我们已经习惯了把某些东西埋在心的最深处，可是生活还要继续。这些年巧云失踪后都到哪儿去了，都发生了些什么？

我一会儿拿起毛笔在纸上写写，一会儿扔下毛笔拿本书，却一个字也看不进去，巧云在龙泉边看我的眼神时时在脑海里浮现。

大年初一，我没有出门，没有去看巧云。

大年初二吃了早饭后，我漫步到龙泉。大年初二的龙泉还是那么热闹，还有不少人在拜祭龙泉，寂静一年的龙泉边在春节时变得那么热闹，只有龙泉水依然如故地停留在那根水平线上，养育了一代又一代的罗村人。

从龙泉往家方向的小路上走，我没有回家，双脚似乎不听使唤地往巧云家走去。站在门口，我犹豫了一会儿，进去呢还是不进去？巧云家静悄悄的，没有过年的一丝喜庆，如果不是门口放鞭炮后散落的红炮纸，谁会想到这里正是春节一家团聚快乐过年呢？五妹抱着姐姐的孩子从屋里走出来，见到我害羞地低下头，轻声叫了声"卡子哥"，然后有模有样地哄着怀里的孩子。

我从袋子里掏出几粒糖果给五妹，五妹朝我笑了笑，接过糖果，把一块饼干放到婴孩的嘴里，七八月大的孩子已经懂得咬饼干了，孩子有滋有味地舔起来。

我逗着巧云的孩子心里感慨，时间过得真快。

"卡子哥来了！"五妹突然朝屋里喊，这一喊把我吓了一跳。

"卡子，来陪你叔喝一杯酒。"巧云的父亲在客厅里喊道，巧云和几个妹妹应声走出来。

巧云已经换下了那套粉红色的裙子，穿着紧绷绷的黑色过膝盖皮裙，黑色的袜子把她修长的腿衬托着很紧凑，只有城里过着悠闲生活的女人才会有的美。她斜着头扶在客厅的门框上看着我，那眼神还是在龙泉边的眼神，一丝忧郁一丝冷笑挑衅般地射进人的心。从前的巧云总是把目光避着别人，看到别处或者天空。

"巧云，真的是你？"在那一刻我找不出任何一句话。

我搓着手似在取暖，却后悔自己来时没有提点什么东西，否则这样也好可以掩盖我内心的慌乱。巧云的父亲在里屋叫了几声，一听就知道已经喝了不少酒。巧云依然斜视着看我，然后掏出一根烟，在打火机上敲了敲，打火机嗤的一声，跳动的火苗映着她涂了眼影的眼睛，一团烟雾从她的嘴里吐出来，在她面前绕成一个椭圆圈，慢慢地飘向我的脸。

那一刻我的心在痉挛，疼痛弥漫我的身心。

我匆匆地道别，巧云自始至终没有跟我说一句话，直到转身离开我依然能感觉到她在背后注视着我的眼神，挑衅地注视着昔日童年的伙伴。

11

大年初三，离学校开学还有十几天，可是我却再也坐不住了，有生以来第一次想尽快地逃离家乡，离开龙泉。

我找了个理由在中午的时候离开了家，我妈对于我急着回学校很不解，这年还没过完呢，许多在外地打工的人都还急着往家里赶，我倒好，大年初三就要离家回学校。

我妈很是伤心,可是我知道我必须离开。在另一座城市的女朋友知道我要回学校惊喜了一阵子,还有几天就是2月14日了,情人节,她一直想着和我过情人节。

女朋友是我的校友,比我低一级,我们在迎新生时认识。从那以后她就对我发起爱的进攻,我们已经好了一年多。那是一个和巧云完全不一样的女孩,她没有巧云忧郁的眼睛,她从小到大都生活在父母的庇护下,过着城里独生子女优裕的生活。

在县汽车站,我竟然又再次遇到了巧云,这次她又穿了她那套粉红色的衣裙,坐在候车厅里给孩子喂奶,旁边是一个大大的牛仔旅行包。我想着要不要过去跟巧云打声招呼,巧云抬头也看到了我。

"巧云。"我这次无论如何也不能装作没看见了,只好硬着头皮朝巧云走去。

"罗卡,你要回学校吗?"巧云右手抱着孩子的头,左手轻轻地拍拍孩子的屁股,抬起头却不看我。

"是,回学校。你呢?"我看了看巧云旁边的旅行袋,明知故问。可是这也不能算是我的错,对于巧云这几年的失踪和一个人抱着孩子回村对于我一直是一个谜。

"深圳。"巧云脸上又浮起那种似笑非笑的神形,是我所陌生的自我解嘲自我嘲讽的笑容。巧云不知道这样的笑容无法保护自己,却只会伤了另一个人。

"你在深圳安家了?"我说完却后悔得想打自己一巴掌,这不多余吗?

"家?"巧云望着车站不是很多的汽车,孩子不知什么缘故,哇的一声哭起来。

大年初三的小县城候车室里，人本来就不多，三三两两疲惫地坐着，大包的行李，像是刚从外地赶回家过年的，此时大家都面无表情地坐着，或者干脆闭上眼睛打盹，孩子突然的清亮的哭声引起轻微的骚动。

巧云轻轻地哼着儿歌哄孩子，我像一个犯了错误的孩子一样站在一旁，感觉有无数双眼睛朝我这边看来，顿时面红耳赤。

"罗卡，你为什么不问问我的事？"巧云哄完孩子后挑起长长的睫毛看我。

"我……"我无言以对，好奇心促使我想揭开巧云带给我的那团谜，可是我能以怎样的身份去打听，向谁打听？也许对于罗村，巧云失踪几年都是一个谜，除了她自己有谁可以揭开这团雾？

"罗卡，那天在龙泉你已经看到我了，为什么不敢打声招呼？因为你已经听到了龙泉边太多关于我的故事，所以你不敢，你认为我是一个坏女人，而你是一个大学生，所以你不敢当着龙泉，当着乡邻跟我打招呼。罗卡，我以为你与他们不一样的，原来你也这么想。"一串串的话语从巧云涂了紫色口红的嘴里说出来，生怕一停顿就被卡住，我不知道巧云是不是已经酝酿了很久。

我张开嘴巴想解释，却无从解释。巧云是一个洞察一切的女人，洞察了龙泉和罗村，洞察了我罗卡小小的内心世界。

我从包里拿出巧云失踪前还回来给我的英雄牌钢笔，那本应该是巧云的，这么多年我一直不敢打开看，一直将它封存在箱子底层。

"罗卡！"巧云抚摸着那支英雄钢笔，眼里蓄满了泪水看着我。我用眼睛示意她收下,除此之外我已经什么也不能说。

下午三点从县城有一辆直达深圳的大巴,我送巧云上车,无意中看见了罗马,他手里拿着手提电话正在大声地说话。巧云也看见了,我生怕巧云会有什么过激的行动,紧紧地提着她的旅行袋,手心因为紧张已经全是汗。

罗马在挂电话时一回头也看见了我,张开嘴巴正要说话时,愣了一会儿,显然他已经看见了身边抱着孩子的巧云,我们三个人都沉默地望着对方。确切地说应该是巧云和罗马默默地注视着彼此,谁也没有说话,我站在巧云的身边看看巧云又看看罗马。罗诗人的惊讶无异于《最后的晚餐》里耶稣对弟子宣布完可怕的消息后犹大的惊讶,也许里面还有着一点点的内疚。巧云在回来的时候是不是已经有了见到罗马的准备,在罗村,巧云没有见到罗马,却在回去的最后一刻见到了,是一种怎样复杂的心情?

我却从巧云的眼里看不出是恨、是怨、是怒,还是乐,她那双依然漂亮的眼睛就这样静静地注视着罗诗人,嘴角还是我刚刚熟悉的冷漠淡然的笑,一种无法言语的笑。

罗诗人最终憋不住了,一深一浅地朝我们这边走来,腰上的手提电话很及时地响了起来,罗诗人拿起电话喂了一声之后,就显得很紧张,似乎有什么要紧的公事缠身。

罗诗人看我们一眼又对着电话说了一通后,头也不抬地朝另一个方向走去,那里停着他的吉普车。

巧云没有看他离去的背影,只是自顾自地上了车,然后对我说:"罗卡,我走了。"

汽车开走了,在原地只留下我一个人呆呆地没有回过神来。

这似乎是一出戏，戏中本来不应有我，所以我也没有台词。

我又走回候车室，因为开往市里的班车还要等半个小时。低头却才发现拿出来要还给巧云的钢笔竟然还在我自己的手中，我端详了半天，人生真是一件说不清道不明的事。

我百无聊赖地坐在候车室里翻一本随手带的旧杂志，我不喜欢漫长的旅途。

"卡子。"

我循声望去，是罗诗人，我们县的罗副县长正笑眯眯地站在候车室外面朝我招手。

对于罗诗人，我说不上是不是应该恨他，如果当年不是他致使巧云怀孕，巧云的人生是不是会更好些？可是这些都说不清。巧云又在我的生活里充当什么角色？我凭什么去恨、去怨他？

我坐着没动，这并不表示我对罗诗人的反感，我只是觉得太累了，如果不是等车真想好好睡一觉。

"卡子，过来。"罗马这次大声地叫，候车室里已经没有几个人了，只有几个工作人员在打扫卫生，显然他们都认识县里的二把手罗副县长，都讨好地朝他点头，我极不情愿地提起自己的背包走出去。

"我刚好要去市里，顺便送送你吧！"罗副县长肥大的手掌拍在我的肩上，我极力想摆脱，我不习惯一个男人把手放在我的肩上。

罗副县长的司机已经将车门打开，接过我手中的行李扔进车里。

吉普车比班车舒服多了，开着暖气，还有当下流行的歌曲，原本昏昏欲睡的我却一点儿睡意也没有。我没有开口说话,我想罗诗人一定有话要说,可是此时他却做出一副深沉样,闭上眼睛似乎真的陶醉在音乐中。

车开了一个多小时,反反复复地播放那几首老歌,我靠在车上打了个盹。我已经打定主意,如果罗诗人不说话,我也不会跟他说些什么,本来也没有什么可以跟他说的。

毕竟还是大年初三,公路边的人家早早地就亮起了灯火,天快黑了,离市里还有个把小时,罗马很夸张地伸了个懒腰,然后又用他肥大的手掌拍我的肩说:"卡子,年轻人就是好啊!不像我们已经老了。"

我打了个哈哈,才三十出头就已经当上了副县长的罗马此刻正是春风得意马蹄疾。

"卡子,想不到你对巧云还真有那么点意思,两小无猜,青梅竹马,难得。"不出我所料,罗马终于把话题转移到巧云的身上了。

我的脸一阵白一阵红,嘴里似乎吞下了无数的苍蝇,想吐又吐不出。

我把脸转到一边看着窗外,已经全黑了,偶尔有一两个加油站在路边亮着灯光,远处稀稀拉拉的小村落里泛着点点的灯光,远远地还可以听到鞭炮声。

我的满脑子里全是巧云,却不能对任何一个人说。

"卡子,巧云变了,不再是当年的巧云了,我们自己也变了。"罗马见我不说话,似乎在安慰我又似乎在自我安慰,可是在我看来他只不过是在给自己的良心找一个借口。已经当了副县长的罗马,他能面对当年自己在罗村,在无名山洞里犯下的罪孽吗？如果是年轻人冲动犯的罪，那么所有的罪孽都无法抹掉，如果可以也只能补偿，他又能给巧云怎样的补偿？事过境迁，每个人都已经走进了自己生活的轨道，还能改变些什么？

12

未婚先孕本来不是什么奇怪的事，可是在当年的罗村，一个十六岁的女孩子怀孕，而所谓的男朋友又已经成为国家干部，受害的永远都是女孩。巧云在镇上做完人流，一滴泪也没有流，泪已经流干了。她把自己关在黑夜里，眼睛无法拯救灵魂的空洞，不管愿不愿意，她只能走进手术室，承受一个花季女孩不该有的痛苦。

罗村再也待不下去了，罗村两千多双眼睛都盯着她，这不是她的错，可是女人们都暗地里叫她妖精，男人们也附和着，眼睛却直勾勾地盯着她饱满的胸脯。

三年前她父亲听信了道士的话移迁祖坟，结果罗村一系列的怪事发生，母亲难产死，血流了一地，在相当长的时间里罗村人经过她家门口总要绕道而行，好像她家的屋子带着邪一般。

她看到了太多的鄙夷和充满厌恶的目光，除了喝酒就是打女儿的父亲为了传宗接代，竟然不惜花光家里所有的钱财买一个又一个外地女人回家，那些女人总是贪得无厌，想方设法榨取家里值钱的东西然后溜掉。

她和妹妹整天生活在恐怖之中，不知道哪天父亲又发酒疯了对她们一阵狂打。妹妹一个比一个小，母亲没有了，瘦弱的她成了四个妹妹的保护伞。父亲的拳头一扫下来，她就挡在最前面，妹妹们吓得哭起来，她却不再哭泣，已经习惯了，习惯了挨打和疼痛，肉体还会疼，还会痛，眼泪却不会再流。

在龙泉边，她提着一桶水清洗手上的伤，没有人关心她，每次只有一个男人默默地帮她去龙泉提水，对她说一些温暖的话。

她还不知道爱，可是她需要关怀，需要一些温暖的怀抱。鬼使神差地，巧云跟他上了无名山，在无名山洞里，一块平坦的大石头上，罗马把她的名字刻在上面。

她默默地看着他做这一切。那时候的罗马已经写了一些诗，他坐在石头上给她背他的诗，其实她听不懂，可是她喜欢听，仅仅是喜欢有人在她面前对她说话，太久的寂寞，渴望着有声音陪伴。

在那块大石头上，他们拥抱接吻，他脱下她的衣服。女孩过早成熟的身体使他不停地颤抖，那是一个完美的女性胴体，他不顾一切地扑上去。她没有意识到接下来要发生的事情，没有人对她说过。当她感觉到疼痛和觉醒的时候已经来不及了，男人一泄千里，之后气喘吁吁地趴在她的身体上。她昏厥了过去，一半是疼痛，一半是潜意识的觉醒。

那时候的巧云还不懂得性也不懂得保护，我们罗村的罗诗人轻而易举地得到了她的身体。有了第一次就有第二次，再后来的男欢女爱中，巧云已经学会了羞涩，偷偷地品尝这枚禁果。那是一种与父亲的拳头不一样的疼痛，带着身心的愉悦，更何况罗诗人已经对着龙泉发了无数次毒誓，今生非她巧云不娶。

那时候的巧云是多么渴望有一个家啊，一个有着爱的家，有人关心自己的家。她等着，可是等来的却是一个自己从来没有想过的结局，一个女孩无法承受的痛。

从手术室出来那一刻，没有人知道她是怎么想的。对于女儿的丑事做父亲的虽觉得脸上无光，可是三年前的龙泉事件已经让他在村人面前抬不起头，所以在拿了罗诗人家的一千五百块钱后便在家里责骂自己的女儿，甚至抓起破了一个洞的凉鞋甩打在女儿的肚子上，然后背起手走进了地下赌场，当然很快就输了个精光。

几天后龙泉边再也没有见到巧云的身影。那时候关于巧云的传言还没有平息，在罗村这样一个信息不顺畅的小山村，电视还没有普及，人们每天能谈论的事情无非是罗村人自己的新闻，巧云的事更是妇女们津津乐道的话题。

巧云离开了罗村，悄悄地走了，大家发觉的时候，巧云已经离开罗村一个月了。

没有人知道巧云去了哪里，巧云没有跟任何一个罗村人联系，罗村留给她的是永远的创伤。

几年后，罗村一些老的人已经陆续离开，长大的姑娘也已经陆续嫁了出去，不少小伙子娶回了外地的媳妇，呱呱落地的孩子已经能跟着妈妈跑到龙泉边取水，罗村人就这样一代代地在无名山下繁衍。唯一不变的是龙泉水，村人还天天到龙泉边取水淘米做饭洗澡洗衣。

巧云穿着深圳冬天的女人才穿的红裙子抱着孩子出现在龙泉边，相识的不相识的人全都惊骇地停止手中的活。巧云瞥了龙泉一眼，没有跟任何人打招呼，径直朝自己家走去。

这么多年后，巧云的父亲罗德才对于生个儿子的念头已经绝了，女儿的出走对于他是一个不小的打击，他带领着四个小女儿在田里地里劳作，过着极艰辛的生活。他每天还会喝酒，还偶尔喝醉，发酒疯，打人，却再也没有上过赌桌。他已经无法偿还所欠的赌资，再也没有人让他上桌，家里唯一值钱的就是一头无人肯要的老黄牛。

巧云回到家门口的时候，罗德才正坐在院子里修补犁耙。巧云推开虚掩的大门，罗德才抬起头看了看站在门外的时髦女人，又看看怀抱里的孩子，他不知道这个女人为什么一直站着不动，又继续干自己手中的活。

在那一刻，罗德才没有把站在门外的女人当成自己失踪的女儿巧云，他的记忆里已经没有巧云，他以为是到罗村走亲戚走错路的女人，已经老了的罗德才已经懒得与人说话。

"阿爸！"巧云抱着孩子的手随意换了一个姿势，背上的牛仔包沉沉地压在她的肩上，她空出一只手托了托，没有走进家门，眼睛却看着自己的家，她的家除了越来越破旧，一切都没有变样，甚至几年前她糊的窗纸还在。

罗德才愣了半晌，停止手里的活计，却不敢抬头看面前的女人，女人叫他"阿爸"，他的肩膀在轻微颤抖，他的女儿没有看到他脸上的表情。

"姐姐！"

"姐姐回来了！"

……

巧云的四个妹妹闻声从屋里跑出来，扑到巧云身上，抱巧云的孩子，把巧云背上的牛仔包拿过来放进屋里，似乎这几年她们的大姐不是失踪，只是昨天刚刚去走亲戚，今天又回来了一样。

妹妹们打破了巧云和父亲之间的沉默，巧云微笑着抚摸已经长大了的妹妹，松了一口气。父亲站起来，一句话也不说走回自己的屋里，然后狠狠地把门关上。巧云呆呆地看着父亲关起的房门。父亲对于她突然回家，对于她大老远地抱着外孙回家竟然一声不吭，这是巧云所有预想的状况中的一种，也是比较好的一种。

那天晚上，父亲没有和她们一桌吃饭，只叫三妹给她炒了一碟花生米在自己的房间里喝酒，那一夜父亲没有发酒疯，也没有出门跟巧云说话。

父亲没有把她赶走已经是很好的结局了，巧云抱着孩子喂奶的时候心里想。

第二天早晨，巧云像在家做姑娘时一样早早地就提着一个桶走到龙泉，所不同的是这次她的怀里还抱着一个婴孩，她想好好地再看看龙泉，用龙泉水给自己和孩子洗个脸，这才是真正地回到了罗村。

早晨到龙泉边取水的人很多，巧云打了一桶水上来后就坐在龙泉边给孩子洗了个脸，然后喂奶。她已经不再忌讳罗村人的目光，也没有主动跟任何一个人打招呼，似乎龙泉边络绎不绝取水的村人跟她没有任何关系。

给孩子喂完奶，巧云看见父亲正蹒跚地朝龙泉走来，巧云怔怔地看着父亲，她不知道父亲是不是也看见她了。他一清早地空着手到龙泉来干什么呢？

父亲的背有点驼了，他背着双手一下走到巧云的跟前，把桶里的水倒掉，又去打了一桶上来，对巧云说："你也洗洗脸。"

巧云听话地将毛巾放进桶里浸湿了水，然后放在自己的脸上给自己洗了个脸，龙泉冬天早晨的水温暖着她的脸。

父亲把水倒掉后又取了一桶干净的龙泉水，巧云抱着孩子，父亲提着水，父女俩一前一后往家里走。

父亲没有问孩子的父亲是谁，只是看了看孩子说，长得真好看，可惜了是个女孩。巧云的心被刺了一下，顿时泪如雨下。

这就是命吗？她不甘心，所以才抱着孩子回了一趟罗村，但是她知道她只是回罗村看看，不久她还会离开，回到深圳，把孩子的父亲找回来，承担抚养孩子的义务。她已经咨询过律师，那份协议是无效的。

13

几年前因为未婚先孕又被无情抛弃，巧云无脸再在罗村待下去，趁着天亮前还没有人到龙泉取水，她泪流满面地离开了罗村，踏上了从小镇开往县城最早的班车。那时候的她到过的最远的地方还是小镇，县城都没有到过的女孩对于外面的世界一无所知，那是一条不归路也罢，她已经无从选择。

她曾经有过到县城里找罗诗人的念头，她不相信他对着龙泉发的誓言，他在无名山洞里贴着她的耳朵说的情话全都是假的。那时候她是多么相信他的话，他说过给她一个家，直到他突然调到县城，他也没有向她告别，甚至什么也没有跟她说，一点预兆也没有。如果不是别人告诉她，她还不知道他已经调到了县城，那几天她心情坏透了，一吃东西就吐。她傻傻地坐在龙泉边等他，她不知道他为什么没有来，她以为他会在无名洞等她，她又一个人悄悄地爬上了无名山洞。也就是在那里他们的最后一次，被一个砍柴的村人发现，羞愧交加的她已经发誓再也不到无名山洞。可是为了见到他，在知道自己怀孕的那天她在那里坐着等了他一夜，他再也没有出现过。

巧云站在县城的汽车站里迷惘地看着往往返返的人和车，口袋里还贴着一百四十三块五毛钱，那是家里仅有的钱。

下午的时候她肚子饿了，花五毛钱买了两个肉包，吃了一个，一个用袋子装着，这个时候家里还不会有人发现她已经离家出走了。做完手术后她整天把自己锁在家里，现在他们一定以为她跑到哪里散心了，罗村更不会有人知道她已经走了，谁也不会关心她，人们关心的只是一些能带来快感的话题。

她爬上了开往深圳的汽车，没有目的，只知道那是一辆开往一座很远的城市的车。最主要的是司机只收了八十块钱，说第二天上午就可以到深圳。

小学课本里只有北京，没有深圳。在小县城的汽车站里没有到北京的汽车，她曾听去过北京的老师说过要到省会火车站才有到北京的火车，坐三天两夜就到了。她没有到过省会，不知道省会火车站在哪里，更没有见过火车。

也许是太劳累了，她一坐上汽车就昏沉沉地睡着了，直到第二天早晨才迷迷糊糊地醒来。她睁开眼睛，昨天上车的人有一半已经先后下车，车里斜着歪着躺着不到一半的人，她问旁边的一个女孩："到深圳了吗？"

女孩也是在县城车站上车的，刚上车时女孩还提醒她买一瓶水路上喝。她不是不想买，而是不舍得，一瓶矿泉水要一块钱，可以买四个包子，而在罗村龙泉水全是免费，且清甜可口，有谁会无缘无故去买一瓶一块钱的水喝呢？想到这些她脸红起来。

到深圳的时候,已经是上午十一点,车上除了巧云,只有那个女孩,两人都是在终点站下的车。这就是深圳了。巧云提着自己的小包袱走下车时方才感觉肚子饿了,昨天下午在县城汽车站吃剩的肉包还在袋子里,巧云把它拿出来使劲地咽,包子已经变味,可是她不管这些,三两口就吞了下去。

她站了半天也不知道自己应该去哪里,这里没有任何一个熟识的人,即使有她也不会去联络。她离开罗村就是不想让任何一个罗村人再看到她,她怕极了他们看她的目光,女人鄙夷,男人巴不得把她身上的衣服全扒光。

她在车站四周转了半天,肚子又饿了的时候她拿出五毛钱买包子,在家乡可以买到两个肉包子的钱在深圳却只能买到一个菜包,她依然不舍得买水,这里一瓶水至少一块五,比小县城的还要贵。

后来,巧云成了深圳的一名打工妹,在快餐店里做服务员,包吃包住每个月还有三百块钱拿。那时候刚从罗村出来的巧云还不知道自己年轻漂亮的脸蛋是资本。在快餐店做了三个月的服务员后,巧云跳槽了。

她去了娱乐城做按摩小姐。巧云很快就熟悉了这里的生活。她凭着年轻和漂亮在这个城市如鱼得水。她得到了不少顾客的青睐,夜宵、小费自然不会少。也就是在那时候她认识了秃头,秃头的真实身份是一家汽车修理厂的总经理,五十多岁的男人,头顶上的头发已经全掉光,成了秃顶。为了掩饰,他把两边的头发往中间梳,一副怪里怪气的派头。

秃头男人每隔一天就到娱乐城洗脚按摩,每次无一例外地都点13号小姐，如果13号没有空他就坐在大厅里等，13号小姐是巧云。

刚刚离了婚的秃头男人出手很大方，这极大地满足了巧云的虚荣。在娱乐城，小姐们每天总要比一比拿了多少小费，这种比较很让巧云高兴了一阵子，她是其中比较多的一个。

巧云再次怀孕了，这次怀的是秃头男人的种子，也就是在这时，秃头男人拿出了一份早已经准备好的婚前协议书。协议书写得很清楚：如果巧云生的是女孩，秃头男人一次性给巧云五万块钱的补偿金，前提是巧云得无条件离婚。如果是男孩，秃头男人一次性给巧云三十万，并在房产证上写上孩子的名字。

已经做过一次人流的巧云看着那份协议沉默，然后点头，她不想再去做一次人流了，那份痛还留在心底抹不去。可是谁又能保证她肚子里的孩子一定是一个男孩呢？她只能默默地祈祷，如果是一场赌博，输赢就只有上帝知道。

巧云和秃头男人领了结婚证，离开娱乐城回到秃头男人豪华的住宅，她忐忑不安地做起了准妈妈。秃头男人在卧室里挂着一张小男孩油画，叫巧云天天对着油画看，他说这样就可以生个男孩，生了男孩你就可以拿到三十万了。

在怀孕待产的几个月里，秃头男人给她请了两个保姆照顾她的起居，秃头男人天天摸着她的肚子叫着儿子儿子。这更让巧云深深地不安，可是这样的话又不可以说出口，对着保姆不能说，对着秃头男人更不能说，在婚前协议上签字的时候她已经把自己卖了，卖掉的还有她的快乐和尊严。

临产的时候，秃头男人亲自开车把她送到了最好的医院。从送她进入产房那一刻，秃头男人就搓着手在产房外守候，俨然一位难得的好丈夫模样。只是在护士小姐抱着婴儿推开产房的门告知是千金那一刻，秃头男人铁青着脸一句话也不说，狠狠地转身走了，他身后的女儿正在护士的怀里不知所以然地亮开嗓门以啼哭表示她的到来。

一直到出院，秃头男人再也没有在医院里出现过，巧云打电话给他，他的手机要么关机要么正在占线，偶尔打通了也没有人接。巧云抱着女儿一个人打车回家，在医院的时候她一直天真地以为秃头男人只是在跟她开一个玩笑，当她回到家的时候才发现家里的锁已经换了，根本就进不了门。

再次流落街头的巧云不再是一个人，而是两个人，娱乐城的姐妹收留了她，将她安置在租来的小屋里。身无分文的巧云放下尊严，拖着产后虚弱的身体到修理厂找秃头。秃头冷着脸，叫秘书提出五万块钱现金并把一本不知什么时候就弄好的离婚证甩给巧云。秃头是本地有钱人，认识的人又多，弄一本离婚证当然不成问题，巧云的泪水打湿了手中的钱。

秃头五十多岁了，一心想生个儿子来继承他的家业。他不愿意再给巧云任何的机会，还有另一个女人等着他，他只要儿子，所以他需要马不停蹄地结婚。

巧云怀抱着女儿站在深圳街头欲哭无泪。她想起了龙泉，想起了自己的母亲，一连生五个女儿，天天遭父亲的冷眼，动不动就挨打。为了生一个儿子，母亲整天东躲西藏逃避计划生育，生第六个孩子的时候身体已经很虚弱的母亲最终难产而死。

孩子满月时得了一场大病，五万块钱已经花得差不多了，往后的日子还长着呢。巧云抱着孩子四处寻求帮助。律师告诉巧云那份协议无效，秃头有承担抚养孩子的义务时，巧云抚摸着女儿粉嫩的小脸一句话也不说,眼里流着泪,她要争取。

14

回到深圳,巧云将秃头告上了法庭。一个罗村出来的女孩,没有读太多的书,为了某种权利在异乡将一个有钱男人告上了法庭。那时候他已经和另一个年轻的姑娘结婚,当然,他在结婚前不忘又复制了一份一模一样的婚前协议,姑娘的肚子里怀着他的希望。

恼羞成怒的秃头把巧云母女俩堵在出租屋里,扬言要给她们母女俩点颜色瞧瞧。

开庭前一天,巧云的女儿却在家里神秘失踪了。没有了女儿,开庭也没有了任何意义,巧云发了疯似的四处寻找,直到有人提醒她应该报警时她才颤抖着手拨打110。孩子最终没有找回来,警察也只来调查了两次就没有了音信。

巧云疯了,她呼唤着女儿的名字,披头散发地走在深圳街头,衣服破了也不知道,饿了就翻捡垃圾桶找食物吃,昔日漂亮的巧云目光呆滞。

巧云在深圳寻找女儿,一找就是两年,她时而清醒时而模糊,清醒的时候她会一屁股坐在人行天桥上流泪,神志模糊的时候她到处追赶别人家的小孩叫着宝宝。

一次大清理流浪三无人员来临,巧云被送遣回了家乡。回到罗村的巧云已经不再是人们印象中的漂亮女孩,也不像上次抱着孩子穿着都市时髦女郎才穿的红裙子的巧云,神经错乱的巧云脸上已经失去了光彩,鱼纹尾细细地嵌在脸上,长发已经被妹妹用剪刀剪短，参差不齐地伏在她的头上。

巧云从早到晚坐在龙泉边不说话，双手怀抱成抱孩子的姿势，嘴里轻轻地哼着没有人听懂的歌谣。

疯了的巧云回到罗村后，县康复医院来了一辆小车将巧云带上车，医生解释说已经有人替巧云交足了医疗费，却不肯告诉是什么人，罗村的人猜测着却始终猜不到。

一个月后，巧云从康复医院回到了罗村。从康复医院回来的巧云清醒的时候越来越多了，偶尔才会再犯几天病，不犯病的时候天天跟在父亲的身后到田里地里干农活。巧云的父亲已经彻底老了，腰已经弯得厉害，巧云的四个妹妹除了五妹还在上学，年龄稍大的三个已经到广东打工。

父女俩总是一前一后地走过龙泉，谁也不说话，也没有人见他们彼此对过话，站在龙泉边的人看了都一阵唏嘘。

15

大学毕业后我留在了省城做一名记者，极少有时间回罗村，偶尔过年过节时也是爸妈到省城和我们一起过。母亲常唠叨着巧云的命不好，妻子不知道巧云是谁，晚上睡觉的时候问我，我支吾着搪塞了过去。

妻子怀孕后我回罗村将父母接过来和我们一起住，顺便照顾妻子。

在龙泉边我又看到了巧云，巧云和罗村的妇女们一样坐在龙泉边的石头上择菜，不同的是这次巧云的旁边多了一个人，似曾相识，却一时想不起来，两人很亲密地在一个桶里洗菜。

"罗记者，回来了？"巧云大大咧咧地朝我打招呼。巧云的眼里没有了那份忧郁，也没有了那份漠然，朦朦胧胧的，似乎多了一样东西，一样我说不清的东西在眼里打转。

我朝他们点点头，同时也朝坐在龙泉边的妇女们点点头，满怀着心事朝家里走去。

"巧云结婚了。"我在帮我妈收拾行李的时候，她似乎想起了什么跟我说道。

"巧云的病好了？"我问。

"时好时坏，坏的时候还满村找孩子，好的时候跟正常人没有任何区别。唉，这就是命了。"母亲叹了一口气。

"还记得吗？罗五，我们村的，做了倒插门，村里人都说门当户对，可我总觉得别扭。"母亲说。

"罗五？谁是罗五？"我看着母亲，在龙泉边和巧云一起洗菜的男人清瘦的脸又浮现在眼前。母亲没有立即回答我，而是专心致志地坐在床边叠她为快要出生的孙子缝的小衣服。

"三只手，判了九年，已经放回来了。"我妈头也不抬，眼里充满爱意地叠着她亲手做的小衣服，似乎那不是一件小衣服，而是她的宝贝孙儿。

我怎么就想不起三只手的真名就叫罗五呢？怪不得呢，在龙泉边看起来似曾相识，原来就是三只手，也就是罗五。罗五现在是巧云的丈夫，他那清瘦的脸看上去没有一点血色，倒是那双看我的眼睛闪着亮光。

第二天天蒙蒙亮的时候我就和父母亲出门赶回省城了，走到龙泉边，一大早的还没有人出来取水，罗村人还沉睡在美梦中。

我从包里拿出一个矿泉水瓶到龙泉打了一瓶水，我妈说：

"卡子，等等，让我用龙泉水再洗个脸。"

我将瓶子里的水倒在我妈的手里，她用两手合拢成的半葫芦手状装满了龙泉水，她却不急着洗，而是看着水从手指缝间慢慢流走，我再给她倒，她笑着不好意思地吸了口气，然后将脸放进两手掌间，很久才抬起头来，我看到她眼里闪着泪花，赶紧转过身又装了满满一瓶水。

回到省城家，我在给父亲收拾房间的时候无意中看到了那支英雄牌钢笔，想也没有想就把它扔进垃圾桶里。妻子在听音乐胎教，房间里轻漫着老狼的《同桌的你》：

"明天你是否会想起，昨天你写的日记。明天你是否还惦记，曾经最爱哭的你。老师们都已想不起，猜不出问题的你。我也是偶然翻相片，才想起同桌的你。谁娶了多愁善感的你？谁看了你的日记？谁把你的长发盘起？谁给你做的嫁衣……"

16

因为工作的关系我曾回家乡的县文化馆采访。罗诗人已经扶正，是县里的一把手，他把我安排在县里最好的招待所。晚上的时候他敲开我的房门跟我侃了一夜，已经步入中年的我也已经理解了罗诗人，我们两个大男人谈了一夜的龙泉，似乎有着扯不完的话，却都小心翼翼地不提及巧云。

"卡子，还记得当年的龙泉水变红事件吗？"

我已经不再相信什么龙脉被切龙泉流血的传说，但是对于当年的龙泉却一直耿耿于怀。

"这些年，我请教了不少专家，查了不少资料，全在这里面,你有空看看。"罗诗人从包里拿出打印好的资料递给我。

"红色泉水,实际上是含氧化铁的红色砂土在泉眼受到扰动上翻混染而使泉水变红。当泉水变红时,是受地震及其他地壳运动将底部的砂土搅翻上来所造成的……"

我翻着罗诗人打印的关于龙泉水变红的秘密,疑惑地问:"我的记忆里我们罗村没有发生过地震。"

"卡子,你说得没错,但邻边的余震可以影响龙泉地底层的红色砂土。"

"那几天罗村接二连三的怪事又怎么解释?"

"只有一个解释,巧合!"

罗诗人打了个呵欠,说:"太晚了,要回去睡觉了,明天早上我让司机送你。"

窗外黎明已经到来,拂晓中的县城静谧安详,这里离罗村离龙泉还有一个多小时的车程。

2005 - 08 - 16

谁是谁的第三者

1

深秋。

黄昏。

海边。

我已经找不到任何出路，总有一天我会窒息在这样痛苦无奈的情结中，总有一天我的心灵会在爱的沙漠中死去。

小烟很久以前问过我："晚晴姐，你说爱可以做主吗？"

爱可以做主吗？那时候，我不知道爱情到底应该是怎样的，但我知道至少不应该是我和吴泽这样的关系——很多年后我已经想不起吴泽的模样。

也许爱是可以做主的。因为我曾经深爱过一个男人。可是，那份沉重的爱已经被我封藏在心底，也不会轻易地去想，因为我害怕那种思念透过孤独浸泡在泪水中。只是，无论如何我也没有想到，小烟那时候已经深深地爱上了蓝宇。

2

我九岁时,母亲带着我改嫁,嫁给蓝宇的父亲。蓝宇比我大两岁。我们四个人组成了一个新的家庭。

"你叫晚晴吗?我叫蓝宇。我带你看你的新床,好吗?"

虽然母亲已经再三叮嘱我,到新的家时不要哭鼻子,要听哥哥和继父的话,要乖。可是,在晚上吃完饭的时候,我还是一个人躲到院子的桃树下哭泣。我不相信这个陌生的地方就是我的家。

蓝宇拉着我的小手回屋。我抽噎着任由他牵着我往里走。继父家不大,只有两间房。从此以后,妈妈和继父睡一个屋,我和蓝宇睡一个屋。

"晚晴,我睡上铺,你睡下铺。你不要怕黑,我会保护你的,好吗?"

蓝宇把他的一个玩具熊塞到我手中,一副大哥哥的样子。然后我点点头。

这是母亲的新婚之夜。我却一个人抱着头蜷缩在小床上,瑟瑟发抖。正值寒冬腊月,我听到北风吹打着窗子啪啪的声音,想到从前母亲抱着我睡觉的样子,不禁又掉下了眼泪。

"晚晴,你害怕了吗?"

蓝宇从床上爬下来,剥开一颗喜糖,放进我的嘴里。我的嘴唇在触到糖果的同时也触到了蓝宇的手指。蓝宇轻轻地拍了拍我的头,说:"晚晴,不要咬了我的手。"于是,我不再哭,冲着蓝宇不好意思地笑了。那是我踏进新家后第一次笑。

第一夜，我抱着一个陌生男孩的手甜甜入梦。早晨醒来的时候，口里还含着没有完全融化的糖果，是那么甜蜜。

从那一天开始，我便一直依赖着蓝宇。上学的时候蓝宇总是背着两个书包，一个他的，一个我的。我走路很慢，总会落在后面，蓝宇便总是走几步就停下来，耐心地等待我。或者，有时干脆牵着我的手，不许我心不在焉地边走边踢着地上的小石子玩。蓝宇说："要迟到了，晚晴。"我就对他笑。

一年后，母亲死了。母亲死于一场车祸。我和蓝宇从学校赶到医院时，只看到已经被盖上了白布的母亲。钻心的痛让我无法哭出声来，只有不停地呕吐。蓝宇在旁边扶着我，轻抚着我，帮我擦去泪水和呕吐物。这个世界上唯一的亲人就这样躺在医院的太平间里，永远地离去了。那一年，我未满十一岁。

蓝宇拉着我的手从医院回家。那是一个寒冷晴朗的冬夜，天上的星星发着冷冷的寒光。小时候，母亲曾对我说过，天上的一颗星星就是地上的一个人，一个人死了，天上也就少了一颗星星。可我并没有发现哪颗星星少了。没有流星，母亲不会真的死了，也许这只是一个梦。

回到家，蓝宇陪着我坐在院子的桃树下看星星。

"宇哥，你说妈妈还会回来吗？"我望着天空，无边无际的黑暗，星星更亮了。

"晚晴，妈妈永远不会离开你的，她会一直在身边保佑着你的。宇哥也不会离开你，你会好好的。"

半夜的时候，我肚子咕咕地叫了起来。蓝宇劝我："回屋里吧！不要着凉了。"可是我却没有动一下身，我害怕妈妈回来时没有人给她开门。

那天晚上继父没有回来。

蓝宇跑到厨房里,煮了两碗西红柿鸡蛋面。继父是附近钢铁厂的工人,要上夜班,在母亲没有嫁过来之前,蓝宇一直就自己给自己煮面条吃。

"外面冷,晚晴,听话。"

蓝宇拉着我的手回到屋里,把一碗热气腾腾的面条放在我的面前,面条上是一个漂亮的荷包蛋。很多年后,我还一直记得那个荷包蛋的清香。

"吃吧,不要怕,还有我呢!"

蓝宇煮的面条其实很好吃,可是那天晚上他却忘了放盐。蓝宇把他碗里的荷包蛋也放到我的碗里。在昏黄的灯光下,我的泪水咸咸的。

3

对于继父,我想我没有太多的依恋,虽然母亲在世时他一直对我很好,但是属于很客气的那种好。所以当他找到我亲生父亲的妹妹,那个被我称为姑妈的女人,让她把我带走时,我始终是沉默着的。他们安排了我的一切。只是在出门的时候,蓝宇拉着我的手,喊着:"晚晴,要不你留下来,我和爸爸说说。"这时我的泪水才忍不住地流了下来。可我还是头也不回地离开了那个家。

那时已经是夏天了,我还记得我穿着一条母亲为我缝的白底红花裙子,一只手由姑妈牵着,一只手提着我唯一的小包。包里是我童年的所有回忆。

蓝宇送了我好远,然后给我塞过一本画册就跑了。我想在他转身离去时,一定也和我一样泪流满面。

那是他自己画的画册。过去一年,我们一直在少年宫学画画。

我离开了那座城市,那座母亲一年多前带着我从南宁远嫁而来的城市——柳州。我也离开了蓝宇。

领我离开的姑妈,我并不认识她。在这之前,我没有见过她,就像我的记忆里没有亲生父亲的痕迹一样。可是,我在十一岁未到的时候,我跟着亲生父亲唯一的妹妹回到了罗城县,那里是她的家。

姑妈的家比继父的家宽大。姑妈和姑父都是当地的医生,医院分给他们一套三室一厅的房子。于是,我有了自己的小屋。小烟比我小两岁,她是姑妈和姑父的女儿,是我的表妹。比我小两岁的小烟把她的小屋打扮得异常漂亮。

我在继父家里就不爱说话,在离开柳州到罗城后我变得更沉默。小小年纪的女孩已经懂得生活是什么,内心敏感而脆弱。我不知道姑妈是否曾经喜欢过我。很多年后,我仍然不知道当年他们接纳我时,是一种怎样的心情。也许只是一种出于对血缘关系的责任。在姑妈家的几年里,我一直像一个陌生人,对于那个家是陌生的,他们对于我也是陌生的。记忆里,姑妈从来没有对我笑过。直到考上大学后,我离开了罗城,姑妈一直都对我很客气,这种客气让我有种不知所措的孤独感,也让我始终清醒地记得,自己只不过是在别人的屋檐下生存——那或许不能叫作生活。

只有比我小两岁的小烟是唯一对我亲近的人,不管什么时候她总是亲切地叫我晚晴姐。和我相比，小烟任何时候都是姑妈的骄傲，她的美丽和聪明使她不管走到哪里都会引起一阵骚动。可是，小烟对这一切都不在意。小烟还在读初中的时候，就开始收到一大堆情书，她总是喜欢把情书带回家来和我一起分享。要不是小烟，我想我没有机会读到这么让人心跳的情话，看着都让人脸红的情话。

"晚晴姐，你知道吗？那些男生特差劲，没有一点沧桑感。"

小烟在我脸红心跳地读完别人写给她的情书后，总是若有所思地说。

我不知道小小年纪的小烟是怎样看待爱情，她曾对我说过她喜欢有沧桑感的男人。那时候，我一直以为小烟嘴里的沧桑感就是成熟，可是很多年后我知道并不是这样。

我终于可以离开罗城了，在我十八岁的时候。因为我考上了桂林的一所大学。在接到通知书的时候，我把自己关在屋里哭了许久。哭过后感觉整个人轻松了许多。那是我从柳州到罗城后的第一次哭泣。我的哭泣，只是表明这么多年来其实是我一直想逃，逃离罗城，逃到任何一个地方。如今终于可以实现了。

"晚晴姐，以后我到桂林找你玩，好吗？你以后放假还会回来吗，晚晴姐？"

我在收拾我的行李，把我所有的东西都一一打点好。那一刻，我觉得我不是在收拾行李去读书，而是彻彻底底地搬家。

我没有回答小烟。姑妈到医院去上班了，姑父也不在家，这样更好，我想我可以更快乐地准备着离开。

我带走了我的全部，包括很多年以前离开柳州时蓝宇送的画册。我一直把它锁在小皮箱里。只有偶尔学画画的小烟缠着要给她看时,才肯拿出来,不多久又收回去。蓝宇的画画得很好,在很小的时候就表现出绘画的天赋。

那天,我无意中发现画册的包装壳里有一张照片,那是我、母亲、蓝宇和继父一起合影的唯一照片。这么多年来,我竟然不知道蓝宇在他的画册里藏着这么一张照片。而在我准备离开罗城的午后,它竟这样不经意间被翻了出来。照片已经泛黄,却还可以清晰地看到当年的情景。这么多年,我一直让自己不要去想母亲,不要让自己流泪。因为我想,在这个世界上,只有我自己还爱着自己。

我把照片夹在书本里,夹在我最喜欢的杜拉斯的《情人》里。《情人》是我自己送给自己的十八岁生日礼物,是用我给报社写的一篇小文章的稿费买的。我从来没有问姑妈要过零花钱,姑妈也没有想过要给我任何一分零花钱。我想我不怪姑妈,她在我十一岁时领养了我,让我能够存活下来,这已经让我不胜感激。

可是我得为自己赚点零花钱。

在我初次来潮的时候,生理老师温柔地对我说:"晚晴,祝贺你长大了。"那年我十四岁。我没有一点喜悦,甚至害怕和害羞。生理课让我知道了我们每个女生都会有这一天。于是,我开始惴惴不安地等待,有着说不出的迷茫。我不知道如何处理,没有母亲教我。我甚至害怕没有钱买卫生纸。在真的等来初潮的这一天,我看着鲜红的血流出来,不知所措。我蹲在厕所里草草地处理了一下,回到房间里偷偷地哭了一个下午。我无法描述那时一个小女孩痛苦无奈的心情,这样的痛苦只有没有母亲的小女孩才能深切地感受到。

  我从来不吃零食,并不是我不喜欢吃,而是我没有多一点的零花钱买零食。我不能像小烟一样对着姑妈撒娇要零食吃。于是,很多年后,小烟还以为我不喜欢零食。

  我学习一直很好,每到期末学校都会给学习好的学生发奖学金,不多,只几十块钱,却让我一阵激动。不可怀疑的,我当年拼命学习的动力,很多源于那笔奖学金。

  十四岁,我开始疯狂地想着赚钱,于是给当地的晚报投稿,学着成人的口气写一些风花雪月的故事。这也竟然屡屡蒙骗过关,这样我就有了自己的一笔收入。尽管这笔收入对别人来说微乎其微,可是对于一个没有母爱,一个没有钱买卫生纸的女孩来说,是多么巨大,多么重要!

  到我高中毕业的时候,我的奖学金加稿费竟然够我交第一年的大学学费!这是我自己所没有想到的。至此,我再也没有花过姑妈的钱,我自己交了学费,我没有一丝留恋地离开了罗城县。

4

  离开罗城县后,我惊奇地发现原来我的口才很好,我是那么的喜欢说话,可以和朋友们聊天南地北的事情。在大一下学期,我在全系师生面前,上台演讲,竞选上了系学生会主席。

  我每天总是那么忙,白天忙碌于自己的学业和系学生会的工作,晚上忙着在灯下写作,双休日时我到外面兼做导游……我必须这么做,因为这样不仅可以使我得到丰厚的报酬,还可以让自己没有时间停下来思考太多的往事。我学会了不再思考自己是谁。

我再也没有回过罗城县。如果不是小烟打来电话告诉我,她已经高中毕业考上了大学,我想我真的以为自己和罗城没有了一毛钱关系。姑妈不会主动给我打电话。刚上大学那会儿,只是节假日礼节性地打电话问候姑妈,即使这样,干巴巴的问候后便是沉默,这样的电话让我窒息,于是我干脆忘掉了姑妈家的电话。

毕业前一年的国庆节,小烟一个人从南宁到桂林看我。几年不见,小烟一见我就扔下行李紧紧地抱着我,喊道:"晚晴姐,好想你。"

那时候我正在和吴泽不咸不淡地谈恋爱。在吴泽追了我三年后,我终于答应做他的女朋友。可是,我的态度令吴泽伤透了心——那是小烟到桂林看我们后对我说的。

我想我对吴泽之所以有这样的态度,是因为我一开始就没有想今后要和他在一起,为了不让他受到更多伤害,我只能如此。吴泽已经规划好了毕业后的去向,而我则没有,我也不会认同他的计划,不会跟着他到他的家乡。我不知道这是不是一个理由,也许不是,也许只是一个借口,一个我并不爱吴泽的借口。

小烟也有了心事,虽然已经很多年没有见到小烟了,可是在阳朔,当我看见她一个人对着漓江水傻傻发呆的时候,我似乎看到了她的秘密。晚上,小烟附在我耳边说:"晚晴姐,我爱上了我的讲师。"

小烟说:"晚晴姐,他的眼睛很深,涌动着爱与火,还有沧桑！"

小女生的爱情。我拍了拍小烟的手，转移话题说："小烟，姑妈、姑爷还好吗？"

"晚晴姐，妈妈很想你。虽然她从来不说，可是她会时常想你。"小烟也很快转移话题，"晚晴姐，你说他会爱上我吗？"

小烟的话在夜里飘散，我有点困了。我们住在船上，那是到桂林旅游的人们喜欢的过夜方式。

在回南宁的时候，已经上了车的小烟又突然跑下来对我说："晚晴姐，你说爱可以做主吗？"

我点点头，说："爱是可以做主的。这是一个自主恋爱的年代，没有必要拘束自己去爱。"

和大多数校园爱情一样的结局，毕业时我和吴泽的"爱情"也走到了尽头。

我的行李其实也很简单，几箱子的书已经寄存到广州，吴泽提着我唯一的行李包送我去坐车，我们一路沉默着不说话。前一天晚上，吴泽流着泪求我，让我好好考虑留下来，一起回他的家乡。可是，我没有半点商量的余地，我想我是不爱吴泽的，我甚至不为他的泪水感动，还微笑着拍他的肩安慰他。

"晚晴，到了广州要好好照顾自己，如果到那边觉得不好，你还回来吧。"

吴泽真的很可爱，直到这个时候他还没有完全清醒过来。我不会再回来，在我决定离开的时候就不曾给自己任何一条后路，没有路可退。

很多年后，我一直为自己的绝情而内疚。从那以后，我再也没有见过吴泽。与他相恋的一年里，我让他吻了我三次，还有无数次的牵手。他送给我的礼物已全被我扔掉,我们没有一张合影。一开始就想到了以后的分手,甚至不知道为什么要和他谈了一场并不美丽的初恋。

在爱情上,我是一个很自私的女人。

我的第一份工作是在一家网站做文字编辑,编辑一些风花雪月的故事来感动那些网民。工作很轻松也很开心,每天都可以坐在办公室的电脑前读别人的故事,看着别人谈恋爱。

偶尔也会上QQ,有时候会遇到吴泽。一次我告诉他:"我已经有男朋友了,他很爱我。"他沉默了许久,后来再也没有在QQ上遇到过他。

那段时间,小烟正在疯狂地暗恋她的讲师,那个专门教素描的讲师。小烟就读的是一所艺术学院。小烟每天给我发一封邮件,详细地告诉我一些情节。可是,大多数是她自己在暗恋。我想不出来会是怎样的男人能让小烟如此痴迷。

我在和文字谈恋爱,很多寂寞的夜晚,只有文字安慰着我的灵魂。

"晚晴姐,他牵了我的手。"

看到小烟给我的留言时,我正在给海鸥写信。海鸥是我唯一的网友,我们通信了一年,我不知道海鸥的真名,不知道他在哪座城市。有时我想,也许我们就在同一座城市,或者我们本来就不是陌生人。可是我们都没有追根刨底地询问对方的底细,不约而同地保持着那份默契。

我轻轻地笑,对小烟说:"那可要牵牢了,不要让他飞走了。"

小烟毕业的时候我在广州已经待了两年,依然还在那家网站给别人编辑文字,还在写着一些风花雪月的文字,还在孤独地和海鸥写信,偶尔会给自己一段时间到外地旅游,唯一没有变的还是单身一个人。

小烟总是喜欢笑话我:"晚晴姐,你是不是真的想当老姑娘?"我不语。悄然间我在这世上已经走过了二十四个春秋。

5

春节快到的时候,海鸥对我说:"晚晴,我到广州和你一起过年吧?"我没有拒绝,找不到拒绝的理由。离开罗城后,我一直一个人过年。我不知道过年与自己有什么关系,我常常在除夕夜像平常一样,或是泡在网上,或是一个人发呆。

除夕的早晨,广州下起了绵绵细雨,我懒洋洋地躺在被窝里。之前,海鸥说除夕会给我一个惊喜,但没有告诉我是什么惊喜。我是个懒散的女人,我告诉了他我的住宿地址,为的是懒得去接他。他一定也知道了是这样,于是,也没有告诉我他什么时候到,要不要迎接他。

我正在想着起床后是不是该要把房间收拾收拾时,门铃响了,我趿着拖鞋披头散发地跑去开门。一个陌生的男子背着一个画夹站在我面前,我愣了一会儿没反应过来,似曾相识,可搜索了半天还是想不起来是谁。

"晚晴,你忘了我要到广州陪你过年吗?"

他用手指在我的额头轻轻地点了一下,然后摇了摇我的肩。

"是海鸥?"

凌乱的小屋,到处都是烟蒂,还有一瓶已经喝了一半的酒斜歪地放在地上。我有点尴尬地冲海鸥笑笑，方才想起来自己一直穿着睡衣，头发也没有来得及梳理。我想过了很多种相见的场景，唯独没有想到的是这样的见面。

我跑到洗手间洗漱换衣服的时候脑子还处于短路状态，总觉得那浅浅的酒窝似曾相识，但却怎么也想不起来。在这之前我们没有见过彼此的照片，可笑容却是那么熟悉。

"晚晴，这么多年你是怎样过来的，一个人吗？比我想象中的糟糕。"

海鸥说过见到我要给我画一张像。我换了衣服出来的时候，他正在摆弄着自己的画，见我出来抬起头问我。

"蓝宇？！"

在他又冲着我笑的时候，我们的目光相对的一刹那，我几乎是失声地叫了起来。

泪涌了出来，沉默！

我不知道还会再见到蓝宇，已经十几年了，我没有想到我们还会再见面，更不会想到海鸥就是蓝宇，这一切似乎太突然，突然得我没有办法去控制自己激动的情绪。

"晚晴，我以为你忘了蓝宇。这么多年了，我也没有想到还会再遇到你。你离开柳州时我们都太小，想不起来要留个地址。可是，你知道我的地址的，你却没有给我写一封信。"

"哦，这些年你和继父都好吗？"

我想起了我的继父，还有我的已经长眠地下的母亲，我一直控制着让自己不要回想那么多的过往，可是母亲的面容此时已经浮现在脑海里。

"他很后悔把你送走。晚晴，你怪他吗？"

"怎么会呢？我不会怪任何一个人，从我出生的那一天起就命中注定了这一切。"

"两年前他也走了。晚晴，什么时候有空你回一趟柳州，给爸爸妈妈扫墓，好吗？我把爸爸和你妈妈安葬在一起，我想总有一天你会回来看看的。"

"蓝宇，这是一场梦吗？"

在蓝宇离开广州的时候，我的房间已被他重新布置了一番，从事艺术事业的蓝宇把房间布置得别有风格，让我一个人的时候感觉就像进入了一个梦的空间。

我很喜欢他随意发挥的作画才能。蓝宇说："晚晴，这次来就想给你画一张画，你准备好了吗？"

那几天我们一直待在房间里画画。穿着一身淡紫色旗袍的我坐在椅子上，安静地看着他为我画像，而脑海里却满是过去那一年多时间我们俩共同走过的足迹。我想起了我们一起去少年宫学画画的回家路上，蓝宇总是牵着我的小手慢慢地走，我们不急着回家，而是走去母亲摆的小食摊那里。母亲总会微笑着盛两碗螺蛳粉给我们，螺蛳粉里放了很多的辣椒，上面漂着一层红色的辣椒油。螺蛳粉在冬天的街头冒着热气，很辣却也很好吃。

冬天的时候很冷，吃完螺蛳粉母亲就开始催我们回家，但我们总是赖着不走。蓝宇一直很懂事，他帮母亲招呼客人，还拿着抹布帮母亲抹摆在路边的桌子，帮母亲收拾碗筷。没有客人的时候，我们便坐在母亲身边画画。蓝宇的画一直很好，他给母亲和我都画了许多的画像，然后我们贴在房间里。

记忆在流动，泪水在流动。记忆不会被磨灭，泪水也不会干涸。除非生命与爱不再存在。

"我一直寻找你,晚晴。"

蓝宇离开广州前一天晚上,画好了我的画,很漂亮,我甚至不敢相信画布上那位妙龄女郎就是自己。

蓝宇说:"这幅画就叫《思念》。"

为什么叫作《思念》?

我没有问。我只是一直在想,这些年我是否一直在思念,思念一个叫作蓝宇的男孩,或者思念过往的生活?

"你一个人在广州快乐吗,晚晴?"

蓝宇在收拾他的画。他说:"晚晴,这幅画先留在我身边,好吗?等比赛结束了就把画送还给你。这是我最成功的作品,真的。"

我微笑着看他,不语。画对我来说并不重要,晚晴还是晚晴,生活中的晚晴。

"你愿意回南宁吗,晚晴?我们可以一起生活。"

"宇哥,像小时候一样吗?"

我们都笑,笑着看对方,眼里却闪了许多的泪花。生活还可以回去吗?如果可以,我们又会回到什么时候的生活?

毕业了的小烟文字里透着一种无奈,她在南宁并没有找到合适的工作。小烟说:"晚晴姐,想好好地去爱与被爱。我拿前途做爱情的赌注,我不想离开南宁,因为他在。可是不知道自己赌的又是一份怎样的未来,也许根本就没有未来。"

我没有去说服小烟爱或不爱,放弃或坚持,我也没有办法和她一样感受爱情的痛苦。我想是因为小烟爱的男人并不是我爱的人,因此我没有痛苦的权利。

我还是在广州做我的网站编辑,还在编我的爱情故事,和很多陌生的人在网上交流,可是我对爱情还是一无所有。

海鸥每天会给我发来一封邮件,而我极少回信。在我知道他是蓝宇之后,我发现自己不知道该用怎样的方式和他交往。于是,很多故事便没有了结局。

蓝宇说:"晚晴,你可以回趟南宁吗?我想请你参观我的第一次个人画展。"

我不知道怎样拒绝蓝宇,在午夜的电话里。

我沉默着。然后火柴在黑夜里嗞地燃起,我给自己点了一根烟。

"你不要抽烟,这样不好。晚晴,《思念》是我这次画展的重筹码,我希望你回来。"

"好吧。"我对着话筒吐出袅袅的烟雾,轻快地答应蓝宇,"我想知道他们会用一种怎样的眼光评价画中的女子,没有一个女人不在乎自己。"

我没有告诉小烟我要回南宁,我想也许我根本不会去找小烟。

我九岁到柳州前,是和母亲在南宁生活,但我不知道谁是我的父亲。母亲带着我住在外婆留下来的老屋,屋外是一条很脏乱的街弄。如今我已经记不清是在哪个位置了。

蓝宇曾对我说过,他以为我一直会在南宁,所以他从读大学到现在工作,一直没有离开过这里,为的就是能遇见我。要不是我在网络上也用晚晴的名字,他是无论如何也不会遇到我的。

可是我一直没有回过南宁,宇哥,哪里都不是我的故乡!

南宁是我母亲的出生地,据说我父亲的老家是在山区里。柳州和罗城也不是我的家,那只是我人生里的一个驿站。我一直没有自己的家。

家在何方,我不知道。我从小就开始流浪,我的心没有在哪个地方停留过,就像现在,我的身体在广州,但我的灵魂却在四处漂泊。我不知道明天我会在哪里。

6

就要回南宁了,心里竟然很平静,只是一夜未眠,烟抽了两包,黎明才开始到来。

飞机抵达南宁时,蓝宇已经抱着一大束花站在机场出口处等候。当蓝宇把花送到我手里的时候,我想起了在飞机上看到的浮云,那感觉是那么相似,一朵一朵的,却丝丝相连。

"晚晴,到家了。你知道吗?我最大的梦想就是把你接回家。"蓝宇牵着我的手往他的小屋走去。

物是人非,我再找不到儿时的南宁,更找不着童年那个又脏又乱的小里弄。蓝宇把我领到他在学院的宿舍楼。学院分了一套房给他,那是他的家,可不是我的。

"这是我们学院的'情人岛'。晚晴,瞧,湖里的那个女人雕像多么安宁地守望着她的爱情。"

透过窗户,我顺着蓝宇的手指望去,一个女人静静地立在湖水中远远地张望着。"宇哥,也许她的心里是疼痛的。"

"傻妹子,给你一颗红豆。平时我经常坐在这里,这里很安静。"

蓝宇把一颗红豆放到我的手心，然后轻轻地把我的手合上。在与他目光相对的一瞬间，我看到了他眼中的自己。我的心莫名地狂跳。我赶紧将目光移开，又看到那个岛中的女人，她的眼睛似乎看到天那边去。

我的手里一直拿着宇哥送的红豆，虽然很小的时候就能背诵诗句："红豆生南国，春来发几枝。愿君多采撷，此物最相思。"可这次却是我第一次见到红豆。我细细端详着小小的却饱满的红豆，怎么看也不像一颗心，更像是一颗泪水，谁的泪会是血红色的呢？

我很享受地洗了个澡，换上了件淡紫色的连衣裙，对着镜中的自己沉思了许久。我感觉自己一直在做梦，做一个很长的梦，做了十几年，中间曾经醒来过，然后梦接不上了。可是，如今却又突然有了梦一样的开始。

"晚晴，你真漂亮。"

出门吃饭前，蓝宇轻轻地拥抱我，嘴唇在我的额头上轻轻地碰了碰。我突然发现，原来我们已经不再是从前的小男孩和小女孩了。但我却没有拒绝他的拥抱和亲吻，甚至希望他能更长久地拥抱着我。任何一个孤单的女子最渴望的都是一个深情的拥抱。

那是一间不大的餐馆，却起着很浪漫的名字：梦回唐朝。淡紫色的灯光，全是为情侣烛光晚餐所用。每一张桌子都用一层淡紫色的木板隔开，餐厅里始终响着悠悠的轻音乐。一对对情侣或在安静地就餐，或在窃窃私语。

"你是这里面最美丽的女孩，晚晴。"蓝宇坐在我对面，眼里含着笑意对我说。

"你经常来这里吗，和我未来的嫂子？"话一出口就觉得自己做了一件最愚蠢的事。蓝宇没有告诉过我他是否有女朋友。

蓝宇的笑容还挂在嘴角，可是当他听到这句话时已经明显地不自在，我装作没有看见，只摆弄着桌上的玫瑰花。

蓝宇握住我的手，眼睛一直没有离开过我："晚晴，你没有感觉到我对你的感情吗？"

我看着几乎是痛苦失望的蓝宇，心变得沉重，我不知道我是否可以去爱，像爱人一样去爱着曾经是我哥的男孩。

那一餐烛光晚餐，我们整整吃了三个小时，在沉默中品味着所有的感觉，酸甜苦辣……

我一直在提防着自己和别人，害怕自己受到任何轻微的伤害。在我看似独立、坚强的外表里，其实是一颗敏感而脆弱的心，这颗心一样需要温暖、关爱，更需要拥抱、抚摸和亲吻。

我陶醉在蓝宇的亲吻之中，渴望着就像这样永远地拥抱着彼此。我躺在他的怀里，第一次不需要酒精麻醉而沉沉入睡。我做了一个充满阳光的梦，梦里有童年的我们手牵着手到钢铁厂附近的林子写生，梦里还有着缠绵的吻。

"晚晴，不要再离开了，好吗？我找了你这么多年，我们分开太久了。"蓝宇疼爱着揉揉我的头发。我把脸埋在他的胸口，听着他强有力的心跳。

如果可以，谁也不想独自一个人去面对生活的苦难。

清晨醒来时，阳光已经从窗口洒了进来，暖暖的，很舒服。蓝宇不在身边。我听到客厅里，蓝宇正在和一个女孩低声争执。可不久，女孩的声音越来越高，但听不清他们在说些什么。我随手拿起床头的一本画册欣赏起来。

正在此时，砰的一声，卧室的门被强硬地推开。门撞击着墙壁，回声久久地在屋里回荡。

"小烟，不许乱来！"蓝宇往回拉住女孩的手，我顿时傻了，又似乎明白了。

小烟?！

我全身颤抖，那个脸色苍白的女孩真的是小烟。小烟总是不肯告诉我她爱的男人姓甚名谁。原来不是别人，而是蓝宇！

"是你?！晚晴姐，为什么？为什么？"

小烟几乎是歇斯底里哭喊着。蓝宇拉着小烟的手，在小烟叫出我名字的同时，也不由自主地惊诧地松开了。

"晚晴姐，你不知道我爱蓝宇吗？蓝宇，告诉晚晴姐你爱的人是我，是小烟，说呀！"小烟已经失去了理智，我尴尬地望着小烟和蓝宇，我不知道我能说些什么，这一切太突然了，突然得我没有任何心理准备。

我的泪流了下来。是的，我一直都知道小烟深爱着一个男人，几年前就知道，但我不知道这个男人就是蓝宇。我无话可说，我以为我只是小烟爱情的旁观者，可是错了，我已经不再是旁观者，我们都被卷进了一个旋涡里，我、小烟和蓝宇，谁也不知道谁是谁的第三者。

"小烟，对不起！我告诉过你，我一直在寻找一个女孩。她就是晚晴。她不是你一直以为的那样，是虚拟中的故事。不是这样的，小烟，我们一直真实地存在，只是你自己不愿意相信。你为什么要那么固执呢？"蓝宇在对小烟说话，蓝宇的眼睛却一直在注视着我，那双深邃的眼睛里有我熟悉的爱情和亲情。昨天晚上我是那么深情地亲吻着那双眼睛。

"晚晴,是这样的吗?你一直都存在我们之间吗?为什么?你为什么不告诉小烟?你知道我爱着他的,你却还抢走他,我恨你!我恨你!"

小烟哭着跑了。她的哭声在小屋里飘荡,久久的。然后是我和蓝宇长长的沉默。

蓝宇一脸内疚地走到我的面前。我的泪滴在画册上,我不知道我做错了什么,小烟再也不会原谅我了。还有蓝宇,我将怎样去面对?

"晚晴……"蓝宇把我拥入怀里,他在耳边喃喃呼唤着我的名字,"晚晴,你听我说……"

"宇哥,不要说了,我都知道了。只是我一直不知道小烟爱的人就是你。她很早之前就跟我说过,她爱上了一个眼睛里有沧桑感的男子。她很有眼光。宇哥,也许我们本来就不应该见面,我们都伤害了小烟。"

"小烟会明白的,晚晴。"

可是谁来安慰小烟,用什么来安慰小烟?

吃过早餐,我对蓝宇说我想一个人四处走走,我想去找外婆家。我记得在邕江边,那里有一棵柳树。

"晚晴,我陪你去吧!你一个人我不放心,我害怕你找不到回家的路。"蓝宇的手指修长而柔软,在我的脸上轻轻地滑过。

"你去找小烟吧,这个时候你应该去看看她。宇哥,不要为我担心。小烟比我需要你,她很爱你。"我努力着让自己平静,但心却莫名地疼痛。

"晚晴,这是你的真心话吗?"

"是,宇哥,小烟是我的表妹。从柳州离开后我一直和小烟住，直到上大学。"

"要不你在家等我，晚晴。我去找小烟，然后回来陪你出去，你不要一个人走开，我不放心。"

蓝宇出门前轻轻地搂了我，叮嘱着，我点头。我想也许这是蓝宇最后一次抱我了，却不忍心太缠绵，怕自己坚持不了。

目送着蓝宇下楼，我在心里祝福小烟。小烟眼光不错，蓝宇会是一个很好的爱人。

我换上那件淡紫色的连衣裙，但我没有告诉他这是为了回南宁见他，特地在淑女屋买的，只想穿给他一个人看，因为某些记忆。

客厅里的鱼缸，有点苍白的水草在水里漂浮，偌大的鱼缸里就只有一条淡青色花纹的小金鱼在水底里沉睡，不知为什么就只有一条小青鱼，青鱼会寂寞吗？

给小青鱼放了一点儿食物，它只是懒散地动了动，并没有碰食物。蓝宇是个细腻的男孩，他怎么忍心让一条小鱼这样苦苦的守候着寂寞？昨天还看见学院大门旁边有一家金鱼专卖店，他怎么不多买一条回来与鱼缸里的小鱼做伴呢？

蓝宇送给我的第一份礼物也是一条小鱼。那时候蓝宇养了两条金鱼在小小的鱼缸里，我到蓝宇家的时候，蓝宇抱着鱼缸对我说："每人一条，金黄色的漂亮一点的那条送给你，好吗？我们一起养在鱼缸里。"

每天早晨醒来第一件事，我便会给小鱼喂食，看着蓝宇的小鱼和自己的小鱼快活地在鱼缸里戏嬉，两人会会心一笑，然后一起去上学。

我匆匆跑到专卖店买了一条金黄色的小鱼。我把小鱼放入鱼缸里的时候，鱼缸里孤独的小青鱼轻快地游到小金鱼旁，也许它们会在里面快乐地谈恋爱，然后有一天会在里面生很多小鱼儿。它们会快乐一生。

我默默地祈祷，然后转身离开。正要打开门的时候，蓝宇从外面进来，我们差点撞了个满怀。

"宇哥，小烟好吗？"

"你真的想这样走吗？你知道你这是在惩罚我吗？"蓝宇把我推回到客厅，把我的包抢过来扔到沙发上，双手搭在我的肩上，眼睛直逼着我。我默默地闭上眼睛，我不知道我是否需要解释。

蓝宇的吻深长而缠绵，他的舌头纠缠着我的舌头。我倒在他的怀里，不能自持。我所有的坚强与内疚在那一瞬间全部崩溃，小烟的影子已经在蓝宇的吻里融化没了。

让爱做主，谁也不知道谁，只有爱。

没有泪水，只有自己的内心一次次地独白："宇哥，可以这样吗？"我抱着蓝宇，找不回自己。也许是我太脆弱了，被如此迅速地击溃。

蓝宇画展的第一天，我陪着蓝宇早早地就去了现场。我不懂画，但是我依然很快乐，快乐得在我见到小烟站在展厅门口时，竟然还收不回那份幸福——我的手依然还牵在蓝宇的手里。

"小烟，你也来了？"蓝宇和小烟打招呼。小烟抽着烟，眼睛却一直在看着蓝宇。我有点不知所措，就像很多年以前由姑妈领回罗城，见到可爱的小烟时一样。但这是两种不同的感受。

"你的画展我当然要来，我还爱着你，总有一天你会明白。"小烟吐了一口烟，我挣扎着要把手从蓝宇的手里分开，蓝宇却不理会,反而把我的手握得更紧了。

"晚晴,你没有我爱蓝宇多,对吗?你爱的只是你自己。蓝宇和你在一起不会幸福的,他还会是我的。"

小烟朝我吐烟雾的时候,我想起了天上的云朵,从飞机上看到的云也是这样,迷迷蒙蒙。我看不清小烟的脸。

"小烟,不要伤害晚晴。我不允许你用这样的口气对晚晴说话,我是晚晴的,一直都是。"

蓝宇拉着我,我感觉自己的脸火辣辣地烫着,好像有许多的眼睛在盯着我看。

蓝宇的画展开得很顺利,观看的人不少,蓝宇牵着我的手走在展厅里看他的心血之作。小烟一直站在那幅《思念》前,眼里满含着泪水。良久,小烟走到门口,又给自己点了一支烟。

有人出高价买《思念》,蓝宇拒绝了。

小烟竟然跳邕江自杀!这是我所没有想到的,在我离开南宁回广州前一天晚上,小烟跳邕江自杀被救起。

当时我和蓝宇相偎着看电视。蓝宇说:"晚晴,过段时间我也去广州,要不我们一起到另一座城市,好吗?"我说:"好,我们一起生活,离开南宁,到广州或者深圳,北京也行。"

我不再怀疑我们之间的爱情,我想蓝宇也是。

关于小烟自杀被救起的新闻采访就在这时候从电视里传了出来。

小烟对着镜头流泪。她说:"我已经不再存在了,爱情没有的时候我已经不再存在。"

我们赶到小烟的宿舍时,小烟的朋友们正陪着她。一屋子的人见到我们都没有人说话。我想他们都是小烟的同学,是小烟和蓝宇之间爱情的见证者。

有一个女孩拉住我的手不许我进门。我发现自己原来是多么可笑和多余,可是我想见小烟,她是我的表妹小烟。

"晚晴,你在外面等我。"蓝宇把自己的大衣披在我身上。

门外有点凉,深秋的夜。

小烟在哭。我听到小烟在屋里对蓝宇说:"我以为你不在乎我,我知道你很在乎我的。蓝宇,你不要离开我,好吗?"

我在瑟瑟发抖,外面很冷,虽然披了蓝宇的大衣,可还是很冷。

我听不清蓝宇说些什么,但我想也许已经完了,小烟说过,她比我更爱蓝宇。我没有小烟的勇气,我不可能为了蓝宇而去死,我还是一个很自私的女人,虽然我爱他。

我悄悄离开,从小烟的宿舍到蓝宇的家要走很长一段路,可以打车,可是我却固执地一个人慢慢地走。深夜的南宁街市没有广州的繁华,只有路灯的孤影和冷冷的秋风。

回到蓝宇家的时候,蓝宇已经比我先到。他坐在客厅里抽烟,烟灰缸上已经有了三根新的烟头。见我进来,他站了起来:"晚晴,你怎么关机了?那么晚,你怎么不等等我呢?"

"手机没电了,我只是一个人走走而已。没事的,你不要担心,以后也不可以为我担心,知道吗?"

那一个晚上,我们都绝口不提小烟。蓝宇一遍遍地亲吻着我,我却感觉到了他的心事重重。我无语,只能用深情回吻着他。

我又回到了广州,依然在网站编我的爱情故事,只是网友们说我最近似乎成熟了许多。我回他们:"是啊,一个人总得经历许多，然后才会慢慢成熟。"

又想起了很多年以前小烟说的话：他的眼睛充满着沧桑。我想也许我更是沧桑了许多，内心深处有着无法弥补的痛。

小烟再也不会给我打来电话，蓝宇的信也不再是一天一封。直到有一天，他说："晚晴，对不起！"

我知道总有一天蓝宇会对我说这样的话，只是没有想到来得太快。我想蓝宇应该和小烟在一起了。我再也没有了小烟和蓝宇的消息。我有时候会忍不住想给蓝宇写封信，但最后还是没有动笔。

我发现我是那么疯狂地爱着蓝宇，但我却又强迫自己忍住，不去想他。我只能一次次地放逐自己，漫无目的地旅游、看海。我在海边叠了许多小纸船，纸船里写上蓝宇和晴晴的名字，然后放它远行……

7

又快到过年的时候，我发现我已经无法在广州待下去了。我离开了广州来到深圳。人们说深圳是每一个做梦者的故乡。我不知道我是否还有梦，我曾经用很长的一段时间来舔自己的伤口。可每每想着小烟和蓝宇，就禁不住地流泪，我想我的梦已经破碎。

我不知道姑妈是怎样得到我的电话号码的。在一个寒冷的冬夜，我正坐在出租屋里写作——离开广州后我一个人在深圳写作，我把自己关在小屋里已经半个月了。

姑妈从罗城给我打来电话，她说："晚晴，你好吗？"

姑妈的声音已经明显苍老了许多,并且沙哑。我愣了许久没有想起来是姑妈的声音,随便糊了一句:"哦,很好。你呢?"

　　她说:"晚晴,我是你姑妈,过年了,你一个人吗?"

　　我习惯地给自己点了一支烟,烟雾通过嘴巴飘进喉咙进入肚子,然后慢慢地从鼻孔里喷出来。我想我的肚子在着火,也只有这样我才不会让自己哭泣。姑妈在电话那头沉默着。

　　"姑妈,你和姑父身体好吗?"我为自己感到内疚,想了许久都不知道应该怎样问候姑妈。

　　"哦,好,都好。晚晴,今年小烟没有回家过年,你也好几年没有回来了……"

　　小烟,我希望姑妈能跟我说说小烟,我急切地想知道小烟和蓝宇的生活。可是又害怕,害怕自己会心疼——我还是那么在乎着蓝宇,一直没有忘掉过他。

　　"小烟她好吗?"我低声问道。香烟在手中燃烧,我喜欢这种浓浓烟雾包围的氛围。

　　"小烟过了年就结婚了,晚晴,到时你回来参加小烟的婚礼吧?"

　　泪还是无声地流了下来,蓝宇和小烟要结婚了,好快,过了冬天又是新的一年了。

　　除夕夜,我买了最后一班从深圳飞往南宁的飞机票。在飞机起飞前我终于拨通了蓝宇的电话,我说:"蓝宇,过一个小时我会飞回到南宁,最后一班飞机。"

　　我没有给他说话的机会就关机。这是我第二次回南宁,飞机起飞前我的眼泪汹涌而下。我不知道我会在南宁待多久,我也不知道我是否可以见到蓝宇一面。

一小时后，我开始寻找蓝宇，从走出机舱我就一直在人群中寻找。我的心一点点下沉，痛得只有自己知道。我想，也许他再也不会来见我，再也不会了，过了年他就是小烟的老公，我什么都不是。

我一直以为自己很聪明，可却是最愚蠢的，我终究会失去属于我的爱。

我不知道我回南宁是否有一点儿意义。我看着机场的路灯下我的孤影，很单薄，这个世界上我没有一个亲人，没有人理会孤独的我，不会有人在过年的时候问候我一声，不会有了。只有我自己的世界，我自己的泪。

"晚晴，我来晚了。"

蓝宇突然出现在我面前。我抬起泪水蒙眬了的眼睛。真的是蓝宇！我原以为见到他我会扑到他的怀里痛哭一场，可是如今却是傻傻的表情。看着面前的男人，我故作镇定地向他微笑，可眼里却还有没有流干的泪水。

"晚晴，你哭什么呀！真傻，哥不会让你一个人孤零零在南宁的，然后再让你孤零零地回广州。只是路上堵车了。"

蓝宇把我拉入怀中，抚摩我的长发。

我在心里对他说，我已经不在广州了，已经不在那个网站编辑文字了，你也不再关心我了。

可是终究没有说出来。我已经失去了诉说权利。

"走吧，晚晴，我们回家。"

我摇头，我说我去旅店住，明天我就走了，我只是想回柳州给母亲上上坟，我回来是想知道我母亲的坟在哪里。

蓝宇沉默了一会儿，然后拉着我的手，拦了辆的士，说：

"晚晴，跟我走，明天我们一起回柳州。"

我们？包括小烟吗？

"哦，宇哥，这是我送给你和小烟的结婚礼物。"我从背包里拿出托朋友从德国买回来的一对幸福拥抱在一起的夜光珠小人，这是我能想到的最好的礼物。

"晚晴……"

蓝宇把我的手握紧，久久没有说话。

"宇哥，祝福你们！到那天我就不回来参加婚礼了。过了年我就去柏林，签证已经办好了。"

"晚晴，你说什么？你要去德国，为什么？你一个人，不行，我放心不下。"

"可是宇哥，晚晴一直是一个人，在哪儿都一样，不是吗？"

我依然微笑，手里还拿着要送给蓝宇和小烟结婚的礼物，蓝宇没有接过我的礼物，我便一直拿在手里。

"宇哥，我住宾馆，小烟一定不希望见到我。替我好好爱着她。"

我的心里却说："小烟，替我好好爱着宇哥。"

"晚晴，因为你在乎我、在乎小烟、在乎你自己，所以你才一直要求住宾馆，是这样的吗？晚晴，如果你真的要坚持我带你住宾馆。"

"宇哥，有些话你不要说出来，说出来就没意思了。虽然你左右为难，可是到最后你还是要和小烟结婚，不是吗？"

"晚晴，别说了，到家里看看你的小金鱼吧。"

沉默。我听得到蓝宇的叹息，司机放了邓丽君的《独上西楼》："无言独上西楼，月如钩，寂寞梧桐深院锁清秋。剪不断，理还乱,是离愁。别有一番滋味在心头……"

"不去了,宇哥。我是来向你道别的,不想让小鱼儿看到我的泪,你好好养着就够了。很快就过去了,这所有的一切,也许这只是一个小小的插曲,只是在不同的时间都重演了。"

到邕江大桥的时候,我们下了车。蓝宇陪着我站在桥上看夜色中的邕江,除夕夜,团圆夜。烟花不时划亮天空,真美,可是只有短暂的几秒钟,很快就没了。

我们不再有太多的话,我们甚至不能太久地拥抱,因为中间隔着小烟。

除夕要守夜的。小时候过年,我一直是和母亲守夜,守着守着就睡着了。在柳州也如此。零点的时候,继父叫醒我们,他安排蓝宇放鞭炮。我双手捂耳,蓝宇在我耳边提示我说:"放鞭炮了,晚晴。"然后他在院子里,用细长的竹竿挑着鞭炮,还冲我笑。

那都是很多年以前的事了……

"晚晴,走,我们放烟花去。今晚我们一起守夜,放一晚上的烟花,好不好?"

我正在笑着看天空中的烟花,蓝宇拉着我的手就跑,这个时候还会有烟花卖吗?

很喜欢他快乐的样子,蓝宇放烟花的时候我感觉到他的纯真和快乐,于是我便也开心地笑,像童年时一样。烟花真漂亮,如同天女散花,我们在花丛中一般。

那天晚上,我们住在邕江大桥附近的邕城宾馆里,蓝宇抱着我,说:"晚晴,我们结婚吧。"

我说:"小烟呢,那小烟怎么办?"

"我不知道，我也不想再知道了。晚晴，明天我们一起回柳州上坟，然后离开这里。你不要去德国，那里不适合你。"

私奔吗？我们可以私奔吗？我抱着蓝宇，心里怦怦直跳，我可以带着这个男人私奔吗？

"晚晴，你答应了是吗？小烟以后会明白的，蓝宇爱的人是你，这是千真万确的。晚晴，你会舍得宇哥和一个不爱的人结婚吗，然后用一辈子思念你？"

"可是小烟离不开你。她可以为你自杀，宇哥，我做不到。"

是啊，我爱着宇哥，可是如果用小烟的生命来换取这份爱情，我做不到，我们的生活也不会幸福快乐。谁能拯救我们的灵魂？

蓝宇把我紧紧地搂在怀里，然后我们开始做爱、流泪，谁也无法拯救我们。

天亮的时候，我一个人回了柳州，在母亲的坟前久久地沉默。我给继父和母亲点了一束香。抚摸母亲墓碑前的照片，我泪流满面。我和母亲长得很像，一样瘦削的额头，一样忧郁的眼神。母亲在她三十二岁的时候离开了我，永远地活在了三十二岁。

母亲永远也不会知道，有一天蓝宇将她的坟和继父的合葬在一起。

2003-11-17

我要嫁给你

醒来的时候，刚好是五点半。我从床上爬起来，趿着拖鞋走到窗前，拉开窗帘。窗外正下着雨，北风夹着冰冷的雨丝吹到我的脸上，从衣领钻进脖子，钻到我的身体里，我冷冷地打了一个寒战，孤独悄然涌上心头。

我也不知道是因为寒冷使我孤独，还是孤独使我寒冷！

每天起床后，我会一个人到不远的海边走走，然后坐在靠海的酒吧里给自己一杯酒。其实我不喜欢喝酒，甚至害怕闻到那股浓浓的酒精味，可我每天还是给自己一杯酒。我只是想让酒精麻醉自己。我害怕一个人的清醒，太清醒的夜晚，我会整夜整夜地坐在房间里抽烟，然后咳嗽。

雨并不大，南方冬天的雨似乎总是那么缠绵，一下就是好几天。北风夹着雨丝，似乎在哭泣，一声高一声低地走过天空。也许不是一个人哭泣的声音，而是两个、三个，或者更多。

南方的冬天其实并不冷。我的家乡哈尔滨早在一个月前就已经零下五摄氏度至零下十摄氏度了，还下了入冬以来的第一场大雪。

"西尼,你那里下雪了吗?"母亲从家里给我来电话和我谈起了家乡的大雪。我刚刚喝了一口酒。

我忍不住笑了。从没有离开过哈尔滨的母亲,无论如何也不相信有冬天不下雪的城市。

我现在在深圳——一个最年轻的移民城市。朋友叫我流浪的女孩。在这座城市,我以前有过固定的工作,有着正常的收入,但现在没有了,没有固定收入的我只好四处漂泊,每天为自己的生活而奔波,于是,我便把自己叫作深圳流浪女。

我有过梦,有过理想,也曾在给老师的作文里写下豪言壮语,事实上,我从未停止过。一年前,我在机关里为领导写了许多,领导对我写的东西很满意,时不时夸我人长得漂亮写得也漂亮。可是,面对空洞的东西,我却写得心烦。萧萧笑我,说,西尼,你知道吗?你最大的优点就是把问题看得太透了,最大的缺点是爱跟自己较真。

什么跟什么,我听得稀里糊涂。我总是在该清醒的时候不清醒,在该糊涂的时候不糊涂。所以,虽然写得很漂亮,我却只好卷起铺盖走人。

从机关里出来后,我再也没有去找过工作。我已经二十六岁,在深圳混了四年。四年前,我就开始在这座城市流浪,做过工厂的文员、贸易公司的文秘,还有就是机关领导秘书。

萧萧曾给我看过手相。她说,西尼,我说了,你可不要有心理负担。萧萧要让我保证,还拉了勾,很认真的样子。我妈曾给我算过命,还说要在本命年找算命先生改命。命运可以改吗?我笑她傻,浪费钱不说,还把自己搞得神经兮兮,可是算命先生都对她说了些什么她却死活不肯跟我说。

西尼，你别笑，我就信命，萧萧看了我右手接着看我的左手。

萧萧说，男左女右，女孩的左手就是自己爱人的左手。我不知道是不是真的。如果真的是这样，征婚或者相亲的时候什么也不用说，伸出双手相互对照就行了。

哦，是吗？你算完了吗？告诉我，你都算出了些什么？我问她。我不信命，可是我妈说命是注定的，她还在我本命年生日那天到算命先生那里给我改了命，说得跟真的一样。

萧萧说，西尼，你一生要嫁给两个男人。看，这是你的爱情线，弯弯曲曲，而且有很多细小的波线叉开。嗯，很多男人喜欢你和追求你，使你在选择的时候苦恼，很可惜你总是选错对象，所以你不停地去爱，不停地放弃。

我依然保持着微笑听萧萧在胡说八道，可是她却不说了，然后手机铃声响起，是云羽。

叫云羽的男人从北京给我打来电话。我很喜欢听云羽的声音，好听的京腔，我时常静静地听，然后就是沉默。他说，西尼，你怎么不说话了？我说我只是想听你说话，听你的声音。他便笑，于是我也笑，笑得让自己感觉自己很像一个孩子在调皮捣乱。

出乎意料，没有人反对我放弃机关那份清闲且薪水丰厚的工作。当然，这并不包括叶枫，叶枫和我同居了两年，我们已经商量好再过一年就结婚。

我从机关收拾东西回家时，叶枫已经下班在看电视，好像是一场足球比赛,他没有转过脸来看我一眼。我手里抱着从办公室搬回来的私人用品,我说枫帮帮我。他手里拿着遥控器把声音调得更大了些,说没见我在看球吗?抱那么多东西回来干吗?回家办公呀你。

这个广东男人比我大五岁,他从来不抱着我睡,而我想我需要拥抱,拥抱是最能表现一个人在乎另一个人的方式,他一直没有学会拥抱。

我把抱在怀里的物品放在地上,然后走进厨房开始准备晚餐,我做得一手好菜。萧萧笑我说西尼,你怎么不去学厨艺?真是白白浪费了。

吃饭的时候足球赛还没有完,叶枫接过我递给他的饭,眼睛不舍得离开电视半秒。我说吃饭吧,要不等球赛完了再吃。

米卢真他妈的酷,老婆,吃饭!球赛终于完了,叶枫才想起来要和我说一句话。我轻轻地叹了口气,然后低头吃饭,菜已经凉了,好在是夏天。

我辞职了,枫,从现在开始我没有工作了。我抬起头,对他说。

西尼,你真会开玩笑,你会辞职吗?那么好的工作有多少人求都求不到。再说了,我已经跟我妈说国庆节带你回家然后我们年底结婚。

叶枫总是在有意无意地提起他的母亲,而往往我保持沉默,两年前就开始学会了沉默。

叶枫似笑非笑地看我。

我没有开玩笑,枫,我说的都是真的,我已经辞职了。

我没有想到我要告诉他我辞职时我会感觉自己在害怕,我也不知道我在害怕些什么，可是我还是没有抬头看他的脸。

二十三岁那年，我邂逅了叶枫，或者更确切地说是叶枫在和初恋分手后第二天邂逅了我。那时，我已经从工厂跳槽到贸易公司，公司在蛇口太子路的海景广场，对面就是海上世界，可以看到关着门的明华轮和海对面依稀的山。

二十三岁，多好的年龄，可是我却连初吻都还没有。公司业务不是很忙，每天下了班大把的时间瞎逛，我会一个人骑着自行车慢悠悠地在海上世界转，或者流连于酒吧门外。二十三岁，我没有学会喝酒，也没有学会泡吧，只会一个人披着长发看着别人生活。

已经是晚上十点钟，我把自行车停放在护栏旁，坐在自行车上看海，看着月光下温柔的海。除了萧萧，我还没有认识更多可以陪我一起发呆的朋友，可是萧萧却忙着谈恋爱，然后失恋，然后再谈恋爱，再失恋。

海上世界的月夜很美，咖啡美酒和韩国烧烤的香味在海风中让人感到很满足，我独自陶醉在海边的夜景中。

西尼，你在哪儿？我想见你。

十分钟后，萧萧打的到海上世界，脸上还有哭过的痕迹，她一句话也没有说。我推着自行车和萧萧并肩走回家，我和萧萧在南油租了两室一厅的房子。

西尼，我失恋了。

我知道。

夜晚的风很凉爽。萧萧从我手中拿过自行车说，西尼，我带你。我没有拒绝。萧萧失恋没有再恋的时候，就会骑着自行带我四处兜风，我俩穿行于蛇口的大街小巷，我坐在车的后座上唱歌，然后时不时从背后往她嘴里塞一颗奶糖，萧萧便笑我离不开糖果还天天喊减肥。

萧萧蹬着自行车，我揽着她的腰，她身上散发出很浓的香水味。很多次我对萧萧说，不要用太浓的香水。可是她却改不了，我想萧萧多次失恋一定与香水有关。

西尼，唱歌吧，我想听。萧萧还在努力蹬着车。

我在车后座轻轻哼着没有歌词的曲调。西尼说，这是什么歌？我说我新谱的，还没写词呢，晚上你给我写写。然后我们便笑，萧萧很轻地笑。那时候我不知道失恋的感觉，也不知道萧萧失恋后的痛苦，那是她一年里的第三次失恋。

在拐弯处的时候我还在哼着歌，没有想到萧萧会在十字路口时闯红灯，我和萧萧被从左边开过来的车撞倒时，我想这下完了，脑海里全是平时见到的车祸场面，我已经忘了身上哪个地方在疼痛。

西尼，西尼……萧萧叫我。

我在倒下时已经把眼睛闭上，我害怕见到血。

一双大有力的手把我抱起，我睁开眼睛看萧萧，她好好地站在我面前，可是眼里全是泪。

小姐，你没事吧？一个操着潮汕口音普通话的男子扶我起来。

我看了看这个男子，然后看了看自己，没有受伤，地上也没有血，只是自行车已经狼狈地横躺在地上，看着自行车奇怪的形状，我强忍着不好意思笑。

后来，萧萧说，西尼，你和叶枫的爱情是闯红灯闯来的。

不知道是不是所有的爱情故事都是这样发展，那天叶枫刚好是陪着老板出差回来，然后不小心就撞到了闯红灯的我们，很自然地，他给了我们一张名片，萧萧也给了他一张名片。我站在旁边若无其事地用手梳理着散落在肩上的长发，萧萧把名片放进口袋的时候我在心里想萧萧又开始爱的进攻了。

第二天还没下班，萧萧就坐在我的办公室等我了。她说，西尼，晚上有人请客，就在你们公司附近的兰桂坊。

那是我第一次到兰桂坊。叶枫和另一个男人在等我们。如果不是萧萧，我想我会拘谨得不知如何是好，萧萧笑我是胆小鬼，见不了大世面。

也是那天晚上，我喝了人生的第一杯酒，其实也就喝了那么一小口，我就开始头昏，觉得身体很热。萧萧笑着喝了一杯又一杯，我的眼里出现了两个萧萧，我竟然很快就睡着了。在兰桂坊，在他们还在高谈阔论的时候我就安静地睡着了。萧萧说，西尼，好在叶枫个儿挺高，力气挺大，是他把你抱回来的。我的脸瞬间热得发烫。

萧萧没有开始她的第四次爱情进攻，我却无意中开始了我的初恋。叶枫开始天天等我下班，然后带我去泡吧，慢慢地，我也可以喝一杯白兰地而不再醉了。

爱情原来那么美丽，我陶醉在他温情的吻和抚摸中，然后在我们认识不到第五天的晚上，在他的小屋，我把自己的全部都给了他。我一直想着我会很爱他，他也会很爱我，我们会结婚，然后永远在一起。

我开始不回我和萧萧合租的房子，见到萧萧时我会心虚，然后萧萧就冲着我笑。萧萧说，西尼，你太容易被骗了，但愿他是真的爱你,男人,你还不懂他们到底在想些什么,到底需要些什么。

叶枫从来不会到我和萧萧住的地方看我。萧萧又开始她的新爱情,萧萧说,西尼,虽然我不再相信爱情,可是我还是要寻找,深圳有爱情吗?

有时候我会和萧萧彻夜坐在客厅里听音乐,然后说一个通宵的话。那时候我沉醉在初恋中,感觉很甜蜜,萧萧会摆出一副大姐姐的样子问我一些事,然后便叹气。

三个月后,萧萧结婚,然后我搬到了叶枫的小屋,也开始做起了我的新娘梦。

我疑惑地问萧萧,你是不是已经找到了爱情?

萧萧不置可否地笑笑,一脸的坏笑。

有些梦只有几秒钟,有些梦要做很久,哪怕醒来了却还要继续,我想大概我就是那种一心做梦不愿意醒来的女孩。

你爱我吗?你会和我结婚吗?枫?萧萧结婚的那天晚上,我做了伴娘,晚上睡觉的时候我问枫。

西尼,你今天累了,好好休息。

叶枫的回答很让我失落。在清醒的时候,我总是在怀疑,他是否爱我。只有在做爱的时候,他才会附在我耳边说,西尼,我爱你。可是男人床上的话到床下就不算数,这点我很早就知道了。平时,枫从不会对我表示任何的爱意,哪怕是我最喜欢的玫瑰他也没有给我买过,尽管我不停地暗示,甚至因此流露出深深的失落。

可是我爱着他,我知道我爱着他,于是我便不再问,也许是我害怕会失去。

叶枫的应酬很多，那是在我们同居后一个月我突然发现的。一个月里，有十五天的晚上我一个人坐在沙发上等他回来。每次他都喝了很多酒，醉了的时候，他便抱着我说，西尼，不要离开我好吗？

我从来没有想过要离开，笑着用毛巾帮他擦脸，然后抱着他入梦。

叶枫极少陪我散步，即使偶尔陪着我，也始终和我保持着五步的距离。他说，西尼，每个人都应该有自己的原则。我默认，跟在他后面，失落地看着一对对情侣手牵手走过。

过年的时候，我没有回哈尔滨，我希望他可以陪我过年。他说，西尼，你一个人在深圳好好过年，去给自己买好吃的。然后，他在离过年还有五天的时候离开了深圳回汕头老家。

大年初一，我给萧萧打电话时还是忍不住哭了。我说他回家了，也不给我打电话，也不接我的电话，已经六天了，萧萧……

萧萧在电话里沉默，然后说西尼，我马上过来，你别哭。

萧萧还是没有一点儿改变，我扑在她的怀里哭，她摸着我的头叫起来，你发烧了。

我不知道自己在发烧，我只知道我的心在发烧，然后冰冷，听到破碎声。

萧萧把我送到医院打点滴，然后给叶枫打电话，说西尼病了，发高烧，在医院。我听到叶枫在很吵闹的电话里说，知道了，我过了年才能回深圳。

叶枫把电话挂了，在电话挂断时我的心也破碎了，可我不甘心，再打过去时电话已经关机。

萧萧狠狠地把电话扔了，骂了声王八蛋。

萧萧说，西尼，别怕，有我呢。

叶枫回到深圳已经是大年初十。短短的十几天里我瘦了十斤，我一个人常常对着电视发呆，我不知道我该做些什么。萧萧说，西尼，不要这样，你怎么那么傻呢！你和他住在一起那么久了，你竟然还是对他什么都不了解，可是你为什么还是那么固执？你爱他，可他并不在乎你，你傻呀你。

也许他有自己的难处吧，萧萧，我也不知道。

叶枫没有带我认识他的任何一个同学、朋友、亲人，不愿意和我一起走路，不愿意让别人知道他有女朋友，可是我们却住在一起。

春节过后，我换了份工作，应聘到区机关做文秘。在太多的沟通无法进行下去后，我已经对叶枫失去了所有的耐心，不管我有多爱他，我想我都已经无法承受他对我的不在乎和冷漠。

很久以前萧萧问我，西尼，你要选择一个你爱的还是爱你的？以前我是多么幼稚，想都没有想那当然是我爱的，可是在和叶枫一起的日子里激情已经渐渐消失，爱与不爱都是一种心痛，我只想逃。

情人节那天，我新租了一间小屋。我一个人静静地收拾我的行李，泪水无声滑落，我一次次把衣柜里的衣服拿出来又放回去，还有太多的不舍，可终究是要走的。

我的行李不多，就几件衣服和两大箱子的书。在深圳流浪，我什么也没有，包括爱情，我已经不愿意再让自己过多地去想爱情。在春节回来后，叶枫说西尼，知道吗？我不可能和你结婚，你不要问为什么，我很爱你，可是你不要问我为什么。

为什么？他抱着我吻我然后告诉我说，西尼，对不起，我不能给你幸福，你知道我很爱我的母亲，她不允许我娶一个外地女孩。

轻飘飘的理由，却重得让我喘不过气来，我努力地呼吸，一阵阵地恶心。

于是我便不再问他是否爱我。我找不到理由让自己继续安静地和他同居，然后听他说一些让我流泪的理由。

收拾好行李的时候，天已经很晚了，他还没有回来。我不是那种绝情的女人，或者说我对着我们之间的爱情还有一点点幻想。于是我打开音响，旋律悠悠飘荡在小屋里。我走到厨房给他煲汤，他喜欢喝汤，于是，我从书上学会了煲很多很多汤。

那是一朵玫瑰，我最喜欢的花，在他进门的时候我看到了他手中的玫瑰，他说，西尼，节日快乐。

我小心地闻着玫瑰。这是我人生的第一朵玫瑰。

他喝汤，他没有注意到我已经整理好的行李，我把花插到喝水的杯子里。不知道离开了玫瑰树的玫瑰花的保鲜期是多久，也许是一天，也许是两天，也许会更久一些，可是却终究要凋谢。我鼻子酸酸的，泪水又无声地流了下来。

他把我抱到床上，擦去我脸上的泪水。我已经习惯了哭泣，他也已经习惯了看到我在哭泣。

叶枫说，怎么了，西尼？

我说，枫，我们分手吧。

我无法像自己想象中那般冷静，我扑在他的怀里哭。我要和他分手，我却紧紧地抱着他哭。

叶枫没有说话，我听到他的哭泣声，他抱着我，紧紧地抱着我，可是我们的身体抱得越紧也离得越远。

叶枫说，西尼，你睁开眼睛看着我的眼睛，好吗？

我睁开眼睛，我没想到他会流泪，那一刻我不知道泪水应该代表什么，可是我的心却更碎了。

西尼，现在我无法给你任何的承诺，可是你不要离开好吗？他流着泪亲吻着我，我不知道这是不是我要的回答，我闭上眼睛。

他开始脱我的衣服的时候我已经不知道我应该伤心多一点还是快乐多一点，我们疯狂地亲吻着爱抚着我们的身体，我们又一次酣畅淋漓地做爱了。

两天后，我还是叫萧萧开车来帮我把行李带到新租的小屋，我在桌子上给他留了张字条：

枫：

　　我走了，有些事也许真的没有对与错，说真的我很恨你，可是爱却比恨多一点点，所以还是算爱你吧！如果时间可以回到开始的那一天，我宁可不要认识你，可是却已经认识了，只能告诉自己永远不要再乱闯红灯。你自己好好保重，不要去找我，我想把你忘记，再也不要想起任何与你有关的事情，我想我还是要好好爱自己一回！好好保重！

爱你的西尼

西尼，走吧，很快就会好的，他并不值得你去爱和付出，伤心的应该是他不是你。萧萧把我搂在怀里，萧萧已经怀了孩子，一脸的幸福！

　　机关的工作并不清闲。除了一天到晚大会小会就是写各种各样的报告，机关的应酬也没完没了，一般的应酬我都得尾随，我会在不同的酒桌上喝各种各样的名酒。

　　叶枫曾在一个晚上给我打来电话，他正在酒桌上。我默不作声，挂断电话，关机，然后一个人对着新装的电脑发呆。

　　认识叶枫的前女朋友是在我搬出来一个月后。那是一个很无聊的酒会，那天我空腹喝了杯酒，然后反胃，跑到洗手间不停地呕吐，我不知道酒桌上那个一直盯着我看的女孩就是叶枫的前女朋友。

　　丁秘书，你没事吧？一个女孩温柔地扶着我。

　　我说没事，喝多了，让你见笑了。

　　我陪你出去走走吧，那边也没有什么事了。女孩扶着我走出酒店。

　　你是叶枫的女朋友？女孩问。

　　我打了一个酒嗝，忍不住又想吐，我从来没有这么狼狈过。

　　别误会，丁小姐，在你刚和叶枫交往的时候我就知道你了，我是他从前的女朋友，你叫我小月吧。

　　小月，我们已经分手了，过去已经成了一个不想再回忆的记忆。我淡淡地说，我已经一个月没有见到他了，我们之间已经没有任何联系了。

　　你为什么不问我为什么和他分手？在我们分手的第二天，他认识了你，你从来不问他吗？小月也许只想有人帮助她回忆过去，而我刚好就是那个可以帮助她回忆的人。

酒店门外的喷泉在夜灯中喷着闪闪的水柱,亮晶晶的水珠在水池四周飘散,然后又落回到水池中,我着迷地看着这美丽的喷泉。

小月说,我很爱他,我们同居了三年,可是他不肯跟我结婚,你知道为什么吗?

女孩眼里闪着泪花。我在心里说,如果你愿意可以回去找他,这一切已经跟我没有任何关系。本来可以不要那么复杂,为什么偏偏那天我们闯了红灯呢?

我说,小月,我要回家了,我不能回答你的问题,因为我也不知道答案。你不要以为我在抢你的叶枫,我宁愿自己从来不认识他,我想我不爱他,我还不懂得爱情,因为我没有遇到能给我爱情的男人,他不是,我也不想知道你们之间的故事。

我给萧萧打电话。萧萧有一辆福特,那是她老公送的结婚礼物。很多时候,萧萧是我酒醉后的司机。

我对小月说,如果你爱他你就回去找他,告诉他我也希望他能幸福,我已经想不起来他是谁了。

又喝酒了,那是谁?萧萧问。

小月,叶枫从前的女朋友。我又想吐,捂着嘴打开窗,一股冷气从窗外吹进来。

喝多了?你喝酒从来不吐的,是不是身体不舒服?萧萧打开了收音机,一个陌生的歌手在唱陌生的歌。

大概是饿了,我解释道。

西尼,真有你的,刚从酒席上出来就叫肚子饿,没见过这么傻的人。萧萧空出手来打了我一下,我笑了。

可是萧萧还是给我买了一份夜宵,看着萧萧已经微凸的肚子，我心里涌出异样的感觉，萧萧也快要做母亲了呢。

西尼，那个小月找你干什么？你不是已经和他分手了吗？她纠缠你？进入到小区时，萧萧问。

我也不知道，她说只想和我说说话，可能她很爱他吧。我上去了，你路上注意安全。我说。

那一夜我又开始整夜地失眠，我已不愿再去回忆的初恋的每一个细节不断在脑海里重现。已经没有了太多的泪水可以用来伤感，唯有那无奈的痛刺疼着自己的心，更疼痛的却是胃，我不停地吐，恨不得把所有都吐出来。

我蹲在洗手间吐的时候云羽从北京给我打来电话。我们已经认识很久了，可是我们的认识仅局限于网络和电话，我熟悉他的声音和他的文字，知道他的所有故事，却不知道他到底应该是谁。

云羽说，西尼，我还在办公室里查资料，想起你就给你打电话了，你现在忙吗？

我没来得及说话又开始痛苦地呕吐，电话那端传来他焦急的关心。我把电话挂了，我不想让他听到我痛苦的呕吐声。

云羽的电话在我挂断后再次打来，我没接，让电话响着。我不忍心，拿起电话对他说，我喝酒了，我不想说话，我很累。

云羽说，西尼，你别哭，你好好睡一觉好吗？西尼，你要乖，好好照顾自己。

我哭了吗？他叫我别哭，我是不是曾经哭过？

这样的夜晚，只有云羽的声音陪着我，我拿着电话不知道都说了些什么，只知道那天晚上从凌晨一点到三点我一直和云羽通话，直到手机没电。

小月再次出现在我面前的时候，我刚从医院回来。医生告诉我怀孕了，我从医生手中接过化验单时手一直在颤抖。

小月在我的办公室等了很久。我的脸色一定很难看，但我还是朝她笑笑说，你来了。

小月说，你知道我还会来找你的，是吗？

我点头。

在没有酒精的掩饰下我没有理由拒绝小月，我们走出机关大门坐出租车到红树林看海，然后听她说她的故事。

小月说了很多，我一句也没有听进去。她说，丁小姐，我知道你是个好人，所以我才来打扰你，我只想知道他和你分手的理由，你知道他和我分手时告诉我他不能给我幸福，他的家庭不可能接受我。

后来你们就分手了吗？我的心在痉挛。叶枫也和我说过同样的话。

我要求他和我结婚，他逃避，他告诉我说他从来不爱我，我只好走了，可是我爱他。小月哭了起来。我不知道应该安慰她，还是安慰自己。

我没想到云羽会从北京来看我。他给我打电话说，西尼，我在你办公楼下等你。

我从窗口往下看，一个男人背着一个旅行包在楼下朝上望，那便是云羽，我微笑着跑下去，他给我一个严实的拥抱。

我笑着打他，你不怕抱错人呀？

怎么可能会错呢？你这么瘦，还告诉我天天忙减肥。云羽一脸的笑。

我笑，然后不自觉地把手放在肚子上，别人看不出来，我还是感觉到了它微微的凸起。

深圳的四月已经开始热起来，我穿着一条白色的连衣裙陪云羽四处瞎逛。云羽话不多，可是他的所有表情都是一句句温热的话语，这让我感动，也知道什么叫作心灵的零距离，可是云羽，我却只能和你远远地对视。

我带云羽去吃深圳的各种小吃。在深圳的日子里，我唯一的乐趣就是到处去寻找小吃店，品尝着在酒店里所没有的独特美味。可是，叶枫对我这样的爱好很不屑。

云羽吞下一块麻辣豆腐后说，西尼，你有空到北京我带你到王府井玩，在那里，你肯定会有新发现。

我说，你快毕业了吧，打算去哪儿？

还早着呢，明年这个时候应该是博士论文答辩，明年你还会在深圳吗？不打算离开？对于我随口而问的每一句话他总是很认真。

明年？谁知道呢，明天都不知道在哪里，更何况明年？我笑了。

云羽离开的前一个晚上，我带着他到海上世界。在一家古董店门口，我们遇到了叶枫。我没有想到我们会在这里相遇，我怔了一下，然后朝他笑笑说，没想到在这儿会碰到你，你好吗？

云羽一直牵着我的手，我说，是叶枫，我跟你提过的，我以前的男朋友。

叶枫对云羽说，我来看古董，你也喜欢？

第一次来深圳，西尼说这里有她的深圳故事，所以过来看看。云羽说道。

我没有太多的表情,安静地听着两个男人简单的对话,我没有向叶枫介绍云羽。

叶枫邀请我们去喝酒,我拒绝了。云羽对叶枫说,我不希望西尼再喝酒了。

从古董店里走出来的时候,我对云羽说,我怀了他的孩子,一个月以前。

他拉紧我的手,帮我理了理头发,看了我许久,欲言又止,我知道他想说些什么,也知道他为什么无法言语。

我拿出一只玉手镯放到他的手里,说,送给你妻子,她是一个很幸福的女人,因为有你,我相信。

云羽拥着我,轻声叫着我的名字。

……

萧萧陪我去医院做手术,我没有告诉叶枫。

要不,西尼,你告诉他一声吧。萧萧拉着我的手侧着看我说。

我摇头。

我和萧萧坐在手术室外面排队等候。叫到我的名字时,我还是犹豫了,摸着微微凸起的肚子始终没有走进手术室。萧萧看了我许久,然后给叶枫打了电话。

叶枫来到的时候,萧萧已经走了,我和叶枫沉默对视。我想,如果他对我说西尼,不要做了,我们回家吧,把孩子生下来,那我一定会让他领我回家。

丁西尼,丁西尼有没有在?护士在叫我。

我看着叶枫,他转过脸,我的心疼得颤抖。

我说,我就是丁西尼。

叶枫还是沉默。

我走进了手术室。那一刻的疼痛,无论怎样,我都无法忘记。

手术后,叶枫抱着我回到他的小屋,我一句话也不说。

我没有拒绝他对我的照顾。

我又搬回来和叶枫同居,日子变得很平淡,因为我已经不会再问他是否爱我,会不会跟我结婚之类的问题,习惯了每一个节假日的孤单,也不再问任何一件他不愿意说的事。

我学会了抽烟。他不在身边的每个夜晚,我抽着烟独自流泪。

萧萧生了一个可爱的小女孩。看着萧萧的女儿,我的泪就流了下来。

萧萧说西尼,你不能再折磨自己了。

我擦干眼泪,逗着萧萧的女儿。萧萧的女儿叫伊颖。萧萧说,这是我早就想好的名字,西尼,这名字好吗?

我说,好,小伊颖好,萧萧也好,都好。

云羽毕业后离开北京到了上海。他说西尼,我想去深圳,只要你愿意。

我淡淡地笑,没有作任何的回答,我和他都知道这是一份很沉重的爱,谁也不能承受。

我在消瘦。叶枫摸着我越来越瘦的身体,很内疚地说,西尼,你这是何苦呢?你知道我并不值得你去爱,你去找一个爱你的人好吗?

我在流泪,我不知道自己是否还有勇气去爱。我的身体变得越来越差。

有一天,叶枫说,西尼,你在逼我,你总是在逼我。

我听不明白他的话。我们已经同居两年,有过一个孩子,他却让我去找一个爱我的人,能给我幸福的人。可是,他却每晚都要和我做爱,然后酣然睡去,留下无眠的我。

我开始靠安眠药才能入梦。二十五岁我已经离不开安眠药了。夜里,我常从迷迷糊糊中醒来,听到有人远远地叫我。我对叶枫说,我听到那个孩子在叫我,我真的听到了。

叶枫把我搂在怀里,任由我哭泣。

妹妹结婚那天,母亲对我说,西尼,你也不小了,也该考虑自己的终身大事了。

母亲的头发已经发白,我只能对母亲报以微笑。我还在无望的爱情里痛苦。

从机关辞职后,我开始在网上写小说,写一些不赚钱的小说。叶枫开始跟我吵架,然后就是冷战。有一天,他说,西尼,你走吧。

为什么?一定要这样吗,枫?我问。

叶枫说,西尼,你去租个房子,然后把你所有的东西都带走。

我感觉到了疼痛,可是我不甘心离开。我整夜整夜流泪,甚至用刀划破我的手腕。

西尼,死了又能怎样,你想让我一辈子都不安宁吗?叶枫冷冷地给我包扎伤口。

不是这样的,枫,我从来就没有想过让你一辈子不安宁,我只想这样死了。我哭泣，泪水不停。

在我自杀未遂的那天下午，叶枫把我的行李打包，然后打电话给萧萧。

萧萧把流着泪的我带回了她家。萧萧说，西尼，你醒醒，你这样什么也得不到，你得到的只有痛苦。

伊颖已经会叫阿姨，能满屋子欢跑。她说，阿姨，你不要哭，我把她送给你好不好？伊颖把她最爱的布娃娃放到我手里，我把她抱起来亲了又亲。

我还想着绝情的叶枫，想着我们所有的过往。萧萧每天下了班就开车带我和伊颖到海边兜风，我却瞒着她在她上班时去找叶枫。叶枫已经搬家，工作、手机也全都换了，我再也找不到他。

我坐在我们曾经住过的楼下哭泣，我知道哪怕我哭瞎了眼他也不会再出现了。

云羽说，西尼，你来上海度假吧，你不能天天哭。云羽毕业后去了上海。

云羽还是像以前一样对我好，他请了假陪我在上海玩了好几天。我已经不再哭泣，开始学会忘记叶枫。

云羽每天都会给我一个很久的拥抱。他说，西尼，应该有一个人天天拥抱着你。

我说，你会天天拥抱着你的妻子吗？云羽的脸有些许不自然，他定定地看着我说，西尼，你知道我不幸福，我的婚姻。

我们不可以更深入地谈论这个话题。我们害怕灵魂的交融会让彼此看不清原来的东西。

一个月的时间里，我天天和云羽在一起。我们一直保持着那份很纯洁的情谊。我想我们更像兄妹。

　　我终究要回深圳。也许是因为那里是自己流浪的第一站，总会有那么一些东西无法割舍。

　　云羽说，西尼，你在上海找份工作不好吗？我可以天天陪你。

　　我摇头，我对自己说，西尼，你不能再待下去了，你得离开，你会不可救药地爱上这个男人。

　　离开深圳整整一个月后，我又回到了这里。我的心情平静了许多。

　　我已经感受到了生活的另一种美，那是云羽给我的感觉。我想我会用一生来回忆这样美好的情感，我不会对他说，我能感觉到他对我的那份爱。

　　我拒绝了萧萧的好意，自己租了一间小屋，找了一份广告创意的工作。由于不用天天坐班，于是我经常白天睡大觉，晚上工作。为了更多的创意，我开始抽大量的烟和喝浓烈的酒，我还在小屋里煮咖啡。

　　深秋的时候，我不停地咳嗽和流鼻血。我没有在意。萧萧知道后，硬拉着我去医院检查身体。那天，她的脸色很难看。我不知道医生跟她说了些什么，她甚至要求我过去和她同住。我说，我喜欢一个人住，这样很好。

　　医生给我开了很多的药，我不知道是不是有必要。小时候我就经常流鼻血，也许是上火，我对萧萧说。

　　西尼，你不可以再喝酒和抽烟了，你要好好养病。萧萧嫁人生子以后总是把每一件小事都看得很重，可我并不觉得我自己是个病人。

药物并没有使我好起来。我依然天天咳嗽,咳出的痰开始带着血丝,我明显感觉到自己的身体越来越差。我再一次辞了工作,重拾往日的小说继续往下写。

我给云羽写信,我说我病了,我咳嗽的时候痰里有着玫瑰一样的血丝,小屋里飘着浓浓的中药味道。

云羽问我医生怎么说的。我想了半天想不起来,其实压根儿我自己就不明白医生到底检查出了什么病,所有的病历都在萧萧那里。我这才发现原来自己一直依赖着萧萧。她怎么不跟我说我到底得了什么病,我总是粗心大意。

萧萧淡淡地说,不就是咳嗽和流鼻血吗?你只要好好调养就是了,记住明天在家等我,我带你去看医生。

我一直都很信任萧萧,相信她说的一切。如果不是云羽飞到深圳,如果不是无意中听到云羽和萧萧的谈话,我想我不可能知道自己竟患了晚期肺癌和白血病。萧萧不会说谎,她没有理由对云羽说谎。我装出不知道的样子,依然对着云羽和萧萧笑。

云羽依然每天给我一个拥抱,我能感觉他的拥抱时间越来越长。他说,西尼,我在深圳多陪你些天,要不,你跟我回上海好吗?

不,我不需要。我当着云羽的面玩转着手中那个精致的打火机点燃一根香烟。

云羽夺走了香烟,说,西尼,求你不要这样,算我求你好吗?你不要这个样子。云羽摇着我的臂膀,哭着求我。

我才二十六岁,谈了一次失败的恋爱,没有做过新娘。我想哭，可是我努力不让自己哭。

云羽再次要求我跟他回到上海，我让他给我一个理由，他沉默。我又开始流鼻血，我推开云羽，一个人趴在洗手间任血直流，直到萧萧赶到，我知道可怕的病毒把我推向了医院。我不肯住院，我只想一个人静静等待死亡。

云羽伤心地离开深圳。我去送他，转身的一瞬，我的泪水再也忍不住。

云羽走之后，我上网去了解关于晚期肺癌和白血病的相关资料，我边看边哭，然后又开始抽烟，我发现自己已经离不开烟和酒了。医生说我这是在加速走向死亡的步伐。可是他不知道我必须靠着这两样东西才可以让自己能活着，活在极短的时间里。

我不想让母亲知道我的情况，我找了各种理由拒绝回家。为了安慰母亲，我化了妆，装出精神饱满的样子照了照片给母亲寄去。

萧萧对我越来越好，我知道自己今生无法回报，我抱着萧萧流泪。

萧萧说，傻西尼，你不要乱想。

可是萧萧，我都知道了，我什么都知道了，我放声大哭。

云羽依然每天两个电话。在和他通电话时，我的声音很平静，甚至在我刚刚哭过后依然让自己保持着从前的笑声，然后跟他说一些无关痛痒的话。

我劝他不要总是给我打电话，我知道他很忙。萧萧依然每个星期带我去看医生，然后拿回大包大包的中药。我已经不再煮咖啡，中药已经完全代替了咖啡。

闻着浓浓的中草药味,我竟然可以很快入睡。我的梦里时常会有云羽的影子。我已经忘记那个曾经让我自杀过、爱过、恨过的叶枫。如果不是那天偶然见到他,我想我真的无论如何也想不起来生命中曾经存在过这么一个人。

那天,我第一次单独去医院拿药。已是冬天的深圳,有点冷,但有暖阳。我手里提着几大包中草药从医院走出来后漫无目的地在医院门口的小路上徘徊。我和叶枫撞了个满怀,我手里的药包散落在地上。和叶枫同来的小月斜看过一边。

叶枫问,西尼,你过得好吗?

我没有回答。

我慢慢地蹲下身捡我的药,身体也跟着往下沉。

一双手把我托住。好累,只想就这样倒在那双大手里,再也不要醒来。

西尼。熟悉的京腔在耳边响起。

我难抑内心的喜悦,说道,怎么会是你呢,云羽?

萧萧说你一个人到医院来了,我一下飞机就往这里赶,我们回家吧。云羽牵起我的手。

云羽一直没有松手,他把我抱在怀里。冬日的太阳真好,暖洋洋的。

西尼,你不戴眼镜真漂亮,你有一双美丽的眼睛。云羽低下头在我的眼睛上轻轻吻了吻。

是吗?我真的有一双美丽的眼睛吗?我告诉他我戴了博士伦,我想让自己在最后的日子里美丽地活着。我已经开始在网上继续写我的小说,写我二十六年来的故事,我不知道我要写给谁,我想我是爱恋着这个世界,我不想让云羽和萧萧把我忘记。

叶枫和小月已经离去。

云羽把我抱得更紧了,我鼓起勇气在他的脖子上留下浅浅的吻。

西尼,我想和你在一起,过去的就让他过去吧,好吗?云羽没有躲开我的吻。

我的泪又流了下来。

云羽,西尼可以和你在一起吗?西尼还能再见到你几次呢?西尼还可以用一生来守候一个不归梦吗?一生又有多长,也许是明天,也许就是今天。

云羽,我真的想好好去爱。

……

2003-12-02

后记:我也不知道这算不算一个结局,也许算,也许不算,可是我已经无法用文字表达自己所要表达的痛与爱。泪水过多让我迷失方向,可我还要笑着面对我的生活和我的文字。朋友说,你不要再写了,你不要总是哭泣,我希望你能快乐地生活!

一棵树一个人

"小慈,也许有一天我们会被自己的贪婪掩埋,我们总是希望得到太多,太多的欲望在膨胀,却始终无法满足心中的欲望……"午夜,我在给小慈写信,小慈是我唯一的朋友,可是小慈不在我身边,小慈一年前去了纽约。

敲完这些文字时,我在电脑前给自己点了一根烟。我不会抽烟,烟是语卿留下来的,我学着他的样子抽第一根烟,烟雾刺激着我的喉咙、鼻子,甚至眼睛。于是我开始流泪,我以为我不会再流泪,可我还是泪流满面。

小慈打来电话的时候,小屋里已经弥漫着轻薄的烟雾,我对着话筒不停地咳嗽,我一句话也说不出来。在纽约的小慈不知道我在抽烟,剧烈的咳嗽使我听不清小慈在说些什么。我忍着咳嗽,冲着话筒说:"小慈,我要睡觉了,你是不是也要睡了?"我知道小慈有午休的习惯,我们在不同的半球却可以同时入眠。

最后的那根烟也已经灭了,我执意没有开窗,烟雾便一直在小屋里缥缈着缠绕着我，我把它当成语卿的身体张开手想拥抱，却没有那厚实的感觉，只有无边的空空落落。

我把电话线拔了，手机也关了，其实我知道这个时候不会有人给我打电话，语卿也不会，可我还是切断了和外界的联系。潜意识里，我只是在给自己一个安慰，给自己一个不伤心的理由，安慰自己语卿会给我打电话，只是我拔了电话线。

如果可以，我不想醒来，醒来语卿不会在我身边，于是我给自己多倒了几颗白色的药片。语卿不知道他不在我身边的这几天我一直靠着它入睡，现在我才知道我是多么依恋他的怀抱，语卿知道吗？

我好像做了一个梦，我听见语卿在叫我，远远地，我伸手想摸他的脸，可是只有空气，空气中却没有香烟的味，只有很浓的福尔马林的味道，我打了个喷嚏。

"西尼，西尼。"这回我听清楚了，真的是语卿的声音。我睁开眼睛，是我的语卿，只是他换了黑色的镜框，我伸手就想把他的眼镜取下来，我不喜欢戴黑色边框眼镜的男人。我记得我曾对语卿说过，潜意识里我还是没有办法不去想着那个女人，语卿的老婆。

语卿却抓住了我的手，我默默地注视着面前这个男人，似乎是睡得太久了，我的头有点疼，很长的时间里我们就这样默默相对。

我想不起来自己怎么会在医院里，还有语卿，他不是陪他老婆吗？他怎么在我身边？还有那个长长的梦，一团雾般的影子，是语卿的影子吗？

"答应我，以后不许再做傻事了，不可以用这样的方式离开我,我不要你离开我,永远不要。"语卿抱着我哭,我也哭。也许是我们太累了,泪水总是在不经意间流了出来。

我做了什么傻事?我没有。我努力地回忆,可是我什么也想不起来。

我想问语卿发生了什么,可是我的头突然剧烈地疼痛。护士提着一瓶药水进来,我这才发现我正打着点滴,怪不得有点儿轻微的疼痛,我摸着有点红肿的手背。戴着口罩只露出两只眼睛的护士解释道:"你的血管太细,昨天晚上连续扎了几针都没有找对位置,现在是不是很疼?"我摇摇头,这已经不是第一次了。

"西尼,我不知道你竟然会自杀。西尼,对不起,西尼,以后不管发生什么事也不要有这样的念头好吗?"护士走了,语卿轻吻了我的唇。

"语卿,你不陪老婆吗?"我不知道语卿到底在说些什么,我怎么会自杀?我只记得我和小慈通完电话后就睡觉了,睡觉之前我吃了药,然后觉得有点冷,于是随手还倒了杯酒喝。

语卿的脸是温和的,带着一点点的歉意,我轻轻地摸着语卿的脸:"语卿,你两天没有刮胡子了吧?"

语卿点头,把手放在我的手上轻轻摸抚,嘴里喃喃说着对不起。

我害怕别人和我说对不起,因为在这之前我一定已经受到了伤害,说再多的对不起已经没有任何意义了。我不需要语卿和我说对不起,可是心里却明白,也许我们之间一开始就没有谁对不起谁,尽管我们彼此深爱着对方。

"我没有要自杀,你不要自责,语卿,是我自己不小心,以后再也不会有这样的事。"我心疼他，我不能忍受他的自责，我不希望他为我担心。我是那么在乎语卿，在乎他所有的感受，所以我总是让自己一次次陷入痛苦与无奈，我知道自己深陷其中。

"我要回家，"把头埋在语卿的怀里，"我想回到属于我们的小屋。"我喜欢语卿和我一起待在小屋里，什么也不做，坐着听音乐，一起开心。

"好，我们一起回家，"语卿抚摸着我的头发。语卿已经换回了我喜欢的白色镜框。他的口袋里有两副眼镜，这注定了他会有两个女人，一个是我，一个是他老婆。

深秋了，好像一夜间天气就变凉了，从医院里走出来，我有些疲惫。

我靠着语卿的肩慢慢走着，我说："语卿，好久没有靠在你的肩上了。"

"西尼，以后语卿答应你不要离开那么久，你要好好的。"

"语卿，我不想回家。"

"嗯？"

"语卿，我不想回家，你带我到任何一个地方好吗？"

"西尼，可是你的身体？"语卿轻轻地搂着我，站在深秋的阳光下，我感觉到一阵眩晕。

"我们去'第三感觉'好吗？语卿，我想喝杯酒。"

"西尼，听话，乖，我们这就回家。不要再喝酒了，你答应过语卿的，回家好好睡个觉，等西尼身体恢复了我们到海边好不好？"

我斜靠在座位上看语卿开车，语卿一只手轻轻拍我，我很听语卿的话。

小屋里似乎还飘着香烟的味道。语卿把我抱到床上盖好被子，然后把窗打开，空气和阳光涌了进来。我看着语卿慢慢收拾电脑桌上的烟蒂，语卿不说话，他轻轻地叹了口气，撞疼了我的心。

"语卿。"我从床上下来，从背后抱住语卿，我把头贴在他的后背，紧紧抱着他，我担心他突然从我的世界消失。

"傻丫头，别哭，你知道语卿舍不得你哭。"语卿转身抱住我，暖暖地吻着我脸上的泪水。

我说："语卿，我不想哭，可是我控制不了自己，就像我控制不了对你的爱，我没有办法。我不知道用什么来拯救自己的灵魂。

"语卿，我以为我可以不在乎，可是我已经找不到任何理由安慰自己，我不想成为你的平行线，永远只能远远观望。我不想成为你的相交线，瞬间的温柔后形同陌路。我只想和你共为一条直线，永远在一起。"

"西尼。"

语卿的老婆休了一个月的假到深圳探亲，没到半个月就回去了。我没有问语卿为什么，我想我是一个聪明的女人，虽然小慈总是骂我是个大笨蛋。

语卿又把东西都搬到我的小屋来。虽然他在深圳最好的地段买了一百多平方米的宽敞房间，可是在认识我后，他的家就被闲置起来。每天早晨醒来，看到像婴儿一般睡熟的语卿，我的心总会很平静，满满的全是幸福。如果不是语卿的老婆到深圳小住，我以为自己真的可以不在乎她的存在，我一直以为语卿是属于我的,可是不是,从前不是,现在不是,将来也不是。

我沉默。有时候我可以一个人坐在小屋里发一天的呆。语卿注意到了我的变化,他对我越发温柔起来,在语卿温柔的目光里,我抱着他亲吻着他,然后泪流满面。

我想我有一天会疯掉。我时常在做噩梦,梦见一个女人朝我泼脏水骂我贱货。我开始想方设法安慰自己,我给小慈写信,小慈说我也许是病了,要我好好调理。

在语卿的面前,我不会太多地谈小慈,不会谈她总是喜欢给我们两个人买一样的发饰,一样的丝巾,就像我在小慈面前不会太多地谈论语卿一样。

有时候我会问自己小慈是否还记得语卿,语卿的印象里有没有小慈?

母亲打来电话的时候我正躺在语卿的怀里,母亲说:"今年的第一场雪已经下了,好大的雪,今年回家过年吧。"

冬天了,下雪了,快过年了?今年的冬天似乎过得特别快。我说:"语卿,快过年了,家里下雪了,我已经两年没有见到雪了。语卿,你和我回家好吗?我带你去看雪,看看我种的梅花,还有我妈妈,这个世界上最爱我的女人,她会喜欢你。"

语卿说:"好啊,丫头,语卿答应你和你一起回家过年。知道吗?我已经想不起来过年是什么样的感觉了。"

我开始快乐地想着过年,然后一个人跑到厨房里给语卿煮牛奶。

急促的敲门声把我和语卿都怔住了,从来不会有人深更半夜敲我的门,除了小慈。牛奶在我手上洒了一地,我跑去开门,满面风尘的小慈这样站在我的面前。

我搂着小慈，语卿走过来拍拍我的肩，我这才不好意思地向小慈介绍语卿。

小慈回来了，很突然地回来了，就像她突然失踪，然后从纽约给我打来电话一样，我不会觉得奇怪。小慈不是西尼，小慈比西尼坚强，知道自己在做些什么，该做些什么。

小慈执意不肯和我住在一起，说她已经安排好了住处，再说已经有语卿在我身边。

"小慈，你总得告诉我你住在哪儿。"

"傻瓜，我还记得你是个路痴，告诉你也未必找得到，我来找你好啦。"

我和语卿送小慈出了小区的门，小慈拦了一辆车走了。我突然觉得自己对不起小慈，可是我已经不能没有语卿，没有语卿我会害怕，害怕从噩梦中醒来找不到语卿。

"西尼，我们回家。"语卿拥着我，冬夜的风呼呼地刮着，路灯下我们的影子似乎在摇来摇去。

小慈没有到家里找我，而是在我下班前打了个电话说想见我，说她就在写字楼对面的"卡布莱梅之家"等我。我跑到窗前，从十七层高的写字楼朝对面望去，小慈就坐在窗前。

小慈已经为我点了一杯蓝山。和小慈一起泡咖啡屋的日子，我们总是无一例外地选择蓝山。

"西尼，你变了许多。"

"哦，是吗？是变老了啊？"

"丫头，在我面前敢说你自己老，打击我呀，要知道我可是比你大一岁呢。"小慈咯咯地笑起来。只有小慈没有变，小慈还是那样快乐，还是那样爱笑。

"你还会离开吗,小慈?"

小慈把一枚精致的戒指戴在我的中指,我问小慈把戒指戴在中指是什么意思,小慈神秘地笑,握着我的手说:"我总不能帮你戴在无名指上吧,哦,那个男人,你很爱他?"

"小慈,他叫语卿。"我对小慈说。

"傻丫头,"小慈握着我的手笑,我也不好意思地笑笑,"为什么要强调他叫语卿,语卿才是他吗?哦,西尼,我和林合住在一起,我一直不敢告诉你,现在可以放心地告诉你了。"

"林合?你和他住在一起,小慈,为什么?"

"西尼,你知道的,一直你都知道的,我以为你不会问。"

"小慈,我知道,哦,只是我没有想到你会和林合住在一起,我真的没有想过,小慈。"

"你的语卿,好像在哪儿见过。西尼,可以看得出来你们很幸福,他比林合适合你。"

"是,小慈,我想我是不爱林合的,一直没有爱林合,所以我拒绝他,从相识的那一天开始我就拒绝。可是有时候命运很爱跟我们开玩笑,林合是我的初恋,像一场梦。"

"还记得吗?那天我和林合吵架,然后跑到雨中摔了一跤,就是语卿把我送到医院然后送我回家。"

小慈去纽约前和我、林合住在一起。我们在市郊租了两室一厅的房子,开始是我和小慈住一间,林合一个人住,后来小慈一个人住一间,我和林合住在一起。

林合已经从我的生活里消失了一年多,我没有告诉小慈。小慈突然失踪后,我也从那间房子消失了,工作换了,手机也换了。我不知道林合有没有找过我,也许他不会找我,我想我并不爱他,他也不爱我,我们之间似乎总是隔着一些什么东西。

我很久都没有想清楚我们之间隔着的到底是一些什么东西,两个人在一起不快乐却还要纠缠在一起,我说:"小慈,现在我终于明白了。"

在语卿出现之前,我不知道爱情可以这样温暖,我终于知道原来相爱是如此美好,而不是和林合那样的互相折磨。

"可是,语卿,我们却在错误的地点、错误的时间认识了正确的人,如果可以提前一个星期也许就不再是这样的结局,是吗?"

语卿结婚了,在我们相识的前一天,语卿和一个认识了很多年的女孩结婚了。语卿的表情淡淡,没有太多的喜悦也没有不快,让人误以为婚姻也不过如此。和语卿面对面坐在一起是离开了林合后,没有想到还会碰到在雨中把我送到医院的语卿。

语卿却说:"不是巧和。知道吗?西尼,我不喝酒,不喜欢酒吧,那天见你从酒吧里冲到雨中,便认定了你还会再到'第三感觉'来,我天天在这里守候,直到你的出现。"

"可是语卿,为什么?为什么要找西尼?"

"西尼,不知道,语卿也不知道为什么,在见到西尼的时候语卿已经不再是自由身,也许语卿不能也不该见到西尼,却不偏不巧地遇上了。"

语卿抚摸着我的背在我耳边低语,很多时候我们不知道该用怎样的语言来表达心中的渴望,也许这个世界上根本就没有什么语言足以表达我们内心的狂热和痛苦。语卿总是一遍遍轻抚我背,亲吻着我,有时候我们不说话,只有肌肤在安慰着灵魂,我们的灵魂飘在半空中俯视着我们的肉体。

我做了别人婚姻的第三者。在这之前我一直最讨厌、最憎恨的就是第三者，我一直以为这是一件最卑鄙的事情。母亲一直告诫我长大以后要找一个人家嫁了，千万不要走她的老路。我忘不了母亲夜里抱着我流泪的凄楚。母亲生下了我，可是我不知道谁是我的父亲，因为他没有权利来认他的亲生女儿，从母亲怀了我以后他就没有这个权利。

　　母亲是个美丽又有才华的女人，她每天做的就是抽烟喝酒然后写作。在我的面前，母亲从不提起那个男人。母亲爱极了红色高跟鞋。在母亲的文字里，我知道母亲与那人见面的那天晚上就是穿着红色高跟鞋和他跳舞的。母亲收集了许多红色高跟鞋，她经常穿着这些漂亮的红色高跟鞋在午夜里独舞，然后流泪，写作，直到天亮才独自睡去。

　　我在和母亲同样的年龄、同样的季节认识了语卿。我没有告诉母亲，害怕母亲的沉默，母亲害怕和自己长得一样的女儿还会走她的路。很多次，我很想对母亲说说我和语卿的故事，我想告诉她，西尼也是爱极了红色高跟鞋，喜欢那份神韵。

　　小慈在给我戴好戒指后，语卿打来电话说要过来接我一起回家。小慈抢过电话说："西尼今天晚点回家。"然后就把手机关了。

　　我抢过手机要开机，我说："语卿找不到我会担心的，小慈，我不能让语卿担心。"

　　"西尼，你不能这样宠着语卿，没见过像你这样傻的，我带你去玩，晚点再回去。"

　　小慈的性格一点也不同于我，虽然我们是同一个父亲所生。小慈的母亲和我的母亲都是父亲的情人，这是后来我才知道的，不同的是，小慈的母亲后又嫁给了另一个男人，而我的母亲则一生苦守着自己心中的童话。我想，也许母亲并不是真的很爱她的情人，也许她只是迷恋于过去的影子。

小慈十二岁后就从母亲的家中搬了出来。我、母亲和小慈三个女人一起生活了很多年，直到我们大学毕业又一起南下。

我和小慈躺在美容床上，小慈说："女人最重要的还是要对自己好点，我们需要花许多的钱买漂亮的衣服、CD香水、上美容院。"小慈建议我做一个新潮的发型。

"烫成你那样的头发吗？你知道我不喜欢的，小慈。"

"西尼，我想我还是不能理解你，你总是不想改变自己，可是你已经改变了。"

"小慈，不是这样，我只是钟爱于自己的头发，不想让它有任何的改变，甚至不愿把头发束起。"

"西尼，你很固执，和你的母亲一样固执，这样不好。"

"母亲？"我想也许是，母亲是固执的，固执地守着一个童话，我呢，流着母亲的血。

做完美容，小慈轻轻弹着我的脸说："西尼，要懂得爱惜自己，你看，这样皮肤好多了。不过我们的西尼可是大美人，不管怎样都可以吸引男孩子的目光。"

我对着小慈笑，对着镜子中的自己也笑了笑。

小慈执意要帮我办一张包年的美容贵宾卡，小慈说："这里离你上班的写字楼不远，你下了班就可以到这里放松放松。哦，这样追西尼的男孩一定会很多很多。"

"小慈，可我只要一个就够了。"

我对小慈说这话的时候我们已经从美容院里走了出来。小慈还拉着我去逛时装店,外面已经华灯初上,她把一件红色的裙子往我身上套。

"怎么样,喜欢吗?"

"我从来不穿红色的衣服,小慈,你知道的。"

红色属于那些青春有梦的少女,我想。

"可是今天是你的生日,你的本命年到了。西尼,你要穿一套红裙子过这个生日。"

"我的生日?我给忘了,这怎么可能?"

我从来不会忘记自己的生日,可是本命年生日我却想不起来是我自己的生日:"小慈,你还记得我的生日?"

小慈揽过我的肩:"西尼,你怎么可以忘了自己的生日?我真的担心哪天你记不记得你自己是谁。哦,今晚还有人和你一起庆生日,把衣服换了吧。"

二十四岁生日时我穿上了一套小慈买的红裙子,小慈从包里把一条红色的丝巾系在我的脖子上,把我推到镜子前。镜子中这个女孩真的就是我吗?一身的红,我差点认不出自己来,小慈夸张地赞美了我一番。

"西尼,我记得你十二岁生日的时候母亲也给你买了一套红裙子。那天下了很大的雪,我们在屋里烧了一盆火,你就穿着红裙子吹生日蜡烛。"

"是,小慈。我也记得,那时你刚到我们家不久,还偷偷地穿了妈妈的高跟鞋要我叫你姐姐,妈妈说你很乖,你也很疼我。后来,我们都长大了,你还是那么活泼,我却越来越沉寂,不喜欢穿红色的衣服,不喜欢太炫眼的颜色,不喜欢在人前说话。"

"西尼,你越来越像你的母亲,真的。"

"哦,哪点像呢?长相吗?"

"都像,像你母亲一样沉默,有时沉默得让人受不了。"

"哦,可我一直在说话,只是我没有用语言表达出来。小慈,你知道,从小我就不是讨人喜欢的女孩。"

我们走在风中,深圳的冬天没有雪,没有北方那样寒冷,所以我穿着红色的裙子走在风中的时候不会显得太单薄。

我不知道小慈会叫那么多的老同学和我一起过生日。小麦、琳子、娟娟、二毛、老帅……毕业后知道他们也到了南方,可是我却懒得和任何一个人联系,我不知道小慈是怎样联系上他们一起来为我过生日的。

小麦冲过来把我抱住,我看见她流着泪,然后我也跟着她流泪。

"小西的生日可不许流泪,笑一个,我可要打开摄像头了。"二毛过来拍拍我和小麦。

小麦整个晚上都不离我左右。小麦说:"西尼,你知道吗?毕业后我找你找了很久,我害怕再也见不到你了,我真的想你。我到网上找你的足迹,可是一直没有找到,你以前常去的那个文学网站里也没有你,就连我们班的同学录你也从未进去,我以为你真的永远消失了。"

"怎么会呢,小麦,我知道你会找我,也知道有一天我们还会在一起。"

"西尼,林合怎么没有来?我以为你们结婚了。"小麦在我耳边轻轻问。我不知道该怎样回答小麦。林合在学校的时候就追我,他一直追到了深圳,然后我们同居,然后我们分手,现在他是小慈的男朋友,我能和小麦说这些吗?

我们吃生日蛋糕,喝啤酒,抽烟……

小慈娴熟地点燃香烟的时候,她食指上的钻石戒指突然很耀眼,耀眼得刺痛了我的眼睛。空气中夹着酒味、烟味和我们的体味,我的头有点昏,小麦扶着我斜靠在沙发上。

"西尼,你抽吗?"小慈把烟递给我。我把烟接过来狠狠地吸了两口,烟雾呛得我流泪,咳嗽。

小麦把我手中的烟还给小慈,心疼地说:"真傻,不会抽还要抽,你怎么就不懂……"

我知道小麦想要说什么。她想说的是你怎么就不懂得拒绝小慈。在她看来,我总是依着小慈,听小慈的话,从来不会拒绝小慈。可是,她不知道我需要小慈。

我有点醉了,小慈继续抽着烟,我给小慈倒了一杯酒说:"小慈,陪我喝一杯,你已经抽了太多的烟了。"

"傻丫头。"

小慈细长的手指伸到我的头发里轻轻抚摸,她轻声说:"西尼,生日快乐!"

我们都喝多了,我们走了出来。小慈把小麦他们送上车后,大街上就剩下我们两个,晚风吹拂着我的长发,我清醒了一些。

小慈在打电话。

小慈说:"我们就在这里站一会儿吧。西尼,林合来接我们回家。"

"林合?回家?"

凉风吹动酒意,酒涌了上来,我吐了一地,我从来没有此刻那样难受。林合很快就找到了,我想我的样子一定狼狈极了。

我看不清林合的样子，听不清他和小慈在说些什么，却清楚地记得我的手机整个晚上都没有开机。

"走吧，西尼，我们回家。"

"不，小慈。"

酒精在麻醉着我，我想语卿，我要回家，回到语卿身边。

我不知道那个晚上语卿打了多少个电话给我，他一定是在阳台上一遍又一遍拨打我的电话。

语卿赶到的时候，我清醒了许多。我穿着小慈送的红裙子坐在马路边上，小慈和语卿陪着我。

语卿一定见过林合，却没有和林合打招呼，他把我抱住说："西尼，我们回家。"这是语卿最没有风度的一次，他甚至没有理会小慈，他说他不喜欢小慈，小慈不该让西尼喝醉。

在车里，我感觉很温暖，我说语卿，你抱抱我好吗？

"西尼，快到家了。西尼，你怎么可以这样？你知道现在几点了吗？晚上十二点了。西尼，我以为你要走了，要永远离开语卿了，知道吗？再过五分钟你还不开机我就要报警了。"

"可是，语卿，终有一天你要离我而去的。我觉得好困，我想好好睡一觉。"

语卿把我从车上抱下来。

我想自己走回家，双脚却迈不动，我说："语卿，你扶我。"

语卿把我抱住，我努力地睁开眼睛，可是我却看不清语卿。

那一夜，我做了一个梦，梦见红色的地毯，还梦见了语卿，语卿一个人远远地站着，可那红色的地毯突然就变成了熊熊大火向他烧去……

"西尼，语卿在这儿，西尼，别怕……"

"语卿,我做了一个噩梦。"我的喉咙好像有一团火在燃烧,口干得难受。

语卿爱怜地搂着我,喂我喝水,我说:"语卿,天亮了吗?"

"没有,才四点,再睡一会儿吧,好点了吗?"

我把头埋在语卿的怀里:"语卿,你怪我吗?昨天是我的生日,可是我忘了,是小慈告诉我的。"

"西尼,我应该提醒你的,我以为你会记得自己的生日,我给你买了礼物要去接你,你和小慈走了,你的手机关机,我一直找不到你。"

语卿捧起我的脸,我已经可以看清楚语卿的脸了。语卿把我压在身子下面用力吻我,吻得霸道。

"西尼,你知道语卿爱你,语卿不要失去西尼。"语卿急促呼吸着。

夜,寂静。

语卿进入我的身体时,我又看到了那团火。寂寞的夜里只有我大声呼唤语卿的声音。我和语卿都被那团大火燃烧了,我们埋在火里再也找不到任何出路。

冬天还没有过去,小慈怀孕了,是我陪她到医院做的检查,她一脸的幸福,我在想着我该为小慈做些事情。

小慈和林合住的地方我没有去过,房子不属于她和林合。知道怀孕那天,小慈拉我去看房子,她想在自己买的房子里坐月子。

我以为小慈不想要孩子,我以为小慈会再次失踪,现在我可以放心了,可是林合可以给小慈安稳的生活吗?

"买房子的事你和林合商量。小慈,你现在怀了孩子,不要到处乱跑。"

小慈掏出香烟,我抢了过来说:"你不可以再抽了。"

"以后都不可以抽吗?"

"是,小慈,以后都不可以抽,为了孩子。你从现在开始不要抽烟也不要喝酒,你要爱护好自己和孩子。"

"哦,西尼,可以不告诉林合吗?"

"小慈,你要告诉林合,你们要结婚。"

"不,西尼,不要告诉林合,我想一个人和你分享这份快乐。西尼,我听到孩子在肚子里叫我妈妈。"

小慈披着染黄的卷发。我突然很想知道小慈会不会生下一个和她一样漂亮的女孩,或者像林合一样英俊的男孩。

知道小慈怀孕后,我每天都很快乐,有时甚至在厨房里哼起儿歌来,那是母亲教的儿歌。

语卿回来的时候,我正在洗菜,特地为他煲的汤已经盛出来了,他走进厨房的时候,我给了他一个快乐的吻。语卿笑着说:"西尼,什么日子这么开心?"

"猜猜。"

语卿连续猜了五次都没有猜对,却把我逗得开怀大笑。是啊,他怎么猜得出来呢?

语卿也在笑,他说他要大秀厨艺。这个南方男人做菜真有一手,我也乐得给他打下手,我轻拥他,在他耳边低语:"晚上再告诉你一个大秘密。"

语卿看着我神秘的样子,笑了,他说:"西尼,好久没见你这么开心了,不能早点告诉我吗?"

"大秘密,就不告诉你。"我吃着语卿煮的菜,呵呵笑。小慈这个时候也该吃晚饭了吧,我知道林合学得一手好厨艺。

吃完饭,语卿提议开车到海边散步。入冬后,我们就没有到海边了。我吻了语卿,说:"我也想去吹吹海风。"

冬天的傍晚,散步的人不是很多,语卿牵着我的小手,踩着松软的沙滩,我快乐地哼着儿歌。

"丫头,可以告诉我大秘密了吗?"语卿认真地看着我。

"我快要做妈妈了。"我笑着把头埋在语卿温暖的怀里。

"语卿,我快要做妈妈了,你高兴吗?"

"西尼,真的?"语卿激动得把我抱起来在沙滩上旋转了一圈赶紧又放下,然后就把耳朵贴在我的肚子上。

"语卿,不是……"我笑得更加厉害,语卿一定以为是我怀孕了,傻语卿。

"是小慈怀孕了。语卿,不是西尼,可是都一样的,西尼就要做妈妈了,小慈的孩子也是西尼的,也要叫西尼妈妈。"

"哦,小慈怀孕了?"

水天相连处,太阳已经沉下,只留下淡淡的云彩,一层层的波浪向前涌去,很快就把最后的云彩淹没了。

"西尼,你喜欢孩子吗?"晚上睡觉前语卿说。

"喜欢啊,语卿。很快了,我就可以当妈妈了。明天我们一起去买点礼物好不好?可是不知道是男孩还是女孩,要不我们准备男女装吧,明天下班你接我好不好?我们一起去买礼物。"

"傻瓜,那么早,过些天再买也不迟哦。可是西尼,你有没有想过有一天我们也会有自己的孩子?"语卿深情地看着我。

"这是不可以的,语卿。"

沉默!

"西尼，你怪语卿吗？"

"语卿，不会的，不要太劳累了，真的，这样挺好。"

语卿不是别人，语卿已经结婚了，语卿只是我的情人。

我知道语卿没有睡着，语卿失眠了，可是他却假着睡着的样子。语卿忘了西尼是多么了解语卿，敏感的西尼随时都可以感受到他的心。

我不知道这样的日子会延续多久，语卿也不知道，我不可能为了自己而要他离婚。也许现在这样才是最好的。

"西尼，明天我要回趟老家，可能要很久，母亲病了。"语卿抱着我说。

"语卿，我知道，别想那么多，睡吧。"

语卿回了老家。我依然去做美容，我遇到了小麦，我们相视而笑起，那个大学时睡在我下铺的女孩已经开始发胖。

小慈已经买好了房子，正在装修，就在我住的小区附近。她说："西尼，我买了四室两厅的房子，以后你就搬过来住，不用交房租了。"

我笑笑，我不会过去和小慈住。

我不知道小慈和林合为什么还不结婚，我常打趣小慈不要挺着大肚子做新娘。

在喝醉酒那天晚上之后，我一直没有见过林合。我曾以为我和他再也不会见面了，在这之前。小慈从来没有跟我提起过他，我一直傻傻地以为他在小慈的世界里只不过是一个普通朋友而已，直到小慈从纽约回来。

我不知道他们间的爱情从什么时候开始，是在我和林合同居的时候吗？为什么我一点也没有察觉？

林合给我打电话的时候,我已经下班了,正在办公室里发呆,同事们都已经回家了,我不想走,我想再待一会儿。

我没有想到林合会主动给我打电话,他说他就在楼对面的"卡布莱梅之家"等我。我想他一定是想通过我劝小慈结婚。

林合坐在平时小慈等我时坐的靠窗的位置上,那天他穿了一套黑色西装。在办公室久了,每看到穿西装的男人就觉得是在上班,我从来不会穿着工作套服离开写字楼,任何时候。

"西尼,你还是那么漂亮。"

"谢谢,小慈好吗?我已经两天没有见到她了。"我转移了话题。

"我也没有见到她。西尼,她已经两天没有回家了,我以为你会知道她在哪儿。"

"你说什么?你没有给她打电话吗?"我拿出手机拨小慈的电话。

"她不是关机就是不接我的电话,西尼。"

我白了一眼林合:"你是不是欺负小慈了?你怎么可以让小慈到处乱跑,万一有个三长两短,孩子怎么办?林合,你怎么还没长大,你怎么就不能好好照顾小慈?"

我想我说这话的时候一定很凶,我不知道为什么我在林合面前总是没有办法保持淑女的形象。

"西尼,你说什么,小慈她怀孕了?西尼,你开玩笑吗?"

"谁跟你开玩笑,难道小慈没有告诉你吗?小慈有个三长两短我跟你没完。"

小慈的电话接通了,可是没有人接。

"走吧。"我对林合说。

"去哪儿，西尼，怎么办？"

"找小慈去，这个时候你还不知道该怎么办吗？你不能总是这样，我们得把小慈找到了，找到小慈我再找你算账。"

"西尼，你说小慈会到哪儿去了？"林合一脸无辜地看着我，这个和我一样年龄的男人，常常会陷入无助中。

也许小慈会自己回来的，就像小慈突然跑到纽约后又回来一样。小慈总是喜欢玩失踪，每次悄然都会回来，然后我们又开始一起生活。小慈说自己是一个心灵有着很大缺陷的女人，没有任何一个人可以拯救她的灵魂。

夜已经很深了，我和林合穿行于各个酒吧。也许小慈在酒吧里，酒吧太吵以致听不到手机声音，一定是的，每次都是这样。

我已经快走不动了。在我们走进"第三感觉"时，我的脚崴了一下，疼痛从脚袭到心里头，我坐在地上，泪水哗哗直流，我终于找到了一个可以流泪的理由。

语卿回家已经七天了，他一直没有给我打电话。每次我拨通他的电话，他总是很客气地说你好，然后没等我说话就挂掉手机，要么干脆关机。

林合没想到我会崴了脚，他着急地帮我揉着。如果不是林合，我想也许我不会流泪哭泣，我会一个人努力想办法回家。可是林合在，我的泪就再也止不住了，我是那么迫切地想好好哭一场。

林合一手提着我的鞋子，一手扶着我，小慈还是没有消息。

天空不知什么时候飘起了冷冷的雨丝，林合说："今天一直在下雨。"我想起来了，小雨已经连续下了好几天，现在已经是小年了,还过几天就要过年了。

林合说:"西尼,送你回家吧,天很晚了,明天我再去找小慈。"

我不肯让林合送我回家。他看着我说:"西尼,为什么不可以,就送你回家也不行吗?你不愿意相信我吗?为什么对于我你总是心存戒心。"

"林合,不是这样,过去的已经过去了,我已经忘记,可是我只想一个人回家。"

"西尼,你还是那么固执,小慈比你固执,你还是不能面对自己。"

"林合,小慈一直都很爱你,你也爱着小慈对吗?可是你们却瞒着我,有时候我感觉到自己被欺骗,可是我却无法埋怨,因为是小慈,不是别人。"

很细小的雨,却淋湿了慢走在雨中的我,风吹来,我打了个喷嚏。小的时候,小慈说打个喷嚏就意味着亲爱的人在想你呢。今夜谁在想我,是你吗,小慈?或者是语卿?可是你们都没有给我打电话。

家里的灯亮着,灯光从阳台的窗帘后面透出来。是出门的时候没有关灯吗,还是语卿突然回来了?我拿过林合手里的高跟鞋说:"到家了,语卿在等我。"

敲了好久的门语卿才出来开门,没有久别后的深情拥抱,一脸疲惫地望着我,屋里还有小慈。她斜坐在床上看着我。高跟鞋从我手中滑落下,与地板碰撞发出咯嗒的声音,回声在小屋里飘荡,似乎在嘲笑红肿着脚的我。

我冲进洗手间打开水龙头,让冷水从头到脚冲下,我很快就冻得皮肤发紫。我身上还穿着小慈送的红裙子,本命年穿红色会带来好运,他们都这样说。

语卿在敲洗手间的门。我在心里说,语卿,西尼是不会开门的,永远不会。语卿,你走呀你。

语卿把门踹开的时候,我已躺在满是冷水的浴缸中,面无表情看着天花板。

语卿把我从浴缸里拖起,脱下了我湿漉漉的裙子,我把眼睛闭上,我没有正视过语卿,任由他的手在忙碌着。当我睁开眼睛时,我看见了肚子已经轻微凸起的小慈,她站在门口睁着大眼睛看着我。我已赤裸在语卿和小慈面前,我感觉无助,也感觉到了冰冷。

语卿往浴缸放热水时,小慈转身走了,没有对我说一句话。我听到了她离开小屋关门的声音。

"西尼,还冷吗?"语卿放了满满一缸的热水。他托起我的头,拿毛巾擦着我的泪水,可就是擦不干。

"西尼,不是你想象中的那样。西尼,真的不是。西尼,你睁开眼睛看看语卿好吗?"

语卿脱了衣服泡到浴缸里。赤裸的语卿搂着赤裸的我,我的身体莫名地抽搐,我不由自主地抓紧语卿抱着我乳房的双手。沐浴露的泡沫漂浮在水上掩盖了我们水中的身体,孤独的身体紧紧相抱企图融为一体。

浴缸里的水哗哗流出来,我在高潮中抱着语卿呼唤着我的语卿,疼痛与麻木已经消失,欲望和绝望悬在半空中,旋转着落地,落在水中,一层浪花从体内涌出,从浴缸中流出……

语卿说:"小慈其实挺可怜。西尼,小慈比你可怜。"

"语卿,你爱上了小慈,是吗?"

我直逼语卿的眼睛,语卿的眼里一阵慌乱,我知道我和语卿已经完了。

"西尼,我和小慈待了一天。我要回深圳的前一天在街上碰到了小慈,我把她带回深圳。她很少说话,我们一直沉默,就这样,西尼,直到你回来。"

"我太了解小慈了。小慈,我们总是这样进行我们的游戏吗?"

我打开窗,外面还在下雨,冷风夹着雨丝吹进来。小慈应该回到林合身边了,小慈其实不爱任何一个人,包括林合,可是她为什么要从纽约回来?

过年了,小慈的新房子装修好了,小慈和林合一起搬了进去。就在那天,我才又见到小慈。我看不出小慈有一丁点儿愧疚。我想,也许是因为她从来就没有爱过林合也没有爱过语卿,也许她爱的只是西尼,可是她却不愿意承认。语卿在我面前也没有再提起小慈,可是我看得出他有了一层内疚。我没有多问,我知道自己爱着语卿。

很多年后,我想起来我之所以不问语卿是因为他从一开始就不属于我,我只不过是他婚姻外的女人,我们的关系就像风,我抓不住,我从来都没有感受到安全感,就像生活在高高的悬崖之上。

我做梦也没有想到小慈会把母亲从北方接过来。她没有告诉我到机场接什么人,只对我说到机场接人。当看到母亲向我走来的时候,我才知道她把母亲接来了。母亲还是那么年轻,只是过多的烟酒使她看起来有点儿憔悴。

母亲住在小慈那里,看到小慈已经怀有身孕时,她高兴极了。母亲不知道我和林合、小慈之前的关系,他对英俊的林合很满意。我不知道该怎样和母亲说起语卿,我决定把这一切瞒住,我不想让母亲为我担心。可我总感觉自己的神情出卖了我自己,或者母亲已经从小慈那里知道了我和语卿的故事。

语卿没有回老家过年,也没有把妻子接来。那一年,语卿和我、母亲、小慈、林合一起过年。小慈已经穿起了孕妇装,母亲每天都催小慈去办结婚手续。

母亲和语卿似乎很投缘,总是有很多可以说的话。我曾请求语卿在母亲面前不要过多说起我们,我不想让母亲知道太多我的故事。语卿只是笑笑,我以为他已经明白我的意思,如今,他把一切都和盘托出,包括他的已婚和对我的爱,母亲静静地听。我和林合忙着年夜饭,小慈在忙着剪过年用的剪纸,她是唯一会剪那些漂亮图案的人。我已经可以平静面对林合和小慈,甚至开始为他们以后的幸福祈祷。

语卿说着我和他的故事的时候,我心神不宁,把糖当成了盐往锅里放。林合接过我手中的勺子说:"我来吧,你去看看小慈,顺便休息一会儿。你好像累了,西尼。"

小慈已经剪了许多的剪纸,我把剪纸贴在房间里,小慈对母亲说:"这样就像小时候在家过年一样了,妈妈,像不像?"

语卿站起来,拿过我手中的剪纸继续往高处贴,母亲对小慈笑笑,然后意味深长地看了我一眼。

吃过年夜饭时才七点,母亲要我陪她到外面看看夜景。我惊慌地看了一眼语卿,语卿却没有看我,他正和林合在谈论着些什么。

母亲已经把我的大衣拿在手里，我只好依了她。我知道，母亲无论如何都要和我好好谈谈，可我没有想到会那么快，我不知道母亲会和我谈些什么。

除夕夜的深圳与平时并没有什么不一样，泡吧的人还是和从前一样多。

"经常来吗，小尼?"母亲给自己要了杯红酒，也给我要了一杯，母亲轻轻晃动着杯子，红色的液体在昏暗的灯光下晶莹透明，母亲呷了一小口问道。

"是的，妈妈，一个人的时候，有时候和小慈一起，深圳最漂亮的就是酒吧。"

"小尼，我不知道该说些什么。我是你的母亲，可是我不知道我能对你说些什么，我想你知道我要说些什么的，是吗?"

母亲握着酒杯，她的手细长，很是好看。今天，母亲涂了粉红色的指甲油，还点了几个水晶点，食指戴着一枚细小的戒指，那是母亲唯一的情人，也即我的父亲在二十多年前从国外带回来送给她的。对母亲而言，这一枚细小的戒指是那个年月最好的礼物。

"关于语卿吗，妈妈?"我想，在我们一起喝酒泡吧的时候，母亲一定是在潜意识里和自己对白，和很多年前的自己对白。

"小尼，你愿意和我回到北方吗？离开这里，离开语卿。"

母亲给自己点了一根烟，烟雾从母亲的鼻孔里绵绵旋转着飘出来，在母亲的脸上打着转然后飘散，我和母亲便隔着一层烟雾。

我没有想到母亲会提出这样的要求。我从来没有想过要离开这座暧昧的城市，我已经习惯了这座城市，习惯了一个人在这座城市哭泣，习惯了一个人漫步在这座城市的夜市中。

　　一个人爱上了一座城市，她的心不管是否流浪，城市依然是她的渴望。母亲不懂吗？或者母亲从来没有想过我会爱上了南方，爱上这座城市的海，就如同爱着我们北方的雪花一样。

　　"西尼，你应该比我幸福，我不想看着你一辈子痛苦。我想你应该离开语卿，我看得出来你不舍得，可是他已经结婚了，你要学会爱护自己，不要让自己受到伤害。"

　　母亲抽完了一根烟："西尼，一个人很痛苦，爱与无爱都痛苦，你不能承受这样的痛苦，你无法承受。"

　　我已经把杯中的酒喝完，身子有点热，我对母亲说："我们到附近的海边公园走走，吹吹海风吧。"

　　母亲牵着我的手时我感觉那不是母亲，而是小慈在牵我的手，小慈也是这样在泡吧喝酒后抽一根烟然后牵着我的手到海边公园看海。

　　在路上时，我给母亲买了一枝含苞欲放的红玫瑰，母亲笑着给了我一个轻轻的拥抱。我不想再谈论关于语卿和我，我想和母亲谈谈其他东西。母亲告诉我她用一年时间写了一部长篇小说。看着远方的夜，母亲说："写完了，就买了飞机票到深圳。"

　　"那你可要好好散散心。"我看着夜晚中的母亲。

　　"是啊，一年了，我都以为我会窒息而死了，写得很痛苦，在最痛苦的时候我一个晚上可以抽几包烟。终于写完了，便迫不及待地想逃，甚至想逃离那间小屋，总觉得好多故事还留在那里折磨着我的心灵。"

　　我抱着母亲，心中生出内疚，我已经一年没有回家看过她。

"西尼,你太像我了,所以我害怕你会过着和我一样的生活,孤独地活在文字中。"母亲叹了一口气,却不知道我羡慕她的才气,羡慕她在文字中和自己谈恋爱,在恋爱中追赶自己的影子。

语卿开车把母亲送回到小慈家,母亲下车时轻吻了我的额头向我道晚安。她的泪刚好滴落在我的唇上,母亲的泪水咸咸的,我对语卿说:"走吧。"

大年初一的早上,语卿接了一个电话后什么也不说,坐在床上发呆。我拍拍语卿的脸,语卿有点牵强地对我笑笑。我不甘心,我想方设法逗语卿,语卿的脸色却极难看,虽然他很努力地对我笑,可是我却看出了他巨大的痛苦。这让我感到非常害怕,我不知道发生了什么。

"没事,你再睡一会儿,好吗?"语卿把我抱在怀里安慰我,我以为他会告诉我发生了什么,可是他没有说,我不知道除了让我们分开这样的事实还有什么可以让我感到害怕和痛苦的。

"语卿,你会离开西尼吗?"

我扳过语卿的脸,看着他企图逃避的眼神,一字一句地问。

"西尼,我今天要回家。我以为我可以陪你在深圳过完年,可是我得马上回家,你在深圳等我回来好吗?"

语卿开始换衣服,然后就离开了。我终于听明白,这里不是语卿的家,这只不过是我一个人想象中的家。

语卿出门时我已经伤心得无法掩饰自己的泪,我甚至愚蠢到求语卿不要走。语卿狠狠地把门关上,我听不到他下楼的声音。

语卿走了,小屋里只有我一个人。我打开窗,想看语卿最后的背影，语卿和他的车一溜烟消失在大年初一的街头，我瘫在床上。

语卿已经走了，我想，他不会再回来。昨夜开的水仙还未枯萎，可是相爱的人已经离去，再美的花也憔悴。我的胸口在疼痛。

小慈和母亲过来时，我还躲在被窝里哭泣。小慈在门外敲门，然后开始用脚使劲踢，如果我一直躺着不动，她会把门完全踢坏。

开门的一刹那，北风从门外吹进来，我晕倒了，我很快就醒了过来。母亲抱着我轻柔我的穴位，小慈端着一杯开水，我抱着母亲哭了，母亲陪着我哭，嘴里喃喃。

没有人劝我，母亲轻拍着我的后背，小慈在房间里走来走去，我说："小慈，求你不要走来走去，我受不了。"

"西尼，总有一天你会失去了你自己，而不是语卿。"小慈几乎是朝着我大吼。她不知道语卿在我的生命中的位置，她不知道失去语卿的同时我也失去了自己，留下来的是另一个西尼。

"小尼，你要面对这一切，如果不是今天，你也终有一天得面对这一切，你会变得坚强起来的，宝贝，答应妈妈。"母亲从来不会责骂女儿，即使女儿有了这一场错误的爱情。

"不管是一个怎样的结局，你知道我们都得为这一切付出。小尼，妈妈知道你心里难过，可是你得好好地生活，你要理解语卿，他有他的难处，每一个人都有自己不能摆脱的命运。你要好好的，不要让妈妈担心，好吗，小尼？"母亲搂着我，她永远都是那么温柔。

我已经两天没有吃饭了，就这样失魂落魄地待在家里，翻看着和语卿有关的一切书籍和照片,我把语卿的衣服披在身上,坐在电脑前给语卿写信。往事历历在目,语卿的电话却打不通,也没有给我打来电话。

大年初三的黄昏,母亲陪着我下楼,母亲说:"小尼,你不能这样,要不我们出去走走?"

母亲拉着我的手,陪着我到附近的公园散步。母亲让我坐在湖边,说:"小尼,好好在这儿等妈妈。"

我不知道母亲要去哪里。我看着小湖,已经枯烂的荷叶在北风里漂来离去。我记得夏日的晚上,语卿总喜欢陪着我来到小湖边,看着荷叶在夜风中层层向前涌去,闻着扑鼻而来的荷花清香,兴致来时语卿甚至会和我作一首诗。如今,已不见夏日的绿意和清香。

"小尼,看,妈妈给你买什么来了?"母亲一脸的笑意,两只手放在后面,我摇摇头。

"来,傻女儿,冰糖葫芦,你小时候最喜欢吃冰糖葫芦,尝尝。"母亲讨好地把一串冰糖葫芦塞到我手中。

接过母亲的冰糖葫芦时,我的泪流了下来,我没有告诉母亲语卿也常会给我带一串冰糖葫芦。我听见了母亲轻轻的叹气。

母亲说:"小尼,明天我们回北方吧,回到我们的北方,好吗?"

我摇摇头,我不想离开,也许有一天语卿还会回来,语卿回来找不着西尼就会很着急。

我把冰糖葫芦扔到了小湖,小湖里泛起一层涟漪,母亲说:"小尼,一颗冰糖葫芦是一个人的心。"

"是吗,一颗冰糖葫芦会是语卿吗?甜甜酸酸,甜多一点还是酸多一点?"我在心里想。

回到家时,林合打来电话,母亲问了一两句话后就急急忙忙把电话挂了。

"小尼,小慈出车祸了,在医院,可能胎儿保不住了。"母亲说,"你在家好好休息,我现在就去医院。"

我头疼得厉害,可我还是跟着母亲出了门。

林合坐在急救室门外,一脸沮丧。"小慈呢?"我跑上前抓住林合的衣服,"小慈怎么会出车祸了?小慈怎么会出车祸?"

"小尼,冷静点,让林合慢慢说。"母亲拉住我,林合却一句话也没能说出来,只是流泪。

"小慈严重吗?天啊,谁能告诉我,林合,你说话呀,怎么会这样?"

"妈,小尼,小慈她说要去帮小尼把语卿找回来,我拦着她,我们在路上发生争执,没注意到有车开过来……"

"小慈,你怎么那么不小心呀?小慈,你一定要好好的,等你好了我就和你跟妈妈一起回家,回到我们的北方。小慈,我们离开深圳,回我们的北方。"我在心里说。

大年初三的晚上,小慈再也没有醒来,小慈和肚子里的孩子离开了我们,离开了她爱着的西尼。

我和母亲又回到了北方,回到了我们的家。我们把小慈安葬在小院子的梅花树下,那是小慈和我亲手种下的梅花树。安葬小慈那天,梅花树上留着最后一朵梅花,梅花开在风中。

我抄下了李义山的《锦瑟》,然后和着纸钱烧给了小慈:

锦瑟无端五十弦,一弦一柱思华年。

庄生晓梦迷蝴蝶,望帝春心托杜鹃。

沧海月明珠有泪，蓝田日暖玉生烟。
此情可待成追忆，只是当时已惘然。

春天已经来了，我开始挺着肚子在院子里给我们种的花草浇水。母亲的小说已经出版，她还在写作，只是为了我，母亲已经极少抽烟，母亲说："小尼的孩子一定很乖。"

我没有想到自己会怀上语卿的孩子，这也许是语卿留给我最好的礼物。我的心充满着幸福，我告诉母亲说："我听到孩子在肚子里叫妈妈了。"

"西尼，你长大了，可是你成长付出了很多代价，以后你还要一个人面对生活，你要学会坚强，学会善待自己，不要像妈妈一样。"

"可是你已经够坚强了，妈妈。"

母亲无语，出神地望着天空，几只北回的鸟儿在半空中追逐后飞走了，天空没有留下飞鸟的痕迹。

"西尼，你真的要一个人养你和语卿的孩子吗？"

"是的，妈妈。"我摸着一天比一天大的肚子，笑着对母亲说。

后记：

这是一个写得很痛苦的故事，几乎是边写边哭，同办公室的几个女孩是我的粉丝，几乎我每写完一段，她们就抢过去看一段。

写到最后，心是痛的。朋友们问我故事已经完了吗？我说完了，小说已经完了，可是生活还要继续。也许有一天语卿会来到北方，见到西尼，告诉西尼，他已经离婚，请她嫁给他。

也许有一天西尼嫁给了另外一个人,再也没有见到语卿,孩子长得很可爱。也许有一天西尼带着孩子回到深圳,见到语卿,语卿告诉她他已经有了孩子,而西尼却不会向他说起另一个孩子。也许西尼不会再嫁人,她会独自一人和母亲与孩子生活。也午……

  我自己也不知道是一个怎样的未来,可是生活终究美好,不管是怎样的结局,我们都得坚强面对。爱与不爱是那么为难,就像西尼和语卿。我真的希望有一天西尼会和语卿在一起,真的,可是我不知道爱该由谁做主。

2003 - 11 - 03

情 人

1

女人再次翻身的时候,男人还没有睡着,男人知道这是女人的又一个不眠夜。

女人是什么时候患上失眠症的,他已经想不起来了,但是他心里明白女人的失眠与自己有关,他却对此无能为力,就像女人对自己的失眠一样,他先是失望,后来就绝望了。

女人结婚前是那种很纯情的女生,淡淡的笑容、浅浅的小酒窝惹得男人心醉。已经过了浪漫年龄的他很费了很大功夫才把女人追到手,他也因此结束了珠海钻石王老五的身份。

结婚后不久,他发现自己犯了一个不可原谅的错误,但是他没有对女人说,毕竟女人是无辜的。

这半年来,女人失眠越来越严重,每天晚上一颗白色药片已经起不了任何作用。如果是平时,男人会无比温柔地把女人轻轻地搂在怀里,然后女人就会在男人的安抚中沉沉入睡。

可是今天晚上，男人却没有像以往一样搂抱着女人，男人也是一夜未眠。

女人为男人准备早餐，男人起床时女人已经坐在餐桌前等男人了。女人一脸的倦容，还没三十岁，但脸上已经有了细细的皱纹。男人看到了两份炒鸡蛋、一杯牛奶外加一根油条，心里感到一阵温暖。

男人从小喜欢吃油条，于是女人便天天早上到楼下给男人带一根油条回来，这从他们四年前结婚那一天开始就成了女人每天早上的例事。有很多次，男人对女人说不用特别为他准备油条了，可是女人却笑笑，第二天早餐里照样有男人喜欢吃的油条。

男人刷牙时走了神，他对着镜子发了一阵子的呆，直到女人走进来给他递过洗脸巾才回过神来，男人是那种感情细腻的男人。

"诺诺。"男人叫了声女人，女人叫诺诺。女人从洗漱室那宽大的镜子里看到了男人，一句话也没有说，就轻轻地走了出去。男人的心在轻轻痉挛，他感觉到女人在叹气。

男人走出来时看到女人已经换了一套淡蓝底色白色花边的连衣裙，他不解地看着女人。女人是本市一所学院的老师，教外国文学，今天是星期六，照理说女人不会那么早出门。

"我做家教去了，晚上不回来吃饭了。"女人没有多看他一眼，淡淡地说，但在男人看来女人似乎更像是自言自语。

"家教？"男人看着女人。女人今天怎么了，怎么放着双休日不在家好好休息想着去做家教，而且晚上不回家吃饭？男人越想越不对，女人从前不是这样的，什么事都会跟男人说说，征求他的意见，而且女人从来没有不在家吃晚饭的经历，偶尔有那也是男人带了出去，而即使是女人的同学聚会，她都撒娇叫他去接。

男人急着要去公司便没有多问，今天的早餐吃得沉闷。女人低着头很认真地吃着早餐，偶尔抬起头来似乎在看男人，但是男人知道女人实际上没有看他，女人的眼神忧忧的，这让男人有一丝不安和慌乱。

"秦总早！"男人在等电梯时遇见了他的设计师兼总监方兰兰，方兰兰也在等电梯，男人点点头。

男人姓秦，祖父在他出世前一天给起了一个很俗气的名字秦祖荣，很多年后男人还是不能理解祖父予以这个名字的真正含义。祖父在他满月那一天过世了，但是他起的名字却一直跟了他三十五年。

兴许方兰兰是想对他说点什么，比如说今天早晨的天气如何，又比方说关于他们业务上的一些事情，可是今天她感觉到了他脸上的不悦便什么也没有说。这个刚从大学毕业的才女早已学会了察言观色，知道该做些和说些什么，也知道不该做些和说些什么。这两年来公司的业务直线上升，有一半的功劳来自于她。

上午，男人会见两个客户后就把自己关在办公室里，谁也不见。男人是有心事的，从上个月无意中得知初恋情人柯南的消息后，男人的心事就摆在心里了。男人经商这么多年已经学会了凡事都藏在心里，任何人从他那张瘦削的脸上都无法看出他的心思，但他却不能欺骗他自己。这么多年了，他以为自己可以平静面对了，要不然他也不会跟妻子结婚。他一直觉得自己算不上坏人,情场上的事他已经司空见惯了。对于婚姻,对于感情,他却没有办法做到真正的放下。

柯南从法国回来了,至今还单身一人,就定居在广州。这么多年了,他曾刻意地去淡忘她,却在无意中从老同学徐言那里得知她的消息后激动不已,他似乎又回到了二十岁的光景,柯南那娇好的面孔时常在他的脑海里。

每一个人的一生都有一个美丽的约定,虽然或许时间有限。他和柯南的约定是前世就注定的,他们一起度过了美好时光,然后他失去了她,刚开始他并不认为他会失去她,他相信她对他的深情,她会回来找他。

在为这份爱情守候了近五年后,他对五年里没有任何音信的柯南失去了信心,在三十一岁时他娶了妻子袁诺诺。

2

那年他以优异的成绩考上了一所重点大学。从小生活在南方小县城的他第一次来到京城,刚到学校的第一天,他就跑去了长城。到长城的时候已经是黄昏,北京秋天傍晚的风凉凉爽爽的,站在长城上,他突然想哭,或者想大声地叫喊,似乎有一种无法说出的压抑正在等待机会爆发。

在他正想着对天空大吼一声时,一个似曾相识的白裙女子映入了他的眼帘。那一天他第一次发现自己的视力出奇的好,他朝她走去。

"Hi,秦!"女孩朝她招招手打招呼,一脸纯真,满脸的微笑。

"Hi。"他在女孩面前面红耳赤。女孩是今天早上在火车站时遇见的校友,她来自青岛,可是他怎么也想不起女孩的名字。

"你也是第一次到北京?"女孩看着他,然后轻轻地笑起来,他也跟着笑。

"只有第一次到北京的人才会傻乎乎地第一时间赶到长城,叫我南吧,南方的南。"柯南的长发披在脑后,晚风把长发吹拂成了一幅动态风景画。

"南,南方的南。"女孩再次强调了南方的"南",他便笑,说,"为什么是南方的南?"

女孩扑闪着那双亮莹莹的大眼睛看着她,问:"不是南方的南,那应该是什么南?"

他说:"南极的南或者南宁的南。"

"南宁?那座南方小城?"女孩竟然也知道南宁,他挺得意。

"我五岁的时候到过南宁,南宁有木棉花,火红色的,对吗?"女孩似乎在回忆。

他也开始和女孩回忆,但是他的脑海里除了面前的女孩,什么也没有。

柯南念的是法语,她有良好的语言天赋,大学一年级的时候就轻轻松松通过了大学英语六级考试。但这对于从南方来的他就有点儿吃力了。

对于祖荣来说,大学的日子不是最初的甜美和快乐,从小学到高中已经习惯了做第一名的他到京城只能混个及格。南方男孩子的小个儿让他有了更多的自卑和沉默。

柯南却是快乐的,她漂亮,才华横溢,每天都活跃在学校的社团活动中。在女生极少的校园里,柯南已经成了男生们谈论关注的对象。

祖荣默默地看着这一切，默默地关注着柯南，他喜欢她，但是却不能也不敢表白这种爱。虽然每次见到他，柯南总是热情地打招呼，甚至有好几次她拦住他和他说话，说一些无足轻重的事，他总是静静地听。

她知道祖荣的吉他弹得好，口琴也吹得不错，二胡拉得更是绝。很多个傍晚柯南都在他宿舍楼下听他拉二胡。青春期正是最敏感的时节，他肯定知道她的情意，却装着不知道，不在乎，看起来他更专注于手中的二胡。

祖荣不愿意去参加学校里的任何活动，他没有办法让自己真正融入其中，除了口琴、音乐和二胡，他唯一可以做的就是从图书馆里抱来一大堆哲学书籍，然后安静地看。

大一第二个学期他开始失眠，整夜整夜失眠，然后逃课。

我是谁？谁是我？为什么而来，来是为了什么？每天他都被各样没有答案的问题纠缠着。除了自己外，没有人知道他已经患上了轻微的精神分裂。

他想过自救，想过通过心理学让自己恢复过来，但这都无济于事，他陷入了更大的痛苦和无望。

当然，他不会去看医生。在他的眼里，那些装腔作势的医生往往不学无术，他相信他们救不了他。

需要被救吗？很多年后，他把自己关在办公室里抽烟时被这个突然从脑海里冒出的问题惊吓了，那时的他已经是一个服装厂的老板，对哲学也没有了往日热情与兴趣。

心理的落差使原本就很瘦小的他显得更瘦了，他每天迷迷糊糊地穿着被自己剪了三个洞的牛仔裤走在校园里，别人总是匆匆赶路或是三五成群，唯有他是独自一个人，低着头，一副心事重重的样子。

大学四年，他唯一不会忘记的是柯南那双含着泪水的眼睛。

行为艺术在京城流行的时候，他最好的朋友小凡在天蒙蒙亮时从五楼纵身一跳，结束了自己年轻的生命。他从五楼往楼下看时，一阵眩晕。他知道小凡昨天晚上一夜没有睡，和他说了一夜的行为艺术。

柯南竟然不顾警察的阻拦跑到宿舍找他，他正站在走廊呆呆地望着天空。那是北京的冬天，天阴沉沉的，天气预报说第一场雪将于今天降临。

柯南在楼梯口叫了他一声，然后含着泪水不顾一切地扑到他的怀里哭起来。

他感觉到她小巧的身体在他的怀里发抖，是那种害怕和绝望的发抖，他从来没有想到柯南会这个时候跑来找他，更没有想到他会当着那么多人的面扑到他的怀里。

"我以为是你出事了，荣。"柯南抽噎着说。

舍友小凡的死震惊了整个校园，莫名的恐怖飘荡在这所名校。没有人能解释小凡的自杀，但是他知道，小凡在完成他的行为艺术，一个与哲学没有关系的行为艺术。

他们曾是最好的朋友，一起逃课，一起深夜溜出校园茫茫然地走在大街上，一起读他们的人生哲学，思考只属于那个年代的哲学。

小凡的死没有给他带来震惊，而是柯南的眼泪让他兴奋莫名。他终于明白，原来他一直爱着的人也爱着他，可是在她面前他总觉得自惭形秽。

在他的心里，柯南是神圣的，神圣得不敢对她有丝毫的幻想。

几乎不会有人相信这个并不出众的南方小伙子得到了柯南的爱。

面对柯南的爱，他陷入了恐慌，但是他知道自己爱她。

他曾想着为了柯南他可以什么都不要，哪怕是生命，他爱她胜过爱自己。

祖荣开始逃避柯南，逃避她那如火的爱情，逃避她的真诚和善良，他不敢去爱，虽然在他的心里柯南或许已经永远占据着最重要的位置，但是他知道他自己不配得到这份爱，他只有逃避。

柯南默默地看着他，然后流泪，满含委屈的她把他堵在去图书馆的路上。

祖荣不敢看她的眼睛，那双美丽的大眼睛里已经有了一丝丝的忧伤，他的心在疼，却不敢也不能让她知道他在心疼，在心痛。

他转过身朝校园深处走去，柯南跟了上来，两个人一前一后保持距离。

她突然跟上来一把抱住他，无声地看着他哭泣。

他把心爱的女孩搂在怀里，闭上眼睛，他不知道自己能对南说些什么，告诉她他不值得去爱吗？告诉她自己精神分裂吗？告诉她他害怕不能给她幸福吗？

"你不要再这样对我，好吗？"柯南说。心爱的女孩啊，让他说些什么好呢？

"别傻了，傻瓜。"他擦去她的泪水，把她散落到额前的头发往后撩。

"你知道吗？我爱你，荣，你也爱我，是吗？"她看着他的眼睛轻快地说完这一句话，然后把头低下。他知道她又在流泪。

爱？他何尝不知道，可是他却不得不逃避，他有他的理由，而她也有她的理由。

他没有给她任何的承诺。很多年后，当再回想起那个黄昏，他的心还隐隐地疼。

他最后告诉她他会好好想想，好好考虑，这当然是一个借口。

"知道吗？荣，你想得太多了，爱情没有那么复杂，只要彼此相爱就够了，真的。"柯南把手放到他的手心，她的手像一只小鸟儿，他把它轻轻地托起，然后轻吻。

爱情是什么？他不想太多地去想这个问题，想得太多只能让他失眠和头痛。可是这个问题却折磨着他，也折磨着柯南，一直到大学毕业，她默默地跟在他身边，他没有给她任何的承诺，但是他爱她，他却不敢像别的男孩那样把那份爱暴露无遗。

3

袁诺诺面无表情地看着她，微笑着说："白太太，我们开始讲课吧。"

"袁老师，今天我们不正式讲课，好吗？随便讲点别的，课时费一分不少你。"她的学生白太太依然面无表情地坐在轮椅上对她说。

她轻轻地把手里的书合上，心里有种说不出的滋味，这是一个很奇怪的女人，也是她的学生。

　　一份特殊的家教，是她唯一的网友"夜色归人"推荐的，每个星期三次课，一次两小时，每小时两百五十块钱。刚开始她不肯接受，她压根儿就没有想过要做一份家教，她不需要做家教养活自己，她有着一份很体面的工作，薪水不低，丈夫开公司，生活富足。

　　"夜色归人"却求起她来，说自己极少上网，上网也只是查资料或者到网上发文自娱。"夜色归人"一直在一个文学网站里跟诺诺的帖子，跟着跟着两人就熟了。

　　她知道"夜色归人"是一个公司的老总，年轻有为，知道他有一个漂亮的老婆，他曾把他们的结婚照发给她，诺诺不知道他的老婆已经高位截肢，每天只能坐在轮椅里，由两个保姆轮流侍候着。

　　他告诉诺诺，说她的学生是他的夫人，她犹豫了许久没有答应，他告诉她说公司的股份都是他老婆的，最近他老婆闹着要请个家教，于是便想到了她，他请她帮帮忙到他家做家教，专讲外国文学。

　　两人在同一座城市里，在网上接触已经两年，却没想过要见面。他是一个很稳重的男人，诺诺是一个有家庭的女人，他们异于喜欢玩游戏的年轻人。

　　他约诺诺面谈那份家教。

　　星期五下午，在学院的校园里，诺诺见到了"夜色归人"，原来他竟然是那么年轻英俊，眉宇间透出读书人的儒雅和智慧。

　　他开着车带她到城郊的茶馆里，他讲了他在这座城市的故事。十年前，他离开家乡试图到特区一展才华，找工作却四处碰壁，好不容易谋得了一份工作，却没料到老板的女儿看上了他，那时，老板的女儿已因车祸高位截肢。为了事业，他放弃了自己的爱情，娶了老板唯一的女儿。

"袁老师，在你的眼里我是不是一个很可悲的人？"他看着她。

在这之前，他从来没有说过自己的故事，诺诺更不会想到真实情况竟然是这样。她在心里轻轻地叹一口气，不知是为了谁。

他叫她袁老师，在网上她的网名亦是她的真名袁诺诺。

当然，她不会叫他"夜色归人"。他说："你叫我阿杰吧。"她偏不，而是叫了他的全名白杰。

白杰朝她笑，她也笑。

一杯茶下来，她答应了做家庭教师。

"哦，你们同年同月同日生，快三十了。"他意味深长地看着她。

她愣了愣，他的夫人，一个和她同年同月同日出生的女子，会是一个怎样的女人呢？她无法从他的言语中得到答案。

他让司机来接她，他说："有客户来，只能委屈你了。"

她笑笑，她觉得这样挺好，她不希望与他有太多的接触，她在心里对自己说："你只是去做一份家教。"

白杰的家装修夸张。这是一个全用水晶装饰的家，他的夫人一定是爱极了水晶，她坐在客厅里等她的学生，心里想着：那会是怎样的女子呢？

白杰说她们年龄相仿，她的脸保养得很好，一点儿皱纹也没有，虽然截了双肢，但依然是个十分漂亮的女子。她为眼前这个女人感到惋惜，如果不是高位截肢，她一定是风光无限。

她的学生似笑非笑地看着她，看得她心里有点儿发毛。她不喜欢这样的表情。

她保持着老师的风度，保持着一个成熟女性的稳重，走到客厅里那台发着冷冷光芒的钢琴旁，她不知道他们中的谁使用这昂贵的器物。

她转着轮椅来到钢琴前，保姆把琴盖打开，一片亮光闪过袁诺诺双眼。

白太太双手轻轻地抚摸着每一个琴键，像是抚摸自己的孩子，她抽泣起来，然后泪水就滴在钢琴上，发出沉闷的声响，袁诺诺慌了，有点不知所措。

"这是我父亲送给我的生日礼物，可是我却从来没有用过它。十八岁生日那天，我失去了双腿，左手的神经也断了，我就一直把它留在身边，摆放在客厅里。"白太太把泪水擦干，对她说道。

她的心痛了一下，望着钢琴，看着钢琴的女主人，沉默。

"我从小就想做一个钢琴家，做了很多年的梦，然后破碎，只有痕迹和碎片，再也无法做一个完整的梦了。"

"我有钱，父亲留给我许多的钱，还给我找了一个老公，却没有办法给我一个梦。"

……

她的学生在诉说，她在听，她找不到可以插话的理由。

女人在诉说的时候不再流泪，在开着冷气的客厅里，女人似乎在讲述别人的故事，而她却是真正的主角。

"袁老师，你会弹吗?"女人看了看她，她点点头，不好意思地笑了笑。

白太太让她坐在旁边，她试了一下音，音色非常好，只是太久没有人用，有点儿变调了。

"可惜了……"白太太叹了口气。敏感的袁诺诺想到了她的家庭、婚姻和白杰，她不知道旁边这个女人是要说给她听还是自言自语。

她在调音，白太太坐在一边静静地看着她。她不知道这个在大学里专教外国文学的女教师的童年就是在钢琴前打发的。那时候，教钢琴的单身母亲指着钢琴对她说："女人要学会弹钢琴，不要问为什么，是为你好！"

母亲弹了一生的钢琴，但一生却是痛苦的，她想，虽然母亲从未在她面前哭诉，可是她怎么会理解一个单身母亲与女儿相依为命的苦呢？

孤独的母亲每天晚上都会坐在钢琴旁弹奏。大三那年的寒假里，母亲在钢琴旁突发脑溢血死亡，永远闭上了眼睛，没有给她留任何的遗言。

母亲曾想过让女儿也一生弹钢琴。她却违背母愿，学了文学，钢琴却一直没有离开过她的生活，每天她都会在黄昏时给自己弹上一曲。

今天，诺诺弹了一曲《少女的祈祷》，悠悠的钢琴声如晚风般在客厅里荡漾，她如痴如醉地弹奏着。诺诺弹完了，琴声袅袅回荡，她坐着一动不动，她还沉浸在钢琴曲中，她不知道怎么地就弹起了这首曾经最喜欢的《少女的祈祷》。

有人在拍手鼓掌，诺诺转过身，白杰不知什么时候回来了，站在客厅门口朝她微笑。她有点惊讶，一时不知该说些什么，白太太似笑非笑地看着她。

"袁老师，想不到你的钢琴弹得那么好。"他朝她们走来。

"哪里，让你们见笑了……"诺诺站起来对他说，眼睛却看着白太太，白太太依然似笑非笑。

"琳琳，今天感觉好吗？"白杰走到妻子身边，手抚在她轮椅的推把上，俯下身柔和地问她。

"我累了，想休息。"她打了个呵欠，半撒娇地把手伸给他。

袁诺诺下意识地看了看表，已经中午十一点了，她知道自己该走了，这么想时她感到一阵轻松，脸上也露出了少许的笑容。

白杰送她下楼，一前一后，有一搭没一搭地说着无关紧要的话，后来她觉得累了，便沉默着。出门的时候，她一直在想她今天的家教，觉得有点儿可笑，可笑的不是别人，而是自己，自己竟然与一个和自己同年同月同日生的女人在很大的客厅里说话，然后弹钢琴，一个上午就过去了。

她突然笑了起来，笑得让自己都觉得莫名其妙。

白杰狐疑地看着她，袁诺诺止住了笑说："没什么，只是觉得自己有点傻，不像是我自己了而已。"

"哦，那你觉得你应该是怎么样的呢？"他停住脚步看着她。

她没有想到他会这样问，想了想说："反正不是今天这个样子，不用送了，你忙你的吧。"

"我开车送你吧。"他已经去打开车门了，她无意中抬头看到了窗台边的白太太的头，差一点打了一个趔趄。

她全身一阵地冷，她想着白太太对她说的话，白太太把她当成什么人了？一个家庭教师、一个朋友，或者一个情敌？

她想对白杰说她不回家,她想去海边,却始终没有说出口。她不想让彼此之间有一丁点暧昧关系,她打算放弃这份荒唐的家教。

白杰朝她笑笑,然后开了音乐。

《少女的祈祷》?她差点惊叫起来。

"听到你弹它,我以为自己在车上,平时在车里我就听它。"他说。

白杰没有问她去哪儿,她也没有说要去哪儿,他慢悠悠地开着车在这座海滨城市行驶,她想起天气预报说这两天有特大台风,可是夏天中午阳光却很好,一点也没有台风的征兆。

她毕业后就来这座城市工作、结婚,如今已经整整六个年头了。时间过得真快,刚到这里的时候,她才二十四岁,正是青春大好年华,每个周末她都会带学生到海边吹风,那时她的学生也不过和她一般的年龄。后来,她认识了追求者秦祖荣,然后鬼使神差地看上了很不起眼的他。那时候,祖荣正和别人合伙开着一间很小的服装加工厂,她没有多想就嫁给了他。

从二十四岁到三十岁,诺诺却已经改变了许多。她已经不再天真,年轻时的冲动,年轻时的激情沉淀了,心绪静得像一杯白开水,泛不起任何的涟漪,也没有色彩,只有在一个人独住时,心里的渴望才会静静地漫上心头。

她不知道自己渴望些什么,但她知道那一定是有异于现在的生活。

白杰的电话不停地响,他不厌其烦地接,就和她的祖荣一样。

"白杰,我在这里下车,好吗?"车子开到海景路时,诺诺说道。这里离她家其实还很远,她早上时跟祖荣说晚上不回家吃饭了,现在还是中午,她没有理由回家,虽然她知道祖荣肯定不会在家的。

"这里吗?"他没有停车,只是减慢了车速。

"是。"她回答得很干脆,摇下车窗,海风扑面而来,只可惜了没有带泳衣,要不然真想到海边游上一圈。

"那好吧,我们在这里一起吃饭,好吗?"白杰停下车。

她想说不用了,却没有说出口,潜意识里她喜欢和他说说话,毕竟他们已经在网上认识了那么久。

4

祖荣给妻子诺诺打了个电话,诺诺的手机却关机了。他很少在白天给她打电话,平日里他总是忙,忙得经常忘了吃饭,为此他落下了胃病。为了这事,诺诺没少说他,可他总是在忙。

诺诺在早段时间已经帮他约好了医生,要给他做个彻底检查,可他却推脱,他说自己的身体还不知道,能有什么大碍?

徐言早已经把柯南的电话告诉祖荣了,他却迟迟没有打。

中午,他靠在办公室的沙发上休息,极少做梦的他竟然做起梦来,梦中一团烟雾笼罩着他,他分不清方向,想努力追赶什么,却怎么也迈不开双脚。

醒来后,他在办公室里走来走去,把柯南电话拨了一遍又一遍,可每次他都在最后一个数字犹豫不决,然后放弃。

接通电话后说些什么?对她说想她,然后告诉她这么多年一刻也不曾忘过她,告诉她一直在等她吗?如果这样,那么妻子诺诺呢，诺诺怎么办？

祖荣了解诺诺，那是一个没有太多主见的女人。在他面前，她是透明的，他看得清她所有的心思，以至于他曾在心里替她担心，担心离开他后她会怎样生活，她是那么脆弱，他不忍心。

还没到五点，他就开车往家里去了，他希望诺诺会在家里，像平常一样静静地等着他回来。

诺诺不在家，他这才想起诺诺在早上说过晚上不回家吃饭，是的，她去做家教了。

祖荣心烦意乱，打开家里的所有房门，屋子因此更显空荡，诺诺从家具超市里挑选回来的高级家具闪着冷冷的光泽，好像在嘲笑他。结婚这么多年，他难得在家多坐一会儿，今天赶着回来，却发现妻子不在。

诺诺对烟味敏感，只要一闻到烟味就难受得呼吸不上来。他了解妻子，因而从不在家里抽烟，哪怕烟瘾上来了他也强忍着。这个时候，他特别想抽烟，可他只是把烟叼着过嘴瘾。

诺诺把结婚照放在琴架上，还在四周粘了几颗心形的星星，他默默地注视着照片里的自己和妻子。这么多年了，自己是不是真心爱过她？或者只是一种责任、一种习惯？他不愿意去想，更何况诺诺一直是一个好妻子，这点他比谁都清楚。

"南，这些年你好吗？你明明知道我的电话，为什么从来不给我打一个电话呢？"他在心底对自己说。家里实在太安静了，以至于让他觉得听到了自己的声音。

"荣……"他似乎听到柯南在向他诉说，那是他的幻觉，他已经有过很多次这样的幻觉。

他继续拨打妻子的电话，电话里电脑小姐甜甜的声音使他有一丝的慌乱,他不知道此时她会在哪里。他想起来早上出门的时候她的神形有点儿不对,而且昨晚整夜失眠。

诺诺和白杰吃了午饭后,独自一个人到海边游泳去了。午后的天气变得凉爽起来,很适合游泳。

她买了一个泳圈,漂浮在海里,让海水把自己包围,真像一个软软的怀抱把自己拥着。这是女人渴望的感觉。她把头枕在泳圈上,看着天空,几只海鸟盘旋着,可惜听不到它们的声音。周末的海滩人不多,来的人大都成双成对,或者是几个朋友一起来,只有她一个人孤独而寂寞。

她注定是孤独寂寞的。祖荣没有时间陪她,哪怕是一个完整的周末都没有。很多的夜晚,她一个人在家做好饭菜等他,然后他打电话回来说不回家吃饭了,久而久之,她连做饭的兴趣也没有了,两个人的家,实际上只有她一个人。

更多的时候诺诺会坐在客厅的沙发里等他,经常一等就是大半夜,她有许多的话想对他说,可是等回来的却是他一身的疲惫和满身的酒味。她知道他又在应酬,谁让她选了一个忙碌的男人呢?

快三十的女人,心里的渴望,只有她自己知道。她想对他说需要他,她却没有说,他已经两年没有碰过她的身体了。

会不会是在外面有了别的女人呢?可是她没有办法去查清楚,后来,女人的敏感却使她一一否认:他也许真的是太累了,太累了就不需要她。

祖荣有钱,他能给予诺诺的也只有钱,可她需要他的钱吗?

诺诺来到这座城市教书时,还没有开始初恋,然后就遇到了他，八个月后做了他的新娘。她是爱着他的，如果不是因为爱他就不会嫁给他。

他没有什么可挑剔的，在公司里他是威严的老总，在她面前他只有女人渴望的温柔和体贴。

从小喜好文学的她生性浪漫，她时常给他一个惊喜，把家设计得富有情调，可他已经越来越麻木，除了问她钱够吗，或者干脆给她一张银行卡，就不会再多说一句话。

渐渐地，她已经不再习惯向他撒娇，他们的婚姻生活进入了一个怪圈。在无数个夜里，她想哭泣，想叫喊，可是她哭不出来，他在她身边熟睡。

借着淡淡的灯光，她看着他那张清秀的脸，她自问："他真的是你的选择吗？"

有很多次，她想逃离，逃离自己的生活，可是她不知道自己能逃到哪里。

她越来越寂寞了。

不知什么时候酸楚的泪水流了出来，顺着她秀气的脸庞滑落在唇，咸咸的，和着海风，却苦到了心里。

天色越来越晚了，游泳的人慢慢少了，海鸟在附近飞来飞去，它们都回家了。她也该回家了，可是她却泡在海里不动。家已经越来越模糊，除了豪华的装饰和昂贵的家具，什么也没有。以前她还养着一只猫，是他送给她的生日礼物，她给猫咪起了名字叫雪雪，他们都喜欢它，雪雪也很可爱，很乖，只要他们一回到家，它就会跳到你的怀里，亲密得像个人似的。

她决定把它送人是因他对它的宠爱使她从心里不舒服。有了雪雪之后，他回到家里的第一件事是抱着它坐在沙发上逗它玩，亲昵得令她心生妒忌，于是她把它送了人。

祖荣没有问为什么，他的眼神使她心里一阵疼痛，她的泪流了下来，他慌了，不知她为什么无端流泪。

他把她搂在怀里，亲吻着她，她以为这次他会和她温存许久，可是他只是吻了吻她，绝望的声音在她的心里歇斯底里，最终却平静歇去。

后来她再也没有养过宠物，倒是每隔三两天就到精品屋里选一些唱片，对她来说只有音乐才能填补那份空缺。

现在她想要一个孩子，她喜欢女孩，他也喜欢女孩，结婚前他说希望能有一个女儿，他会宠她，给她世界上最美好的东西。他们过着有名无实的夫妻生活。如果有一个孩子，日子也许会有许多改变。

回到家的时候已经很晚了，家里没有灯火，在海里泡了大半天，也泡了一身的疲惫，她寂寞地从包里拿出钥匙开门。推门进去，她吓了一跳，他就坐在客厅里等着她。又没有做什么亏心事，她迎上他的目光。

她手里还提着湿漉漉的泳衣和泳圈。他拿出一根烟，她的眉头轻轻皱了一下，他看见了，轻轻地把烟放了回去，他知道她不能闻到烟味。

"诺诺，为什么关机？"他看着她，变得温柔起来。

她从提包里把手机拿出来："是没电了。"她怎会想到要关机呢？

"我打了一整天的电话。以后记得充满电，不要让我担心了，知道吗？"他把湿漉漉的泳衣接过来，吻了她的头发。他什么也没有问。

他给她放了满满一缸的热水,抱起她,把她轻放在浴缸里,然后帮她搓背,他已经很久没有帮她搓背了。

"荣,你爱我吗?"她戏弄着肥皂泡沫,把它们涂在他的脸上,问了他一个傻傻的问题。

这是一个很大的洗澡缸,他滑了进来,把她抱紧,他没有回答女人的问题,他亲吻着她,被吻着的诺诺在轻轻地呻吟。

他用纤细的手给了她快感,她不明白为什么明明他的身体有反应却不愿意,委屈的泪水涌了出来。

"对不起,诺诺,我……"祖荣的语调竟是如此平静,他却没有把话说完。

"你已经不爱我了,是吗?"她赤裸着站了起来,在浴室宽大的镜子里,她看到自己美丽的胴体和发青的脸,还有脸上的泪。

"诺诺,不是这样,爱与性无关。"他一把搂住她,在她耳边低语。

守了两年的活寡,他却振振有词地告诉她爱与性无关,他是她的男人?!

"诺诺,夫妻之间除了性还有许多,你嫁给我一定不是为了性,对吗?"他用手帮她梳理她的长发,她却无法平静。

她没有想到他会这样问她。她嫁给他,不是为性,也不是为了钱,为了什么?为了爱情吗?她曾深爱他,爱得那么深,现在也还爱着,只是和以前已经不一样了,难道爱情真的会随着时间的改变而改变吗?

人生一场戏,而婚姻却是一场赌博。

"可是……"在某些方面诺诺向来不善于言语,她想为自己澄清，想为自己辩解，想为自己所要的生活找一个说法，却说不出口。

"诺诺，这个问题，我们先不要讨论好吗？最近你心神不定，别想多了，我依然爱着你，你知道我很忙，我真的很忙很累。"他拍拍她的肩，她的肩早已因缺爱的滋润而失去了润滑。

"我知道了。"她低低地哽咽着。

"家里缺什么东西，你尽管买，好吗？明天我给你卡上再存点钱。"他把女人抱回房里，她一动也不动，闭着眼睛。

每个月他都会往她的银行卡上存钱，她自己懒得查存了多少，她知道自己用不着，她不是喜欢花钱的女人。

她或许是太累了，竟然不用服药就睡着了。她做了一个梦，梦见自己光着脚丫追赶一个男人，她追呀追呀，却怎么也追不上……

5

已经三十了，柯南风韵成熟却不失纯真，随意用一方花手帕把黄色的卷发绑在脑后，她那份年轻和美丽就跳动起来。

从法国回到国内，她以为不会有人知道。她是在广州的一个时装展览会上遇到校友徐言的，如果不是他喊她，她一定想不起眼前这家伙是谁。

徐言和祖荣是同班同学，两人关系也挺铁，那时她爱着祖荣，徐言替他俩传递了不少情意绵绵的纸条。

后来祖荣对她不冷不热，这让她伤透了心。毕业的时候，已经伤透了心的她遇到了去法国留学的机会，于是，她转身便去了异国他乡。

在法国这个时装都市,学外语的她对服装设计有了更多的兴趣,几年下来,她在巴黎的服装界已经小有名气。

徐言说:"祖荣在珠海,自己开了一个服装公司。"

她瞪大眼睛看着徐言,生怕他是在开玩笑。祖荣在珠海,竟然还开了服装公司?

他把祖荣的电话号码留给了她,她也给了他一张名片,上面有她在法国的地址和电话,还有电子邮箱,她顺手写下了国内的手机号码。

她没有给祖荣打电话。她想徐言一定已经把她的消息告诉了祖荣,她甚至开始有点儿希望他会打来电话,哪怕简单问候一声也好,但是一直没有他的电话。

朋友告诉她说:"深圳有一个全国服装展,不妨带上行李看看,看了就从中国香港坐国际航班回法国。"

行李不多,就一个箱子,她已经习惯了这样的简单和随意。朋友笑她这么多年了还是单身贵族。其实除了夜晚的空虚寂寞,她一切都很好。

国内的时装展无法与巴黎的相比,但她却被一套简单而不失典雅的夏季服饰造型迷住了。女设计师是一个名叫方兰兰的人。做服装设计多年的她突然有种想认识这个女设计师的冲动。

轻度近视的她今天没戴眼镜,她顺着服务小姐的指点远远地看到了坐在台前的女孩,女孩身边坐着一个男人,男人很眼熟,她却想不起来。

后来,那个男人发现了她,朝她看了许久,然后向她走来,人走近了,她差点叫出声来:"祖荣!"

"南。"他比她显得平静多了,不露声色地和她打招呼,似乎他们是天天见面的老朋友,而不是已经多年不见的昔日情人。

他朝她微笑,还是当年的笑容,那样熟悉的笑容,曾让她心醉也心碎。

他们走出了时装展览中心,她看着他,他很憔悴,还是那么瘦,完全没有公司老总般的身板。

在咖啡屋里,她要了一杯爱尔兰咖啡,他则要了一杯卡布奇诺,还是当年的味道。

十年前,他们最后一次谈话就是在咖啡馆。那天她要一杯爱尔兰,他要一杯卡布奇诺,一坐就是一天,谈话的结果却是他什么也不说只是祝福她,爱了四年,她以为他会让她留下,他却没有。

……

如水般的音乐在咖啡厅里飘荡,是赵咏华演唱的《最浪漫的事》:"背靠背坐在地毯上/听听音乐聊聊愿望/你希望我越来越温柔/我希望你放我在心上/你说想送我个浪漫的梦想/谢谢我为你找到天堂/哪怕用一辈子才能完成/只要我讲了你就记住不忘/我能想到最浪漫的事/就是和你一起慢慢变老/直到我们老到哪儿也去不了/你仍把我当成手心里的宝/我能想到最浪漫的事/就是和你一起慢慢变老/一路上收藏点点滴滴的欢笑/留到以后坐着摇椅慢慢聊……"

"十年了,真快,我们都老了。这些年,你过得好吗?"柯南打破了沉默。

"南,你恨我吗?"他把话说完就后悔了,自己怎么可以问这么一个让柯南为难的问题呢?

很多年以前，他想的是证明自己，证明柯南当年没有看错人，证明他秦祖荣是一条好汉，所以一直努力拼搏着，最后开了家公司，他以为这样就可以在见到柯南时坦然了，事实却不是。

柯南笑笑，优雅的小手把落到额头的头发往后拂，这个动作是他十年前熟悉的，也是留给他印象最深的美丽。

柯南沉默着，然后苦笑，她不知道他怎么会这样问，自己凭什么恨他？

"生活就是这样，缘分吧。"她淡淡地说。

虽然她没有结婚，可是她已经有了自己的男人，那是一个深爱着她的法国男人。她曾经爱过，爱得那么深，最后却只能伤痕累累躲在国外疗伤。她迟迟不结婚只是因为她不知道自己是否应该结婚。

从咖啡店里走出来时，他牵着她的小手，他带着她朝宾馆走去，她没有拒绝。

那个下午和整个晚上，他们把十年的等待和思念都融化在缠绵里。在妻子诺诺身上他找不到激情，找不到做一个男人的快感，在别的女人身上，他没有任何兴趣，只有在柯南身上，他第一次得到了男人的满足。他哭了，像一个婴儿般无助地哭泣，柯南把她搂在怀里。他向她诉说这些年的思念，她静静地听，心酸酸的，却无法安慰。

又是双休日，袁诺诺没有拒绝去给白杰的夫人当家庭教师，她不知道自己是一种怎样的心情，也许是真的可怜她。

她的日子有了越来越多的空白和迷惘，她不知道应该如何打发无聊的时光。她害怕失去丈夫，她害怕自己会像母亲一样坐在钢琴前等待，等待一个永远也不可能回来的男人。

诺诺的学生，那个和她同年同月同日出生坐在轮椅上的女人已经不再对她设防，她给她讲法国小说，读英国诗歌，弹一曲钢琴，更多的时候她们坐在一起，说着女人之间的话。

"诺诺，我总是在想，或许我们前世是姐妹。"她已经不再叫她袁老师。

"一定是的，我们同年同月同日生，这不是天缘吗？"

在她的家里，诺诺已经极少碰到白杰，即使难得遇到他在家，她也很客气，他则彬彬有礼，这让她感到安心。他们依然网上通信，他还会跟她的帖子。当然，她不会把这一切告诉他的太太，这是她的唯一秘密。

从白太太家出来，她没有坐车，慢慢地走着。天突然就下起雨来了，她来不及躲避，被淋成了个落汤鸡，好在这雨来得快去得也快，她狼狈地站在路中看着来来往往的行人，没有人注意到她的狼狈。

"诺诺。"一辆白色宝马停在她的身边，他打开车窗叫了她。

"白杰，怎么会是你？"她有点儿惊讶。

"路过，没想到会在这里遇到你，上来吧，我送送你。"他给她开车门。

看着浑身湿透了的她，他说："你瞧你，这么大的人了，也不会去躲雨，还学小姑娘雨中漫步，浪漫无边际啊？"

她从车镜里看到了自己，不好意思地笑了。

他打开暖气，她感激地朝他微笑，他也正在看她，两双眼睛就这样默默地对视了几秒钟。

他突然握住了她的指尖,她触电般地颤抖,他握得更紧了。她没有挣扎,亦没有看他,他看到她悠悠的眼神正飘向车外。

她跟着他来到酒店。醒来的时候已经是晚上,他坐在床边看着她,在几个小时之前他们不分彼此地缠绵着,作为一个女人,她第一次知道什么了叫作高潮,知道了什么是男人。

她记得她哭了,他在她耳边低语:"可怜的女人,你多久没有男人抚摸了?"妻子琳琳曾和他说过,这个女人已经守活寡两年了,一开始他还以为是妻子不平衡的心理在作怪,想不到这竟然是真的。

他找诺诺为妻子做家教,仅仅是他的私心,他确实很想很想见她,但他知道如果没有一个好的理由,她是不可能与他相见的。他却没有想到这个女人竟然那么天真,和他的太太交了朋友,而在他看来,妻子是一个性格孤僻的女人。

"诺诺……"他在心里小声地呼唤着她。每一次相见,他都在心里这样呼唤她,她却不知道,每次她都是客气地和他打招呼。她不知道他偷偷地开车跟在后面,是出于对她的关心。

这个女人已经占据了白杰的心,虽然他经常以为自己在感情上已经麻木了。在十年前选择抛弃深爱的女友和现在的太太结婚后,他就以为他自己已经是一个麻木的男人。他无法面对感情,在感情上他只是一个罪人,一个永远的罪人。

他以为自己不可能再去爱一个女人,直到在文学网站遇到了诺诺。他因为她的文字而神魂颠倒,他想方设法接近她真实的生活。家教,他的智商并不低,他知道这意味着什么,一个自己的合法妻子,一个自己爱慕的女人。唯一让他想不到的是她的心竟然是如此透明,使琳琳对她产生了好感,而她其实也是一个孤独的女人。

在她睡着的时候,他就坐在旁边看着她熟睡的样子。他轻吻了她的眼睛,他轻抚着她的脸,却又害怕弄醒了她。他见过各种各样的女人,他却只对眼前这个已婚女子心生怜悯。

"我……"诺诺羞红了脸欲言又止。

"宝贝,什么也不要说,让我再抱抱你。"他无比温柔地把她抱在怀里,她的背是那么光洁,他亲吻着她软软的秀发。

"别,我……"她挣扎着。

"诺诺,我会对你好,给你幸福。"他对许多女人说过这样的话,逢场作戏,但她除外。

"可是我们已经身不由己,你知道的。"诺诺低低地说,她何曾不渴望有一个真正爱自己的男人。她苦笑着。

离婚?她不会,他也不会,他们都不可能离开自己的家庭。可是这样的念头就在脑海里闪现,她没有想过自己会有这种念头。

袁诺诺没有让白杰送她,一路上她的心情极复杂,她觉得自己对不起祖荣,却有着一丝的兴奋,兴奋过后是无边的落寞。

祖荣到深圳参加服饰展销会了,晚上不回来,也没有打电话回来。袁诺诺打电话过去时他已经关机,他是个业务很繁忙的人,手机从未关机,但那天晚上他却关机了。袁诺诺她一个人躺在偌大的席梦思上,孤独从四面八方袭来。

她上网打开邮箱,一分钟前白杰给她发了封邮件,没有提今天的事,只是简单的一声问候。

6

离婚是祖荣提出来的,从深圳回来后他没有直接回家,而是约她到咖啡店里。

诺诺以为是他知道了她和白杰的那一次,心里很是紧张,看着他,她还是在乎他,毕竟结婚已经那么多年了。

一开始,他只是试探,后来便坚定地提了出来,他说他可以给许多钱作补偿,她还年轻漂亮,还可以去找另一个男人。

她怔怔地望着他,泪水夺眶而出。

他不看她,转过脸去,给她讲了柯南,讲他们从前的爱情,讲她又回来了……

"诺诺,对不起,直到现在我才知道我真正爱的人是她。"他把所有的一切说完,他不知道自己哪来的勇气可以这么残忍地对自己的女人讲自己的故事。

她在听,在哭泣,咖啡屋里只有他们两个人。她记得他就是在这里向她求婚的,那一天,他也是把咖啡屋包了一个晚上。

"你从来不爱我?"她逼着他问,渐渐地转为了愤怒。

他看她,然后点头。

啪!的一声,她重重地给了他一巴掌,然后头也不回冲出咖啡屋。

他没有跟她出来,他坐着没动,泪水慢慢地浸满双眼……

她不知道自己该去哪里,家已经不愿意再回了,那只不过是一个空房子,房子里什么都有。

她想不到他会向她提出离婚,她更没有想到他还有着一个情人柯南,没有想到他的情人柯南从法国回来找他,就在深圳等着他。

她也曾想过要离开他,离开这并不完美的婚姻生活,可是她却没有勇气,现在他提了出来,她也只好离开。

一切的一切都已经变得那么遥远了……

袁诺诺蹲在路边,白杰坐在车上已经远远地看着她很久了。

夜灯一盏盏亮起来的时候,她站起来茫然地向前走去,她不知道前方的道路通向哪里。在十字路口,她和许多人一样等着红灯,现在她是没有家的女人,她的表情凄惨。

他开着车跟着她,在十字路口,他跳下车把她拉进车里。

诺诺哀怨地看着他,他心里便一阵阵地疼。

那个晚上,他一直陪在她身边,她不愿意开口说话。

"宝贝,别怕,有我呢。"他对她说。

她倒在他的怀里痛苦地哭泣。

两天后,诺诺和祖荣离婚了,她什么也没有要。她只带走了一个皮箱和两套衣服,好像不是离婚而是出门旅行。

祖荣赶到深圳的时候,没有见到他的旧情人柯南,只有一封服务台小姐转交的信:

荣:

原谅我的不辞而别,我回巴黎了,也许再也不会回来。

这次回国能再次遇到你,知道你过得很好,我也放心了。

过去的恩怨就让它过去吧,好好地生活,善待你的妻子,你回去后我单独和你的设计师方兰兰聊了许久，知道你有一个爱你的妻子，真心替你们高兴。

我回到巴黎后就要结婚了，祝福我，好吗？

另外，我把你的设计师方兰兰挖走了，在巴黎有着更合适她的发展空间，希望你能原谅。

……

最后一次吻你

南

7

白杰的妻子自杀在自家的钢琴架旁，在她三十岁生日前一天。

袁诺诺离婚后离开了南方，谁也不知道她去了哪里。她前夫秦祖荣在报纸和电台登了一份寻人启事，她情人白杰也在相同的报纸和电台登了一样的寻人启事。袁诺诺却像空气般永远消失在珠海的上空……

2004 - 07 - 28

爱与不爱都是永远的痛

1

午夜，我独自一个人坐在抽水马桶上给自己点燃一根香烟，深深吸了一口，烟雾从鼻孔里缓缓飘出来，偌大的镜子里一个女人姣好的面容在烟雾中若隐若现，这个女人是拉拉，拉拉就是我。

每天我只给自己一根烟，时间永远在午夜，在午夜的洗手间里，穿着一袭宽松的粉红睡衣坐在抽水马桶上，一边抽烟，一边从宽大的镜子里看披头散发的自己把身体藏在烟雾中，灵魂和烟雾融在一起，缥缈着寻找归宿。

我留着长长的指甲，不定期给它上紫色指甲油，偶尔到"梦缘"做面部美容时会在美容师的怂恿下给十指画上小花。我的美容师是一个叫子丹的女孩。我从来没有见过她真正的面容，每一次见到她都是戴着一个大大的白色口罩，只露出两只漂亮的眼睛，我猜不出她的年龄。我不喜欢太多的说话，所以每一次做美容的时候我都是闭上眼睛，对子丹的话爱理不理，久了她便不再向我推荐她们的美容品。

子丹大概对于我的沉默已经习惯了，子丹有子丹的固执，那就是关于我的指甲，几乎每一次她都会花半个小时帮我修指甲，然后在我已经涂了紫色指甲油的指甲上画玫瑰，子丹在给我画玫瑰的时候我瞥了一眼她那双美丽的眼睛，一丝忧伤便在她专注的时候浮现在她的眼里。

在我吐出最后一口烟的时候我从镜子里看到了另一个女人的头像，那是一个完全陌生的女人，可是我想我一直在等着她，而且等了许久。她竟然是那么清纯，留着和我一样长长的秀发，只是我的黑发已经被子丹用棕黄色的染发素新染过了。

我朝她笑着说"你来了"，然后和她一起去客厅，其实那并不是真正的客厅，我租的是单间小屋，卧室与客厅并用。

她看着我，我在寻思着怎样与她开始我们的第一次交谈。

我给自己倒了杯葡萄酒，给她倒了一杯柠檬水，房间里一直在播放着克莱德曼的钢琴曲，她悠悠地看着我，那样的眼神足以让男人神魂颠倒，就连我这样的年轻女子也忍不住多看她两眼。

"拉拉，你一直在等我吗？"

她开口，有着柔和的声音，我朝她笑笑。

"是，我一直在等你。你叫尹书燕，从我在稿纸上写下你的名字的那一刻我便一直在等你的到来。已经半年了，我知道总有一天你会来，不是今天就是明天，可是我没有想到会是今夜。"我朝电脑屏幕上看了看,已经凌晨三点十分,通常这个时候我会发呆。

"我不喜欢这个名字。拉拉,我以为自己可以不来找你,最终我还是来了,你说为什么呢?"

"哦,是吗?尹书燕,这名字不好听吗?我曾经想给你改个新的名字,可是想了不少的名字,都一一被我否认了。"我说,"那你想改一个怎样的名字呢?"

"现在我已经深深爱上了这个名字,拉拉,谢谢。"

"其实很多次我已经到了你的门口,听到你和一个男人在房里的声音,然后离开。"她抿着嘴唇向窗外看去。

"你是说苏泽?"我觉得没有必要与她过多谈起我自己的私生活,可是在说到苏泽时我的嘴角还是无意中露出了一丝甜蜜幸福,只有恋爱的女人才会有的幸福感觉。

"欧阳还好吧?"我淡淡地问,我知道她和一个叫作欧阳的男人同居,仅此而已,我想知道他们更多的故事,不,我只是想更多地了解我小说的女主人公尹书燕的生活。

她没有回答我的问题。我想洗手,然后走到洗手间,从洗手间出来我发现她一直没有喝我给她倒的柠檬水。

她说要先洗手才会喝水。这大概是医生的职业习惯。

她把水龙头开得很大,哗哗的水声几乎把轻轻的音乐淹没。我走到窗前,我住在十八楼,在阳台上可以看到深圳市的夜景。

"今天给五个女孩做了人流手术,最后一个出了很多血,那是一个女生,还在上学,一个人来,没有人陪,现在还留在医院观察。"她斜坐在沙发里说。她的眼睛一直望着窗外,我不知道她在想些什么,然后她说:"拉拉,我得走了,我还会来找你。"

她说完就离开了我的小屋,和她进来时一样轻悄悄地离开了。

我坐在她刚才坐的地方,她自始至终都没有动那杯柠檬水。

我沉思着关于她所有的一切,她和我同龄,我们都是二十世纪七十年代末出生的女子。她从小生活在北方小城,然后读大学,在大学暗恋上了自己的年轻导师,直到毕业也没有表白。她和欧阳相识于一次同学聚会,然后相爱,为了爱情她离开了北方来到深圳,她是那种敢爱敢恨的女子,为了爱可以抛弃一切,包括自己。现在他们同居,他是一家公司的财政总监,年轻有为,他深爱着她。

除此之外,我对于我的女主人公尹书燕一无所知,我知道我不可以知道她所有的故事,我只能期待她一点点告诉我,而她一定也不知道明天会发生什么故事。

我一口气喝完了她那杯柠檬水,然后站起身把窗户打开,一阵冷风从窗外扑来,我打了一个寒战,房里的风铃叮叮咚咚地响,千纸鹤飘舞。我在屋里挂了许多风铃和千纸鹤。每天我都会给自己折一只千纸鹤,然后把它们挂在屋子里。

天快亮了,我打了个哈欠。她为什么深更半夜跑来找我?她那双漂亮的眼睛分明写着忧伤,她每一句话总是含笑,笑过之后脸上又显出淡淡的忧伤。午夜,她应该是在家里,躺在欧阳的身边甜甜入梦,只有我这种女人才会在午夜的时候一个人抽烟,她是不同于我的安分守己的女子,她怎么会午夜时来找我呢?

难道……

我的头痛得厉害。九岁的时候我患了严重脑膜炎，好不容易才活过来，医生说可能会留下后遗症，以后要少动脑筋。

我不知道九岁之前的我是不是很聪明，我想一定是的，我只是因为患了脑膜炎而变得愚笨。不动脑筋是不行的，我想医生说的不一定对，但是一思考乱七八糟的事，我就头痛。

我在一家外企上班，每天上午十点半钟我会准时走进我的办公室开始一天的工作。我是一个不需要太多睡眠时间的女人，现在是早上六点，离十点还有四个小时，我该睡觉了。

每天晚上八点钟我都会准时从那幢据说是深圳最高的写字楼里走出来，然后在外面兜转一圈，大概十分钟后，我就会走进麦当劳解决晚餐。

从晚上十点到十二点是我的睡觉时间。十二点后，我起床，上网，写文字，等待黎明，我把这称为夜生活。

我二十岁的时候不知道什么是爱情，总是梦想着有一天一个人独自去旅行，在一家小小的旅店里，和一个同样喜欢旅游的男人默默对视，然后我们牵手走完最后的旅程。

二十二岁大学毕业的时候我是我们班唯一没有谈过恋爱的女生。我学的是工民建筑，我是唯一的女生，班里没有一个男生追我，他们只当我是兄弟和哥们儿。那时候我几乎不穿裙子，每天和男生泡在没完没了的专业课里，到了周末就一起去喝酒和抽烟。

二十三岁生日，我到女人世界买了一套白色连衣裙，平生第一次穿上裙子，对着镜子中那个高兴得有点不知所措的自己，我甚至产生了幻觉，那个人真的是我吗？

二十四岁,在地王大厦的电梯里,我从一个漂亮女孩的身边把苏泽抢走。不,应该说是苏泽在遇到我的那一瞬间就背叛了已经谈了八年的恋爱,不断和我偷偷约会。很长的一段时间里,我不知道应该怎样定义我和他的关系:情人、好朋友,还是其他?

情人,是我最害怕的一个词,我一直认为情人之间只有没有阳光的爱情,是地下恋情,必须瞒着所有的人。可是我们无法瞒住自己,双方都无法掩饰那一份浓浓的情爱。

生活依然没有太多的改变,每天花六个小时睡觉,八个小时埋在图纸堆里做设计,晚餐在麦当劳解决,然后上网骂人和被人骂,星期六上午去美容院做美容,下午和苏泽约会,星期天想着苏泽是否还抱着他的未婚妻在睡梦中。每想一次,我的灵魂和肉体就被一只虫子狠狠地咬一次,可是我却不愿意流泪,眼泪不能拯救我,不能拯救我们之间的爱情。苏泽说:"拉拉,我已经不再爱她了,可是我不能抛弃她。"

可是苏泽也无法离开拉拉。我是个健康快乐的女孩,所以我不流泪,流泪也只是躲在无人看见的地方洗涤自己混乱的思绪。

那个叫尹书燕的女孩再次来找我的时候我正在对着电脑发呆,我喜欢发呆,并不是我在想谁,而是我不知道这个时候我应该想谁。

"拉拉,拉拉……"我听到她在身后叫我,转过身的时候我昏厥了。星期六上午苏泽没有约会我,我一直没有离开房间,我已经两天没有进食。我想一定是非常难过和痛苦,可是我却不想把这种痛苦表现出来，更不想让朋友们知道我的生活中有这么一个男人。

我很快就醒过来了，我说："书燕。"我对着她笑，她正努力给我喂水。

"拉拉，你要学会爱自己，对吗？"

"哦，亲爱的，我知道。可是谁爱我呢？你说苏泽爱我吗？为什么我不可以拥有他的全部？"

"也许你从来就没有拥有过他，拉拉。你忘了你是喜欢写字的女人，我只不过是你要写的女主人公，所有的问题你都有答案，只是你希望从别人那里得到一个可以驳斥你的答案。拉拉，你知道吗？这很难。"

"我知道，可是没有人甘心于这样的生活和现实，包括我。"

"你应该好好休息一会儿，你饿了，我到厨房里给你弄点吃的。"

我看着书燕走进厨房，冰箱里有昨天上午买的菜，我想着苏泽中午会过来吃午饭，可是他却手机关机，人没有来。

我在想着关于书燕和拉拉这两个女人的生活。我们都是那么年轻，有着美好的梦想，可是我们的生活却总是不如意，为什么呢？书燕一定不是很快乐，如果快乐那也是装出来的，她那淡淡的忧伤让我的心阵阵疼痛，可是我不是男人，我不能安慰她。

书燕做了西米粥给我，听说西米可以美容，我便买大量的西米存在冰箱里，心情好的时候我就给自己做一份西米粥，或者西米莲子羹，或者西米雪茸汤。

她静静地看着我吃完那碗西米粥，我说："书燕，你做的西米粥比我的好喝，好像还有浓浓的纯牛奶味。"

"我加了杯纯牛奶，你知道欧阳喜欢喝加牛奶的西米粥。"

"哦，原来如此，你在我的粥里加了爱情的味道。书燕，告诉我，爱情是什么？"

书燕的眼神又飘到了窗外，长长的睫毛扑闪动了一下，她的睫毛真漂亮，长长的睫毛天然地弯卷着。

"拉拉，在你最初的构思里，我和欧阳是不是应该很快乐地生活在一起？"她突然转向我问道。

我没有回答，我不知道应该怎样回答，每一个人都应该是快乐幸福地生活。

"拉拉，我想知道，你告诉我好吗？"

"书燕，生活总是不会按照我们最初的设想发展。比如说你和欧阳，我和苏泽，在彼此认识之前我们不知道有一天我们会认识，我们也不知道认识以后的日子是不是可以一起快乐生活，也许我们只能让自己快乐一点点。"

"不，拉拉，你和苏泽，你完全可以去改变，可是我和欧阳，却不是我可以改变的，不是吗？"

"是吗？我和苏泽可以去改变吗？我不可以，从一开始我就不可以。"

"可是，不一样的。我和欧阳，我们一起相爱了五年，然后我放弃北方，到他的城市。拉拉，在深圳，我因为爱情而来，可我现在不知道我们的明天，我很迷茫。"

我沉默着，书燕和我一样固执，我们固执着自己心中的那份完美，虽然那份完美已经锈迹斑驳。

在我沉默的时候，书燕伏在我的沙发里哭泣，我不知道该用怎样的语言去安慰她。她瘦小的肩膀因为抽噎而上下起伏，我抱着她，轻轻地抚着我的女主人公的长发，努力地回忆着在我最初的构思里她应该过着怎样的生活。我渴望美好、安静和平淡，我想在最初的构思里我是希望她能快乐，我以为她应该快乐，可是如今她并不快乐，她有着太多的忧郁。

"书燕，你要记住，你要坚强，在爱情面前女人要坚强。我们永远不能失去自己，失去了自己我们就会失去所有的一切。"

"拉拉，我知道了，可是我是那么地爱着欧阳，我担心有一天他会真的离我而去。"

"嗯，你们彼此相爱，亲爱的，别害怕。"

"可是你已经预感到了些什么，不是吗，拉拉？"

"是的，因为我们面对的还有生活和一些诱惑。"我轻轻叹气。

天完全暗下来的时候我没有开灯，书燕已经走了。我缩蜷成一团躺在沙发里想苏泽。那是我爱着的男人，是我的初恋，我不是他的初恋，也不是他最后的恋人，我只是他和另一个女人恋情外的女人。

我突然想起今天应该是我的生日，我二十五岁的生日。二十五岁就这样悄然而至，没有祝福，没有生日蛋糕，有的只是寂静的夜和满屋子的千纸鹤。我的泪水如决堤般涌出……

我想给苏泽打个电话告诉他今天是我二十五岁生日，却在快要拨最后一个号码时把电话挂掉。我的生日，没有一个人记起？包括苏泽，我在这个世界上最亲密的男人，他曾爱过我吗？

《爱的旋律》是我的门铃，我是一个渴望爱的女人。门铃响起时我的心怦怦直跳。苏泽，会是你吗？

我从沙发上弹起,光着脚跑去开门,苏泽抱着一束玫瑰站在门口笑着看我,就在那一瞬间,我所有的哀怨都在他的笑容里融化了。

"拉拉,怎么不开灯?"黑暗里苏泽轻拥我,温柔地责问。

"可是,为什么要开灯呢?黑夜不好吗?我们是黑夜情人,苏泽。"

"你恨我,拉拉,是的,你应该恨我。"

苏泽把房间里的灯打开,刺眼的灯光让我一阵眩晕,我倒在他的怀里,我紧紧抓着我爱的人的手,我害怕失去,虽然我也未曾得到过。

苏泽亲吻我的时候泪水迷糊了我的眼,心里想他知道今天是我的生日吗?

"拉拉,怎么了?"苏泽扳过我的脸,我的长发被他温柔地揽过脑后,我想给他灿烂的笑,泪水却流得更凶了。

"泽,今天是我的生日,我二十五岁生日!"

"对不起,拉拉,我不知道,真的对不起。"

他把我搂在怀里,我靠在他的胸口,我听到我的爱人的心跳。

二十五岁的生日,苏泽第一次陪我过夜,那个晚上我们相拥着躺在床上说话,什么也没有做,那是我毕业后睡得最香的一个夜晚,半夜没有起床抽烟和上网。

2

过年了,欧阳开始变得忙碌。书燕心疼欧阳,每天早晨都会给他准备西米粥，三年了，他始终不知道书燕在他喝的粥里放了新鲜的纯牛奶。

书燕的心情越来越忧郁。在欧阳第一次彻夜不归又没有任何解释的晚上，她一夜未合眼，她打电话到他的办公室，没人接，打手机也没有接，最后手机关机了，她不知道出了什么事，但凭着直觉她已经隐隐感觉到他们之间有了她早就担心的问题。

第二天早上，书燕终于拨通了电话，她以为他会解释些什么，可是他没有任何解释。

"燕，现在我很忙，你好好上班。"他淡淡地说，然后挂了电话。门外已经有很多人在等着看病，她是妇产科里最年轻的医生。她的泪就快要流出来了，她拼命忍住。

下班前，来了一个女孩，那个女孩似曾相识，她已经习惯了这种似曾相识的面孔，她没有往心里去，却记住了她的名字。

"尹医生。"女孩看着尹书燕的工作牌叫道，口气里透着一种优越感。这让尹书燕感到反感，她轻轻皱了一下眉头。

她扫了一眼女孩手中的验尿单："阳性。两个月了，这孩子如果要的话要多注意饮食，增加营养，如果不想要最好尽快手术，现在是最好的时期。"尹书燕提醒女孩，然后把病历本还给女孩，病历本上写着：丁雨，未婚。

"为什么不要?"女孩的话里带着挑战。

女孩消失在医院的走廊尽头时尹医生还没有反应过来，同事说这女人八成是做了别人的情人，现在正是给自己创造机会的时候。

她的脸红了起来，似乎做别人情人的不是别人，未婚先孕的也不是别人，而是她自己。

那个晚上欧阳依然没有回家,电话也一直处于关机状态,公司的电话无人接。她把自己关在黑夜里,坐在沙发上,泪水默默流了一宿,天快亮时她迷迷糊糊睡着了。

欧阳在早晨的时候回到了家中,把睡在沙发上的尹书燕抱到床上。她睡得那么沉竟然没有醒来。

醒来的她心中有许多疑问,可是她没有开口,他也没有解释。她感觉到欧阳有了心事瞒着自己,而在过去他总是那么透明。

那个叫丁雨的女孩一个星期后在她下班的时候出现了,只是这次她没有带病历本,也没有挂号,而是在她的办公室门外等着她。

"尹医生,我们到对面咖啡厅谈谈,我等你。"

她想拒绝,可是女孩却容不得她拒绝,说完转身就走了。

尹书燕犹豫了片刻后跟着走进了咖啡屋。

女孩优雅地喝着咖啡,书燕轻轻调着自己的咖啡,她没有问,在等女孩说。

"我想留住孩子,所以只好找你向你摊牌。"女孩没有看她,她却听得云里雾里。

"我不明白,我已经给你检查过了,胎儿正常,只是你说的摊牌是什么意思?"她保持着微笑。

"这是我和欧阳的孩子,尹医生,你放了欧阳,我们已经有了孩子。"丁雨看着书燕,几乎是一字一顿地说,书燕的手一颤,杯里的咖啡洒了出来,她愣愣地看着丁雨。

"你开什么玩笑?"尹书燕提起自己的背包就走,她不相信欧阳会做出对不起她的事,欧阳说过今年结婚的,他怎么可能和眼前这个女孩有了孩子?

"你放了欧阳，我们已经有了孩子。"丁雨的话刺痛着她，欧阳难道真的和这个女孩有关系吗？不管她怎样否定丁雨的话，不管她怎样让自己冷静，不管她怎样努力让自己不去相信一个陌生女孩的话，她都心神不定。

回到家的时候，天已经黑了，欧阳还没有回来。她没有下厨，也不觉得饿。她第一次感到家是那样空荡。

欧阳回来时已经是夜晚十一点，这个男人一身疲惫，一进屋就开始打呵欠。书燕没有说出早就想好了的开场白，她默默地给男人放了满满的一浴缸热水。

"书燕。"欧阳把手搭在她的肩上时，她像受了惊吓般叫了起来，然后躲开。

"书燕，你最近怎么了？我只是工作忙，你是不是病了？你自己是医生，别光顾着给病人看病，也要好好照顾自己啊。"欧阳温柔地说。

欧阳洗澡的时候，书燕一直在犹豫要不要问一问他，听听他怎么解释。她对自己说，问了是不是就意味着已经不再信任他了？如果是这样，那这份爱情将会有多大的痛苦和压力，她似乎听到一千个声音在骂自己。

欧阳无比温柔地抚摸着书燕，他已经好久没有这样爱护她了，尽管他已经在努力，可她还是可以感觉到他身体里的牵强，如果是往日，她会心疼地抚摸着自己的男人，告诉自己他一定是工作太累了，可是这会儿她却无动于衷，在他进入她的身体时她想到的是丁雨。

他在她耳边低语，她的泪缓缓地流了出来。

"欧阳,你认识一个叫丁雨的女孩吗?"她最终忍不住问道,他离开她的身子,没有回答她的问题。

"宝贝,好好睡个觉,明天还要上班呢。"

她在心里叹息。

"拉拉,她身体不好,最近又感冒了。"苏泽搂着我在耳边说道,我无语,一阵钻心地疼。

可是生活总是喜欢与我们开各种各样的玩笑,比如说我和苏泽,我们两个人在扮演一个令我沮丧的角色,书燕和欧阳,还有那个叫丁雨的女孩,我们到底在做些什么,难道我们真的不渴望快乐幸福的生活吗?我们否认过我们心中的渴望吗?我们口口声声说爱,爱到底是什么?

"这是爱吗?我不知道,真的不知道。"书燕对我说,"拉拉,如果苏泽现在和她同居了八年的女友分手,然后向你求婚,你会答应吗?"

我没有想到看起来软弱的书燕会问一个如此尖锐的问题,我无言以对。

也许根本就不可能会有这样一个假设,所以我不需要回答和考虑,很多事情只有结果没有如果,如果有如果,我们不愿意去伤害任何一个人,包括我们自己,我们总是爱惜自己多一点,可是我们却不停地让自己受到各种伤害。

可是书燕呢?谁伤害了她,她又曾伤害过谁?

我和苏泽的约会时间因他女友身体欠佳而越来越短,他每次都是匆匆而来匆匆而去,我的忧郁也越来越浓,我们现在几乎不说话,也不开灯,我们的身体在黑夜里厮杀,我们的灵魂在喊着救命，谁也救不了我们。

没有一个女人可以忍受得了自己爱的男人在和自己做爱时给另一个女人打电话哄她。我扔掉苏泽手中的手机，几乎是歇斯底里地喊着我再也受不了了。

我们在做爱，在快进入高潮的时候苏泽的女友打来电话，他没有任何犹豫就接了电话，手机就放在我们的床头。

苏泽捡起地上的手机，说："拉拉，你疯了，你会伤害到她的，你知道吗？"

我冷笑，是谁伤害了谁？

在那一刻，我已经不再爱着面前这个男人，也许以前也未曾爱过，而我只是爱上了爱的感觉，可是这又是一份多么畸形的爱。

"信不信我会杀了你？"苏泽穿衣服，他的话和目光一样寒冷。

"信，我也相信我会杀了你，如果你还在这里逗留的话，你给我滚出去。"

我没有想到自己会如此生气。在和苏泽交往的日子里，我唯一可以做到的就是忍耐，我们从来就不平等。

"拉拉，你疯了。"苏泽已经穿好衣服，他需要急着回去安慰她那个和我一样可怜的女人。也许，在这场三个人的角逐中，我们两个女人才是最终的受害者。

房间里只剩下沉寂，我没有哭泣，眼里没有一滴泪水，甚至在他把门关上后有一丝轻松的感觉。

2004 - 02 - 02

拉拉，我爱你

1

"酒店吗？我要订房……"

"打错了！"

我挂了电话，继续睡觉。

"宾馆吗？还有……"

"这是殡仪馆，你要预订吗？"

听到对方慌乱地说"打错了，对不起"，我就冷笑："谁错谁非？"

才凌晨一点，我狠狠地把电话一摔，打了个哈欠。被莫名其妙的电话吵醒，我睡意全无，自从搬了新家，重装了电话后，已经不止一次有人打错电话了。

起床，拉开窗帘，都市的夜灯隐隐从远处映照，城市的夜，暧昧的夜。

2

白天，我把自己闷在屋子里看了一天的杜拉斯电影，一个个变换的镜头，没有情节，情节只是一种感受，看电影中冰冷的颜色在转换，有人在流泪，也有人在轻笑，只有一个叫拉拉的我站在第三空间看第三空间的故事，冷冷的表情，如果有泪水，一定是为了另一个故事中的自己，如果有笑声，那绝对是对自我无限的嘲讽。

中午的时候，我叫了个外卖，漓江又一轩的桂林米粉，送外卖的还是那个小伙子，清清瘦瘦的，一副干脆利索的样子，在电话里我重复着没有零钱，一定要带上零钱找零。我递给他一张百元钞票，看着他从口袋里拿零钱找还我。

"这是九十二块钱，你点点。"他突然涨红了脸把叠得整齐的钞票递给我，手里还剩两个硬币，我在猜想着他的年龄。

"小姐，找你的钱。"这次他有些焦虑地看了看我，很可爱的小男孩，我已经很久没有好好地打量一个毛头小男孩了。当然，其实我的年龄并不算大，二十多岁，只是心里已经沧桑，我已在别人的城市混了差不多十年。

屋子里全是杜拉斯电影的独白，一段又一段，就像那些游动的画面，我吃着桂林酸辣米粉，屋子里弥漫着一个单身女人暧昧的空气。

桂林米粉是微辣的，生活的颜色与味道，杜拉斯的世界则是一个个绝望在挣扎，然后再挣扎。画面里一个女人模糊的脸，女人问一个男人问题，男人沉默着没有回答，然后画面又转到了另一个地方，这就是杜拉斯，一个写到老，爱到老，永远充满激情的女人。

3

一年以前的冬天，我把自己关在屋子里抽万宝路，我喜欢那淡淡的烟草味，我已经离不开这份淡淡的感觉。念慈是在屋子里已经弥漫万宝路的味道后敲开我的门。

"拉拉，你怎么抽那么多烟？"

我没有理会她，陷在沙发里继续抽烟，我一直在吸着那缥缈的烟雾。我指指饮水机示意她自己倒水喝。和念慈之间，我向来如此。

"拉拉，先喝杯水，你要抽我就陪你抽。"

听着乖乖女念慈说出这样的话，我差点没笑出来。

念慈给我递一杯水，从桌上拿起我那已经空了的烟盒弹了弹，叹了口气："拉拉，何苦呢，你？"

抽完最后一口烟，喝了一口念慈倒的水。我对念慈说："我老了，我已经很老了，老得已经无法再经受一场风花雪月的爱情，老得已经无法再承受一份感情。"

念慈沉默，玩着手中的遥控器，她没有发表任何异议。我不知道她是否可以明白我所说的一切，我已经老得没有了激情。在我还没有懂得爱情的时候，我的爱情就来了，然后消失，伤得太深，已经没有办法自救。念慈是我唯一的朋友，除了和念熙之间的不能言语的感情之外，念慈见证我所有的故事。

喜欢吃桂林米粉，只因为喜欢广西那特别的酸豆角，在深圳却很难碰到卖得地道的桂林米粉，王小贤在和我大吵一架之后曾指着我的鼻子骂："除了吃，你还会什么？"

那也是我们最后一次吵架，吵完后我把他轰出门外，自己在房间里塞个耳塞听摇滚。

我承认我这人好吃，这并没有错，不会吃那叫什么享受生活？

当然，喜欢吃并不能说是喜欢美食。俗话说"秀色可餐"。美食只有和色联系在一起才是美食，管他什么风景色也好，女色男色也罢，凡有美色的地方一般都有美食，谁知道呢，或者美色是因为美食而引出的一道养眼的菜呢？

并不是拉拉我俗人一个，俗就俗吧，只可惜了并不是所有的美景都有美食可以享受，好在被我们桂林人引以为傲的桂林山水还有个桂林米粉流传食街，也仅仅就一个桂林米粉而已。我却能百吃不厌，谁让我自己是个土生土长的桂林人呢？这点王小贤永远都不可能明白，就像他不可能明白我和念熙之间的关系一样，所以王小贤被我轰出了门外，仅仅是因为他跟我吵了一架，而这并不是他的错，恋人哪有不吵吵闹闹的？

4

这什么味道？今天的酸辣粉竟然没有酸豆角，取而代之的是酸笋，还在里面放了些醋，这是什么吃法？要知道我就是冲着酸豆角才百吃不厌的。

我正拿起电话要追问米粉店，门铃却响了起来。

竟然是那个一说话就红脸的小男孩。

"你来得正好,你们今天的米粉怎么没有酸豆角?还放了醋,我订餐的时候说过不许放醋的……"

"这,这……"小男孩结巴着说不出话来。

"好了,回去吧。"我不耐烦地对他摆摆手,示意他可以走了。

"小姐,我……"

小男孩的脸涨得通红,不停地用手抹脸上的汗水,急欲说些什么却为难地看着我,这让我产生了怜悯之情,方才想起来人家来找我一定是有事。

"你刚才给我的钱是假的,这……"他把手中的一百元钞票递给我。

"假的?这怎么可能?谁能证明这是我给你的钱?上面没有写啊,小朋友。"我的脑袋都大了,比杜拉斯还杜拉斯的突然转换,这钱我明明是从楼下的取钞机里取出来的,怎么可能有假?真是莫名其妙,年纪轻轻也来这一套。

"这……我……"

"其实我也不想来找你,他们说你是一个善良的人,我担心你也是被骗了,所以……这钱真的是你给我的那张。"男孩一口气把话说完,没等我反应过来就把钱塞到我手中,转身跑了。

这下轮到我犯糊涂了,这哪门子跟哪门子啊?

我的智商绝对不低,可是对于分辨假币却把我给难住了,从来没有人教过我,自己也没有意识到这竟然也是需要掌握的技巧。

5

我开始诅咒王小贤,这个家伙已经消失三个多月了,竟然再也没有给我打过电话。不需要他的时候像个跟屁虫,需要他的时候却怎么也找不到,我一直认为我们之间的关系只是需要与被需要,而跟感情完全没关系。我从来不会去考证他是不是真的像他说的那样爱我。我只爱过一个人,那就是念熙,永远不会是王小贤。

手机里还存储着王小贤的电话号码,显然他不会想到我这个时候会给他打电话,他似乎刚刚睡醒:"拉拉,你找我?"我似乎看到王小贤的喉咙动了一下。

"在哪儿泡妞呢?"和王小贤我永远都是这样一副恬不知耻的玩笑开场白,所以我们之间只能定位为哥们儿或者朋友,可是在相当长的一段时间里,王小贤却一直想把我发展成为他的老婆。

"拉拉,你又来了,遇到困难了吧?电脑出故障了?"王小贤是搞IT的,我天天用电脑却是个名副其实的电脑盲,除了会打字和上网聊天,对于它的功能一无所知,偏偏这电脑生得娇贵,动不动就感染病毒,认识王小贤也是因为电脑出故障,在电脑修理店里,我差点没砸了人家的店,王小贤站在一边嘿嘿笑,最后那家伙自称可以帮我免费维修电脑。

反正我也乐得有人帮忙,管他什么人,二话不说就把王小贤带到家中,王小贤也不含糊,三下两下就把电脑弄好了,还递上来一张名片,说以后电脑的事就交给他了。

那家伙黑黑瘦瘦的，傻帽儿一个，却是个 IT 工程师，不过不管他是谁，只要能救我的电脑就行。

为了表示感谢，我把王小贤带到漓江又一轩，我自己要了一碗桂林米粉，然后问坐着一副死猪不怕开烫水烫嬉皮笑脸的王小贤要来点什么。

"随便吧，反正我又不喜欢吃米粉。"王小贤朝我摆摆手。随便？

"服务员，给这位先生来点随便。"我朝服务员喊道。傍晚的米粉店顾客很多，都莫名其妙地朝我们这边看，王小贤瞪大眼睛看我。

"服务员说了这里没有随便卖，怎么办？"我的米粉上来了，我漫不经心地用筷子挑着米粉朝他笑。

"要不，我等你吃完吧，然后带你去麦当劳，怎样？"王小贤显然不买我的账，笑嘻嘻地坐在我对面，还一副大悟大彻的样子说，"你要么刚失恋，要么就是刚被男人抛弃。"

王小贤的声音很大，故意的，这下是所有的人都朝我看，我恶狠狠地踢了他一脚，站起来提起包就走。

"小姐，你的米粉没吃完呢！"王小贤在后面喊。

"我不吃了，送给你。"我头也不回地回答他。

"你没买单呢！"

已经走到门口的我回过头，王小贤正一边冲着我扮鬼脸，一边在掏出钱包。

"走吧，我请你吃麦当劳好不好？不就是失恋吗？谁怕谁呀！"王小贤快步跟上来拉起我的手就向附近的麦当劳走去。

我和王小贤的第一个回合就这样不分胜负。用王小贤的话说他总是让我，那有什么？谁让他是男的，而且比我大，更重要的是谁让他惹了我。我们本是两个陌生人，要不是他惹我，我还不想惹他呢。

6

和王小贤认识的第二天黄昏，下了很大的雨，我一直把自己卷缩在房间里闭门不出。在深圳我的朋友很少，几乎没有人来登门，所以王小贤冒雨来到我家时，我愣了半天没想起来他是谁。

"什么？这么快就翻脸不认人了，我王小贤啊。"王小贤已经淋成了落汤鸡，手里拿着一个塑料袋，不知装了什么东西。

"别发呆了，傻妞。王家卫的片子《重庆森林》，你好好看看，反正我是看不懂，想来你应该能看懂就拿来了。"王小贤把袋子扔给我，没等我反应过来就转身走了。

"喂……"我急得在后面大叫，碰到了个奇怪的家伙，谁知道他葫芦里装的是啥子玩意儿。

"别喂喂地叫，我叫王小贤。记住，不要随便把陌生人带回家，不要随便给陌生人开门。"王小贤回过头给我吐了个舌头就消失在雨中了。

晃动的镜头，简单的语言，大段的心理独白。这就是王家卫的电影，那个王小贤冒雨给我送来的《重庆森林》，我咬着薯条卷缩在沙发里两眼不眨地盯着电脑。

"我每天戴着墨镜，穿着雨衣，因为在这个城市里，谁也不知道什么时候下雨，什么时候天晴。"《重庆森林》中的林青霞始终戴着那副夸张的墨镜，独自在城市的躯壳里穿梭……

很晚的时候我坐在电脑前敲着键盘给念熙写信，王小贤打来电话问："拉拉，怎样？"

"什么怎样？"我没好气地问，我讨厌我在给念熙写信时有人打扰，那是我一天中最快乐最私人的生活。

"《重庆森林》啊！你没看啊？"我似乎可以看到王小贤一副失望的样子，心里暗暗得意。

"看了，没多大意思，亏你拿这样的片子骗小孩子。"我左手握着电话，右手在打字。

"拉拉，你们是同类，哦，本是同根生，相煎何太急？"王小贤的声音通过电波传来时我恨不得把他揍一顿。

"谁跟谁同类，那你的同类是什么？猫还是老鼠？"我懒得和王小贤理论，急着要挂断电话。要知道他可是打我的手机，我用的是"动感地带"，接电话可不免费。

王小贤却不懂得心疼我的电话费，就着猫和老鼠说了一大堆的废话。虽然说每个人每天说的几乎全是废话，可是王小贤的废话却是在浪费我的电话费的基础上，所以我一急就骂人。

7

关于桂林米粉店外卖员手里的假币，始终是个谜，所以在电话里我跟王小贤说了，我听到王小贤哈哈大笑起来，笑得我莫名其妙，然后觉得自己受到了极大的委屈，不仅仅是一张假币的委屈。

我不知道这个时候王小贤在干些什么，在电话里，他那边的环境越来越吵闹，似乎是在路上走来走去，又似乎挤在公车上，也不对，我问他，他笑嘻嘻地说出门准备泡妞去。

对于王小贤的口无遮拦我已经见怪不怪了，可听起来却还是那么别扭。我一直只把他当成自己的一个普通朋友，所以没有办法去计较这些，虽然我知道王小贤对我有那个意思。

我跟王小贤说话的时候，我已经在看新闻了，这就是为什么我可以几个月不出门的原因，网络就这个好处。当然，网络最大的好处莫过于我可以天天给念熙，也就是念慈的哥哥写信。

网上一条新闻引起了我的注意，据说在广州发现了一种很奇怪的病，病人会持续发高烧，被送到医院，救治的医生已经被感染上了，接着更离谱的是市场上的板蓝根和醋已经脱销，一瓶普通的食醋竟然卖到一百七十五块钱，而且供不应求，接踵而来的各种各样的版本因这个新闻而越来越离谱。

我正想问王小贤有没有看今天的网上新闻时，门铃响了起来。讨厌，这么晚了，该不会是查房的吧？三天两头地来查房，把我的房间溜了一遍后，用一种怪怪的眼神看我，这年头，都以为是"三陪"啊？

我懒得起身开门，管他谁呢，八成是那些不怀好意的人，门铃却响个不停，我跟王小贤说："我挂了，有人敲门。"

"别挂，我要一直和你说话，拉拉。"

"不行啊，不挂也不行了，电话费快没了。"我叫起来，又开始心疼我的电话费。

我起身开了门，却冷不防有人一把将我抱起，手机也落地，我大喊起来：

"王小贤啊，我被抢劫了，快来救我……"

"呵呵!"是王小贤的声音,王小贤在笑。抢劫我的不是别人,恰恰是王小贤,我气得一把推开他,我不喜欢玩这么低级的游戏。

"果真和我想的一样。拉拉,原来你还是最在乎我,是不是?"王小贤厚着脸皮在我额头上吻了一下,我赶紧拿纸巾擦掉他的口水。

"这三个月,你失踪哪儿去了?"我给他倒一杯水。

"给,这是特地拿过来给你的。"王小贤递过一大袋的东西,我拿在手里沉甸甸的。

王小贤送给我的第一份礼物是一个弹簧小人,用一个精致的木盒子装着。我心急,一打开盒子,弹簧小人就飞了出来,差点没把我吓着。从此以后,只要王小贤送礼物给我,我都会叫他主动打开。

王小贤嘿嘿地笑,又从口袋里掏出一个小盒子,是一块翡翠绿的佛像,用一根紫色的绳子系着,放在手心里凉冰冰的。

"忘了告诉你,和你吵完架后我去了趟西藏,然后又转到昆仑山,差点当了和尚。这块玉是庙里的大师送的,能保佑你一生平安。"

王小贤一本正经地边说边把玉戴在我的脖子上,冰凉的感觉贴在身上,三月的雨般。

"拉拉,你真漂亮,你会不会感动了就嫁给我?"王小贤按住我的肩面对着我说。

"得了,别跟我贫嘴,不过呢,要是有一天本小姐真的感动了,也难说。"我得意地笑起来,嫁给王小贤,没想过,也不可能。

王小贤从大的塑胶袋里继续挑出他带来的宝贝：两瓶醋、一瓶维 C、几包不同厂家的板蓝根、一包口罩……

"你打算开药店啊？"这王小贤，才几个月不见，怎么搞起这玩意儿来了？

"非典啊，小姐！你没听说吗？这两瓶醋我花了三百块钱给你买来的，还有这……"王小贤急了。

我没有笑得打起滚来，总是大大咧咧的王小贤竟然也信这个网上谁发布的东西，还三百块钱的两瓶醋，哪根筋搭错了？

"拉拉，不是开玩笑，这瓶醋等会儿你就放到电饭锅上用微火温，让它在房间里慢慢蒸发，可以杀菌，还有一天喝三包板蓝根，维 C 一天三颗，出门记得戴口罩……"王小贤把东西一一分类放好，我则笑得上气接不住下气，八成王小贤真的有点神经错乱了。

我把手贴在王小贤的额头："没发烧啊，你干吗神经兮兮的。再说了，万一真的如同网上说的那么恐怖，那又不是我拉拉一个人，深圳上百万人口，怎么说也轮不到我嘛。"

王小贤想说服我，最后他越说我越糊涂，我越糊涂他越急，最后他自己到厨房里把一瓶醋倒在电饭锅上煮，我的房间被熏得一股浓浓的酸醋味，我大叫："细菌没死拉拉就先死了。"

"拉拉，不许你再说这样的话，你活得好好的，不许你说死。"王小贤把我的手拉得生疼。

我没有太多地和他争执，有时候我懒得与任何人计较，当然，我不会太多地与王小贤计较这一切。再怎么说人家也是为我好，而且最主要的是我已经习惯了让自己与世界无关，与任何人无关，习惯了接受爱与不爱，习惯了一个人的消失和出现，习惯了所有的一切，我也知道这不好，如果把这所有的一切都当作一种习惯，自己会慢慢地失去激情，失去热情。

8

我时常问自己，我自己的热情是否还有。我曾是一个范思哲服装专卖店的老板，专卖店就开在华强北，做了两年，赚了一点钱后转出去了，然后与朋友合伙开了个美容院，钱呢倒是赚了点，自己却懒得去经营，干脆全权交给朋友，自己把自己关在屋子里闭门不出。

就在王小贤提着醋和板蓝根来看我的那天晚上，念慈从广州给我打来电话千嘱咐万嘱咐我要小心，非典来了。午夜，我打开邮箱，在美国加州的念熙给我发来邮件也提到非典，这下我真的相信了真有一种叫作"非典"的东西。

第二天我没有叫外卖，我始终不会认假币，一个上午的我就坐在沙发里研究那张被外卖员称是假币的百元大钞票，这看起来一模一样的钱怎么可能是假的呢？

中午的时候，桂林米粉店的小男孩却意外出现，不过这次他不是给我送酸辣粉来，而是送来了一盒凉拌黄瓜。

"现在闹非典，多吃点醋，这是送你的。"小男孩解释道，然后没等我说话就一溜烟地跑了。

又是醋？这帮人都神经兮兮了，天下没大乱，自己已经全乱套了。

中午我就着米粉店送的凉拌黄瓜泡了一包方便面，然后给念熙写信。

9

我在加盟范思哲服装专卖店之前,是蛇口一家电子厂的流水线工人,那是我第一次离开家到深圳打工。高中毕业后考上了一所三流大学,家里无钱供我上学。我妈说妮子,认命吧。我没让我妈为难。我是老大,下面还有三个妹妹读书。拿到录取通知书那天,我爸放了一串长长的鞭炮。我则把自己关在屋子里收拾行李,我已经在县城的一个职业介绍所报名了,明天一大早就要被送到深圳打工。

在蛇口打工那会儿,和一大帮的打工妹,每天穿着印有厂子名字的蓝色的工衣上下班、逛超市、逛公园,厂里实行的是三班倒,生活毫无规律可言,一个班倒下来最累的是倒时差,刚调好又换班了。可是那会儿年轻,没有太多的想法,只想着赚多一点的钱,然后回家,压根没有想到回家又能干些什么,也没有想过自己会留在深圳很久。

几年以前,我不过十七岁,十七岁,是一枝含苞欲放的花蕾,走到哪儿都特引人注目,厂里有一男孩给我起了个名字"一枝花",于是久而久之我的真名被大伙儿忘了,就连每天开早会我们车间主任点名时也从来不叫我的真名,而是直呼"一枝花"。七年过后,我已经不再是十七八岁的一枝花。

追我的男孩挺多,我每天都可以收到一堆的情书。那时我已经喜欢上了文字,下班的时间一般都看书或者写些风花雪月的故事骗点稿费给我妹寄回去做生活费,到深圳后我三个还在读书的妹妹的所有学费生活费基本上全依靠我了。我自己基本上没有零花钱，要想有零花钱只有不停地写作，如果运气好可以得到微薄的稿酬。

二十世纪九十年代末，炒股已经不再是什么稀罕事，而且牛市已经走下坡，但是炒股的热情却还没有消失，同一车间的同事百分之八十在炒，当然不少是被套牢了，没有办法的选择。

我也开始偷偷学着炒股，竟然赚了一点点钱，尝到甜头后开始算计着自己的工资和稿费，除了给妹妹足够的学费和生活费，我一分分地把钱投入到股市中，也许上天总是有公平的时候，竟然一次也没有让我套牢过，而且还赚了一笔小钱。

10

二妹大学毕业后在一家外企当白领，我也终于从家庭的重担中解放了出来，凭着这几年存蓄的钱和炒股的钱再加上二妹的支援，我在华强北租了个店面专卖范思哲服装。

服装店的生意刚开始时并没有想象中那么好，买范思哲衣服的女子大多是回头客。我每天守在店里，隔着玻璃门看着来来往往的人，感慨万分，在电子厂打工，我的青春最美好的年华已经逝去，包括我的爱情。

我听从了朋友的劝告，在做服装生意时自学了形象设计，免费为一些女孩设计，却没有想到竟然可以一炮走红。当然，我的目的是为了把自己的服装推销出去，越来越多的女子找上门的时候，我的服装生意也越来越好了。

11

认识念熙是因为念慈，在我和念慈多年的交往中，念熙的形象已经越来越清晰，却不曾想到有一天会遇到念熙。

秋天的午后，服装店里只有一个挑选范思哲裙子的女人，那个女人经常到我的店里来，却始终没有买衣服。我抱着一本张爱玲的小说坐着，把音响调到最轻柔，心里想着去年的一些事。

去年中秋，我还在流水线，和男朋友大吵了一架后分道扬镳，我以为他会回来找我道歉，然后和好，却没想到从此再也没有他的音信，直到后来我离开了电子厂，也没有见过他。我已经想不起来争吵的原因，或者说根本就无法解释恋人之间的争吵。后来，念慈对我说："拉拉，一定是你们之间已经酝酿很久的阴谋，只是它潜伏在你们的内心，表层因为各种各样的原因已经把它覆盖住，你们自己已经被麻痹了，可是终有一天会爆发。"

"爱情是不需要解释的，哪怕是误会。"念慈说。

我始终不明白的是念慈这么漂亮聪明的女孩子却一直没有找男朋友。我没有问她为什么。这是一个愚蠢的问题。爱情是一种缘分，而且念慈对爱情的理解远远超过我。

那女子还在挑选着衣服，拿着衣服对着镜子不停地照着，其实我知道我的店里有一件新上市的黑色范思哲连衣裙很适合她，却懒得开口，这不是我的风格，我知道。

12

　　玻璃门再次被推开的时候,午后的残阳透着玻璃门直射进来,在眼前晃了一晃,我的眼睛为之一亮,一个陌生的男子手提着黑色的小皮箱朝店里看了看,我下意识地看那女子,是她的什么人吧,等久了,自己找过来了?

　　那女子正在专注地看着镜子中的自己,她手里拿着一件粉红的连衣裙,这样颜色的裙子与她的皮肤极不相称,我却没有说,只是默默地看着。

　　"你就是拉拉吗?"男人径直地向我走来,他站在我的面前时,把散漫进来的阳光都挡住了。

　　我斜着双眼看他,当然这并不表明我对人的不尊重,而是我有点近视,因为爱美远离了眼镜,也开始了朦胧的美丽人生。

　　似曾相识,清晰的轮廓,高鼻梁,漂亮的眼睛,好像在哪儿见过,可是我真的没有一点儿印象了,我努力地搜索我能想到的人。

　　"我们在哪儿见过,对吧?"我不敢确认他是否是我曾经的同学,有些同学毕业后再也没有见过,几年十几年的变化,难说。

　　"我们?在哪儿见过?你是说你见过我?"他朗朗地笑起来,笑得一脸的明媚和骄傲。

　　我莫名其妙地看着他,这有什么好笑的?既然知道我的名字,还知道这是我的店,有没有搞错,难道有人要搞恶作剧?我这人从来就是往坏的方面想,这是王小贤说的,王小贤的话不能当作真理，有时候还是公平的。

　　鬼才知道，那个试衣服的年轻女子那天怎么突然就下起决心要买那件粉红色的连衣裙了，在我正想不出他笑的理由时，她竟然没有提出让我打折，从提包里拿出一叠钞票买下了那件衣服。

　　钱真是好东西，可是那天女孩给我的钱里却夹有一张一百元的假币，而且竟然还是在一叠钞票的最上面，我自己倒没有感觉到，自己乐颠颠的时候，男人站在一旁说小心假币。

　　我白了他一眼，他从我手中抽出最上面那张说这肯定是假的，还列举了许多的理由。我有一个从夜市花了二十三块钱买回来的验钞机，就放在桌子的抽屉里，只是我从来没有用过。

　　我急着就去翻抽屉拿出验钞机，结果让我目瞪口呆。

　　"别着急，不就一百块钱嘛，当作学费。"男人嘿嘿地笑。

　　反正还有的赚，我在心里盘算着那件衣服扣去一百元的假币我还赚了多少，懒得理陌生男人。

　　"哎，你怎么不问问我怎么知道你的名字？"他显然是累了，找了个供顾客休息的椅子坐下，问我。

　　"我干吗要问你啊？如果你不想说的话，况且我的店门就写着嘛，谁知道你是什么人？你不会还问我你干吗不问找拉拉有什么事？告诉你，一般这个时候到我的店里的都是买衣服，要不要帮忙推荐一下？"我把钱锁到抽屉里，也坐了下来，手里依然还捧着我的书。

　　"厉害，怪不得念慈常在我面前提起你，果真如此。"男人笑起来的时候，我恍然大悟，怪不得面熟呢，和念慈一样长着一对浅浅的酒窝，还有那双迷人的眼睛，长得那么像。

"念熙？你是念慈的哥哥？"我大叫起来，然后掩口而笑，我总是在最关键的时候失去淑女风度，罢了罢了，反正再怎样我还是这个模样，看起来斯斯文文，骨子里却野得很。

"你真聪明，你看我一点就透了。"他站起来，在我的小店里四处看了看，然后眼睛定在那件刚进货回来的黑色连衣裙上，黑得炫耀的吊带连衣裙，别致的领子，两根带子系在脖子上，多少令人想入非非。

"这件多少钱？"他指着裙子问。

"怎么，你要买？"我第一次有种惊慌失措的错乱，渴望着有生意，却害怕有人真的很快把它买下。昨天晚上我试着它站在穿衣镜前旋转了一个小时也不舍得换下，它太美了。

"咦，不舍得吗？没见过这样做生意的。"他把裙子取下来，温柔地抚摸着，如同抚摸的不是一件范思哲，而是情人的肌肤，我的脸莫名地红了起来。可是很快，做生意的笑容又灿烂在脸上。

"给你老婆买啊，可以啊，看在念慈的分上，给你打九点五折吧。新款上市，昨天刚拿回来的，你可真有眼光。"我随手拿起桌上的计算器计算，心里却很不是滋味。没听说过念慈有嫂子，那一定是他的女朋友了，她可真是有福气，有一个爱自己的男人帮买范思哲，我可就没有这份福气了。

"老婆？哦，小丫头，还蛮会说的。"他把我的计算器拿了过去，说是不是太贵了点。

"不贵了，这是范思哲，想买便宜的很多啊，到对面去。"我没好气地把计算器抢了回来，开什么玩笑。

"对面？你诈我啊，丫头。"

对面是一家天天喊跳楼价的服装大排档，天天喊大减价，清仓处理。

"你帮我试试，我看看合不合身。"他看着我的脸，以不容我置疑的口吻对我说。试就试，又不是没试过，我把衣服拿到手里进了试衣间。

我把衣服试好出来的时候，他已经把一叠钞票放在桌上，说："点点吧，拉拉，这衣服我买了，不用你打折。"

我在店里学着走了两步猫步，对他说："合适吗？你先看看，觉得合适再买。以后买这么贵的衣服一定要带上你女朋友一起来，要不然会吃亏的。不过我是拉拉，要是拿回去不合适就拿回来换也行。"

"漂亮，我一眼就看出来这衣服很配你，果真如此。"他没有理会我的话，眼睛一眨也不眨地看着我。

"喂，你这人怎么这样看人？"我不习惯如此怜惜的目光看我，我本能地拒绝。

"谁看你了？我在看衣服。要知道我可是把它买下了，你总不可能让我不看看有没有缺陷吧？"他朝我扮了个鬼脸笑着解释道。

我正要去试衣室把衣服换了，念熙却一把拉住我的手，我差点倒在他的怀里。

"不用换了，拉拉。帮个忙，晚上我有个聚会，你扮演一下我女朋友，行吗？"无论我怎么挣扎，他的手都没有松开。

"你是说叫我陪你去参加一个我也不知道是什么阴谋的聚会，还要穿这件衣服？和你？我们第一次见面啊！"我急红了脸。

"是啊,不可以吗?你害怕我骗了你?或者你不相信我是念熙?"他看了看手表,一副焦急却想不出任何办法的样子。

"可是晚上我还要看店,你……"我开始找各种理由。

"这样吧,我再买一件送给念慈,你帮我挑选,怎样?"他说完就径直走到红色连衣裙前。那是念慈喜欢的颜色,我在心里惊叹,那件衣服穿在念慈的身上会是怎样的美啊?毕竟是亲哥哥,要不然哪能如此有眼光?

13

以前从念慈的口中一次次听到念熙的名字,我总会生出许多的幻想,想不到认识他竟然如此简单。一个对自己的妹妹很细心的男人一定是一个好男人。

他牵起我的手去参加了聚会,他的手是那么温柔,我的心却有种莫名的疼痛。

"执子之手,与子偕老!"我轻轻地吟着。混在深圳多年,那份浪漫早已消失。

"拉拉,怎么了,不开心吗?"他轻轻地问。

"没有啊!"我故作轻松地笑。

那是念熙大学同学的聚会,说是聚会,不如说是为了给他送行,原来他从北京到深圳是为了看看在广州的念慈,然后经过深圳罗湖口岸到香港坐国际航班。我不禁偷偷看身边的人,他拒绝喝红酒之外的酒,也不允许我喝,我不知道念慈有没有告诉他拉拉在有了点钱后就经常泡酒吧,流连于各种各样的美酒和各色各样的人群中不肯回家。

我默默地陪在他的身边，听他们高谈阔论，听他们夸他的女朋友是多么漂亮。从前听到有人赞美自己漂亮时不免洋洋得意，可是那天晚上我却怎么也高兴不起来。很多年后，我想了许久，才明白那是因为我和他之间的差距，一个开服装店糊口的女孩和企业里的精英怎么可以坐在一起？对于自尊心很强的我来说无疑是一件很难受的事情。

我不安地坐着，几乎不敢动我的筷子，他深邃的眼睛看着我，然后给我夹菜，和我说一些话，一些只有我们知道的话，而我们所有共同的话题只有念慈。

从聚餐的中油酒店回华强北，他的朋友开了半个小时的车，我们坐在后座，他指着城市的灯火说："拉拉，深圳挺美，可惜明天我就要走了。"

是啊，深圳挺美，我的鼻子突然酸酸的，十七岁来到深圳后再也没有离开过，哪怕一天。刚开始是没有钱，为了赚钱为了省路费，我没有回过一次家。

好不容易自己开了个店，有了点闲钱却没有时间。店是租来的，一天停业就是白浪费了租金啊，况且租金挺贵的。过年的时候二妹倒是从老家把爸爸妈妈接到广州顺便过来看了我，这么多年不见，我妈都已经老了。

"拉拉，以后我回深圳找你，你会等我吗？"念熙握着我的手看着我，车里开着冷气，我的手冷冰冰的，被他握着找到了温暖的感觉。

透过玻璃窗看着他的脸，我不知道这是否是一个我需要回答的问题，这个男人，念慈的哥哥，仅此而已。

"好啊，不管什么时候，只要我在深圳，欢迎你和念慈到深圳看我。"这是一句客套话,我半笑着。如果可以,我想等一个人,至少有一个期盼,可是我会等吗?等一个怎样的男人?

"拉拉,你很聪明,真的。"他附和着我笑,我却开始想一些事情。

在华强北的人行天桥上,夜晚的风很凉爽。初秋了,我们站着看街市,看桥下来来往往的车流,一个卖花的小女孩纠缠着我们,最后他挑了一朵百合送给我。我拿着百合莫名其妙地说:"不会是假的吧?"

他怔了一怔,显然没有听懂我的意思。

"哦,我是说这百合不会是假的吧?"我解释道。

"哪有那么多假的呢?你不会就收到一次假币就认为所有的一切都是假的吧?"他的眼里满是怜惜,让人有种想抱住的冲动。

那天晚上,在我的那张大大的席梦思上,我们和衣而睡,一夜无语,相安无事,破例地没有早早去开店门,而是精心为他做了一顿午餐。

他站在厨房门口看着我,房间里重复地播放着 Whitney Houston 的《I Have Nothing》:"*Share my life, Take me for what I am. Cause I'll never change, All my colors for you. Take my love, I'll never ask for too much, Just all that you are, And everything that you do……*"

最后送他到罗湖口岸的时候,他突然一把抱住我,在我额头上留下了一个长长的吻,然后拿出一支笔在我的手心写下了电子邮箱。

"拉拉,我到加州四年,你等我回来,这是我的邮箱地址,我会给你打电话,相信我。"他松开我,然后头也不回地进关,我默默地站在原地看着他的背影,左手上留着他给我的唯一的联系方式。

从罗湖口岸回来,我精神恍惚着,感觉自己大病一场般,去店里开门的时候几乎要倒下,我们认识不到二十四个小时,分别不到一个小时,我却开始想他,想一个人的疼痛在心里,无法释怀。

他果真没有食言,一到加州就给我打了电话。如果说在几十个小时之前我们算是陌生人,那么,在他打来的第一个电话时,我自己都无法想象得出来,我们竟然已经一副老相识的模样了。

14

和念熙的相识及后来的通信通话,我一直没有跟念慈提过,我不知道他是否曾对她说起过,念慈还是和从前一样快乐,给我打电话,双休抽空到深圳看看我,聊一些工作生活上的事情。当然,聊得最多的是念熙,往往是她说我听,从前是,现在也是。

我始终不明白为什么我没有跟她提起过我和念熙一直在网上通信,每天一封,我熟悉他所有在国外的生活,知道他生活里的每一个细节,这一切都不是念慈可以告诉我的。

当然,在跟念熙的交往里我会偶尔说起念慈,却不是很多,后来,我们就几乎很少再谈到念慈了,虽然她就一直生活在我们中间,他的妹妹,我的朋友,可是我们已经有了更多的话题,或者说我们在刻意地淡忘念慈,没有理由的。

我不再做范思哲的生意,和朋友合伙开了个美容院,美容院的生意远比范思哲好得多了。可是我却越来越多地想一个人安静地做一些自己喜欢的事情,比如说写作,我很欣赏自己的文笔,这一切多亏了念熙,我们每天的通信竟然可以练就了我的文笔,不知不觉中我内心对文字的执迷和热爱已经占据了我的整个头脑。

其间有不少男孩子追我,我没有对念熙说。我想再笨的人也可以想象得出来,一个漂亮的女孩在深圳不可能没有人追。念熙给我的爱情带着绝望,是一种可以感受得到却无法触摸的绝望,我时常哭泣,在午夜的时候,抽许多的万宝路,喝许多的酒。

我开始和一个有钱的男人约会,我已经不需要爱情,爱情时常让我绝望,在深南大道,我和有钱的男人并肩走着,却始终不肯让他牵我的手。

漫长寂寞的夜晚,我给念熙写信,发送成功后,等待使我一阵阵地落寞,孤独感从四面八方袭击着我的灵魂。

下雨的冬夜,我和有钱男人从布莱梅吃饭回来,他开车送我,我固执着把自己扔在后座抚着玻璃窗看雨中的城市。我已经不小了,二十五了,我妈在电话里已经为我的个人生活焦急不安。

那天晚上,他把我送到家门口,我从袋子里拿钥匙开门,兴许是喝了酒,我的头晕乎乎的,钥匙总是插不到孔里,我刚搬了家。

男人帮我开了门,然后不由分说地把我拥进了房间,把门悄悄地合上。他吻着我的唇，可以让女人沉醉的吻，多少次在梦中念熙也这样吻过我，在他的手不安地伸进我的胸口时，一阵疼痛尖锐地从心里漫长。我几乎是歇斯底里般尖叫了起来，然后用双手抱住自己的头坐在地上哭泣。

男人站在我家看了我许久，一句话也不说打开门走了。那天晚上我没有给念熙写信，坐在地上流了一个晚上的泪水。

我始终不知道我需要的是些什么？爱情、房子、钱还是男人？

15

我不再去美容院上班，一个人跑到贵州黄果树瀑布玩了一个星期，然后跑到广州参加我二妹的婚礼，我二妹比我小一岁，在二十五岁前把自己嫁掉了。

"姐，对不起，我比你先嫁了。"我妹抱着我哭，我哽咽着却没有说话。在我们老家是不允许小的比大的先成家的，这叫作大逆不道，所以我妹一直觉得愧疚于我。

念慈把我从我妹的婚礼上接回到了她的小屋，我抽着万宝路，念慈惊讶地看着我，她一直不知道我已经离不开这层烟雾，离不开淡淡的烟草味。

念慈穿着念熙从我那里买给她的范思哲，红色的，念慈一直扮演着一个乖乖女的形象，那件红色的连衣裙穿在她身上却不显得娇艳，而是清新的美。

我不知道我穿着几年以前得意的黑色连衣裙在别人的眼里会不会更多了一层忧郁，在重大的晚宴上我一直穿着它出场，带上我那冷冷的笑容。不开服装店后我就不再有职业的微笑了。

念慈和我说了一个晚上的话，我却没有心思听，早早地睡着了，第二天就回了深圳。

回到深圳打开电子邮箱，里面塞满了念熙的信，一封封，我读着，却已经没有了那份汹涌的激情，我开始怀疑我们之间的这份情算什么，我没有把信看完就躺在床上又一直睡到天黑才起床，起床后第一件事是我要开始写书。

16

美容店的生意我不再管理，而是全盘交给了朋友，自己认认真真把自己关在屋子里反思了两天后，开始动笔写生平的第一部小说，其实说是小说并不全是，全是我自己的打工经历。

我已经习惯了让自己陷入一个个的绝望，然后挣扎。王小贤目睹着我所有的喜怒哀乐，他一直想对我好，这我知道，我没有拒绝他的好，也没有将我的心扉向他打开，我们始终像在玩捉迷藏，像小时候在院子里和小朋友们一样，你躲我藏，要找的人大声地问，藏好了吗？躲的人亦大声地回答，藏好了。可是却不知道就这一声"藏好了"已经把自己的目标暴露了。

"拉拉，你会嫁给我吗？"王小贤已经不止一次地问我这个无聊的问题，非典像一场噩梦一样笼罩北京城的时候，广播电视网络天天在公布病情趋势图，全国上下一片恐慌，王小贤又再次问了我这个无聊的问题。

"如果我明天得非典，我今天就嫁给你，你说好不好？"我一边用手敲打着键盘一边开玩笑对他说，我始终不相信王小贤在失踪的几个月时间里真的去了西藏，打死我也不相信，可是我却天天戴着他送给我的玉佛。

"不许你胡说，拉拉。"王小贤把一个削好的苹果用刀切成小块，用牙签送到我嘴里堵住我的嘴，只有王小贤才会这样宠我，把我当成一个小女生。

"拉拉，你知不知道你在玩一个危险的游戏？"王小贤指着我电脑上未写完的信，脸上不无掩饰地嘲笑。

我装作听不懂，看不到他脸上的表情，继续发我的呆。

王小贤指的是我和念熙的爱情，我强烈地表示是一份爱情，王小贤却嘲笑说如果是爱情那仅仅是文字爱情，至少在你需要有人陪的时候他不会出现，而只有王小贤我会义无反顾地到你的身边，所以有一天你还是会嫁给我。

我才不屑于王小贤的这种说法。文字爱情又怎样，在深圳你想找一份怎样的爱情才算是爱情啊？王小贤当然不能明白。

我感觉身体不适的时候一个人去看了医生，以为很快就可以出来了，却在医院里被折磨了一整天。那位戴着眼镜的中年医生看了我很久，问了声："你爱人没陪你来吗？"

"没，他上班呢。"我爱人，我自己暗暗发笑，也不问我是不是已经结婚。

"三天后叫你爱人陪你来拿化验结果，记得，一定要你爱人陪着。"医生抬起头嘱咐了一番后眼睛瞟向一位已经等了很久的中年妇女。

晚上躺在床上，乳房隐隐地疼痛，医生只给我开了三天的药，止痛用的，没有说具体的病情。

半夜我又爬了起来，打开电脑，没有念熙的信，倒有念慈给我发来的一张贺卡,竟然还有三天就是中秋了,也就是说医生叫我中秋节去拿检验报告。中秋佳节,团圆的日子。

17

我的小说已经近乎尾声,只是我一直不知道应该怎样来结局,所以一直搁着。

和念熙认识也已经三年多了,他临走的时候说:"拉拉,我到加州四年,你等我回来,这是我的邮箱地址,我会给你打电话,相信我。"

这么多年了,这一句话一直铭记在心里头。

我在等念熙吗?也许是,也许并不是,我们仅仅一面之交,如果不是在等他,我为什么总是忘不了他,总是与他保持着书信往来?在寂寞的时候,我的周围不乏男人,可是他们都不是我想要的,我已经深深地把一个理想中的男人种植在自己的头脑里。

所以我孤独和寂寞,哪怕王小贤一天到晚不停地纠缠着我,给我讲笑话,这一切都不能使我心中那份孤独感驱逐出身体里。

中秋节我没有去拿化验单,反正这病痛也不是一天两天的了。

中秋节,念慈从广州过来和我共度中秋,中秋节前一天王小贤就已经给我买了盒中秋月饼,我没有吃。

那天晚上,王小贤从朋友那儿借了辆车把我和念慈拉到了小梅沙赏月。中秋月夜的小梅沙比以往热闹,不一样的只是咸咸的空气中多了一层甜甜的月饼味道,怎么闻也没有在乡下吃母亲自己做的米饼香,我轻轻叹了口气。

"拉拉,游泳吧?"王小贤一脸讨好地对我说。

我摇头。我已经很久没有游泳了,况且这么晚了,海水是冰凉的,我的身体已经不再像从前那么好。

"你要游泳吗,念慈?"

"不,我哥快回来了,总不能让他看到我一脸黑吧?"念慈还是那么漂亮和无忧无虑,惹人怜爱,她乐呵呵地摇头。

念慈说什么?念熙要回来了?他怎么没有告诉我呢?

"哎,拉拉,我结婚,你做我伴娘好不好?"念慈兴奋地扯过我的手盯着我问。

"死丫头,怎么没听你说过你有男朋友?还对我保密啊?"我用手拍拍她的小脸,会是谁有这么大的福气能娶到她?

王小贤自己下海游了一圈,此时正抱着浪花朝我们挥手,我给他一个飞吻,继续和念慈说悄悄话。

"王小贤人挺好,对你一片痴情,拉拉,你还没下决心?"念慈看着王小贤笑着问我。

"别说王小贤,先说说你吧,你的新郎是谁?"这个念慈,竟然埋得那么深,一点也不向我透露。

"我哥念熙!"念慈满脸的柔情,一双眼睛瞟向了大海,我的心为之一颤,整个人从头到脚一阵发冷,海的对面是加州?

沉默。

我努力地控制自己的窘态,我对念慈说:"我下水陪王小贤游一圈去,你在这儿看着。"

我迫不及待地把自己扔到海里,如果海水可以淹没我,如果大海能够带走我所有的爱,如果大海可以带走我所有的忧愁,我宁可再也不要回到岸上，可是对于一个会游泳的人来说这是一件多么困难的事情啊！

我在想念念慈的话，念熙念慈，一对兄妹，一个是我的朋友，一个是我等了四年的情人，这怎么一回事？我始终无法理清这些纷杂的思绪。

脸上是泪。我一个人泡在海水里，我没有去找王小贤，周围是陌生的人们，穿着各式各样的泳衣，隔着海水肌肤相亲。

"拉拉，我带你游。"王小贤不知从哪儿冒了出来，一把抓住我的手向前方游去，离沙滩越远人也越少，我任凭他带我游出去。

"拉拉，你看，月亮挂在头上看着我们呢。"王小贤故作聪明地对我说，我没有抬头，我的眼里含着泪水，好在是夜晚，没有人能觉察得出来。

"你的手好冰，拉拉，不开心吗？"王小贤简直是无话找话，中秋的夜，海水是如此冰凉，泡在水里能不冰吗？

可我没有理会他，默默地看了他一会儿。这个男人，与我素不相识，只因为我的电脑出了故障然后自告奋勇地帮忙解决，却从此开始取悦于我。

"你说，一个女人赤着脚走在一条布满碎玻璃的路上，会怎样呢？"我拍打着浪花问王小贤，这样的问题并不代表什么的，我想。

"拉拉，你不要总是想一些痛苦的问题，你不是，你应该有自己的快乐，自己的生活，你傻瓜啊你！"每每这样的问题说出口，王小贤就心痛地看着我的脸，企图从中得到答案，可是回应他的只有我一脸的迷茫和淡漠。

夜很深了，王小贤拉着我的手往沙滩上游，游到沙滩上时，我用脚在沙滩上写字，一直不停地写着"拉拉、拉拉……"然后泪水滴滴答答地点落在沙滩的字迹上，可是很快海浪汹涌而来，刚写的字马上就被抹平，干干净净，没有留下任何痕迹，只有脸上的泪水和着海水黏糊糊地混在一起。

王小贤看着我不停地写，看着我泪流满面，然后我抬起头说："我们结婚吧！"

我没有丝毫的激动，我的话没有往日里与王小贤抬杠般的夸张。

"不，拉拉，你心里想着另一个男人，我不会跟你结婚，我要等到你真正爱上我的那一天。拉拉，我要你生活快乐点，而不是现在这般！"王小贤上前抱住我的肩，一层浪花又汹涌而来，涨潮了，海水已经淹到我的肚脐眼。

我倒在海水里，然后不顾一切地往外游。涨潮了，真好，海浪很大，我不是一条鱼，鱼儿在水里飞翔，我不是，我是一个孤独的女人，一个没有人爱的女人，一个谁也不爱的女人。

王小贤紧随我后面，大声地说："拉拉，回来，你疯了你？"

王小贤拉住我的手时，我的乳房又开始隐隐地疼痛，还伴随着一阵恶心。明天得到医院拿检查结果，我提醒着自己，泪水又流了下来。

念慈打着伞一直坐在沙滩上。晚上的雨露很大，雨伞已经潮湿，有雨露顺着伞滴落下来，见到我们回来，念慈脸上露出快乐的笑容，似乎我们已经离开了很久。我现在不愿意看她的眼睛，仅仅一瞬间就让我陌生的距离，刺痛了我。

"拉拉，我哥刚才给我来电话说再过几天就回来了。拉拉，你们一定会成为好朋友的,到时我介绍你认识认识好吗?"念慈拉着我的手欢快地说。我心里头一阵阵发酸,却笑着附和。

这个念慈,总是这样,以为自己喜欢的别人一定也喜欢。

18

十五的月亮十六圆。早上送走念慈后,我把自己关在屋里闭门不出,王小贤给我打来了三个电话也没有接。我打开邮箱,只有念熙的信,念熙没有提到他要回国,我也没有问,我不知道我们的故事是否还能继续。我把网线拔了,然后又插上。

下午,我一个人去了医院。我不知道迎接我的又将是什么,生命总是与我开各种各样的玩笑,我的脑海里乱糟糟的,关于我、王小贤、念慈和念熙,所有的一切的一切。

"你爱人呢?"女医生冷冰冰地问道。

"我没有爱人,就我一个人。"我没有看医生,眼睛盯着她手中的检验单,医生的笔迹总是让病人无法看懂。

女医生看了我一会儿,犹豫了片刻后说:"那我就跟你说了吧,你要有心理准备。"

我愣愣地盯着她,乳房又开始发疼,手心里已经全是汗水。

医生顿了一会儿,说道:"经过专家会诊,确定你患的是乳癌,不过你也不要紧张,我们会尽力为你治疗的。"

我的头一阵眩晕,这怎么可能?乳癌?不可能,我这么年轻,怎么可能呢?

"尽快做切除手术,这样还可以挽回你的命!"医生的话冰冷。

"不，我不。"我的泪已经汹涌而下。

"这是目前唯一的办法，你好好冷静地思考，越快越好，不能再拖了，再拖太晚了谁也无能为力。"

……

我不记得后来医生又跟我说了些什么，我离开了医院，女医生的话语却久久地在耳边回荡："乳癌，要尽快切除！"

我已经一整天不吃不喝了，我知道即使我这样躺着不再吃喝，也不会有人知道。不会有人知道，这也曾是一个多么渴望爱渴望生命的女人。

我给妈妈打了个电话，我妈显然没有从我沙哑的声音里听出哪儿不对劲，我妈兴致勃勃地跟我说了一堆琐事，我妈说："大妮啊，你妹有喜了。"

我的泪又流了下来，赶紧挂了电话。

我想给谁打个电话，比如说王小贤，可是电话拨到最后一位数时我犹豫了，王小贤算是我的什么人，这个时候我能对他说些什么呢？

我想给念慈打个电话，可是永远也不会让她知道这一切。

我想给念熙打个电话或者发个邮件，可是我不知道这有没有意义。

最后，我给漓江又一轩打了个电话，叫了个外卖，还是桂林米粉。

送外卖的已是一个干练的女孩，我问她："那个男孩呢？"

"他呀？早就跳槽了，我来的第二天就走了。我是新来的，你叫我小丽好了。以后麻烦你多关照！"女孩看起来就是那种能说会道的人，每一句话都甜甜的，我笑笑。

那一碗桂林米粉,我吃了整整两个小时。

那天晚上,我没有熬夜,也没有再给念熙写哪怕是片言只语,倒是他给我打了个国际长途,他说:"拉拉,再过几天我给你一个惊喜,好吗?"

我笑着说:"好啊。"眼里却已经流出两串清莹的泪水。

我开始对王小贤好,不再和他吵架,也不再和他抬杠,甚至自己亲手下厨给他煮晚餐,王小贤像看陌生人般看着我,企图从我脸上看出点什么。

"拉拉,你真的想嫁给我吗?"

"没有,我去当尼姑,你说好不好?"我对着烛光晚餐的烛火轻轻地叹了口气。

"那我去当和尚吧,你说呢?"

"好啊,可是做和尚是不能吃白切鸡的。"我笑着指指为他做的白切鸡,那是他的最爱。

"呵呵,那去当尼姑你以为可以吃鱼啊?"王小贤一脸的坏笑,我也笑了。

19

念熙给我打电话时他已经回到香港,再过两个小时就入关了,他说:"拉拉,我回来了。"

我对着镜子给自己抹了点口红,我发现自己的脸色是如此苍白,我犹豫着要不要抹一层胭脂,然后心疼地抱住我的乳房。

把念熙接回到家的时候,他一把抱住我在屋子里转起来,直到我讨饶,他才停下,他说:"拉拉,你真的等我吗?"

"是，我一直等你。"我闭上眼睛，女医生的话语又在耳边飘荡。

"拉拉，谢谢你，我一直盼着能早点回来，我们结婚好吗？"念熙吻着我的唇，我整个身体都在颤抖。

"可是，念慈呢？"我看着他，他的眼睛暗了下去，然后是长久的沉默，这样的沉默让我快要窒息。

我从抽屉里取出万宝路给自己点上，我喜欢那种烟雾，还有淡淡的烟草味，在这样的烟雾和味道里，我可以让自己没有太多的烦恼。

"拉拉，你怎么抽烟？女孩子不要……"念熙抢过我手中的烟。

我一言不发，抢回被他拿走的烟，说："我不是念慈，念慈才是乖乖女，知道吗？你不该到我这儿，也不该认识我。"我用我的方式把对他四年的思念全还给了他。

"拉拉，对不起，你一定受了很多的委屈，对吗？不要怕，我回来了，我说过要你等我的。"念熙把我搂在怀里。我的乳房又疼了，钻心地疼。

20

咖啡屋里，轻柔的音乐。念熙坐在我对面，默默地看着我，我看着杯中的咖啡，我不喜欢咖啡的苦。

"拉拉，你看看我好吗？"念熙握住我的手，低沉的声音，让我无法拒绝。

他的眼睛真漂亮，眉黛里掉进的是我的灵魂，我轻叹，却注定了这样的缘分只是蜻蜓点水，一掠而过。

"我和念慈不是亲兄妹，五岁那年，在村子的草丛里，我捡回来了一个弃婴，她就是念慈。我一直渴望着还有一个妹妹，然后竟然真的捡回了一个妹妹，父母亲一直把她当作亲生女儿，从小我就疼着她，许多人都说我们长得像，特别是眼睛和嘴唇。"

"再后来，念慈长大了，十八岁，我们才告诉了她……"

……

"念慈没有告诉过我，一直没有对我说过，关于她的身世，我不知道……"我真的不知道，我望着念熙，"这是真的吗？"

"拉拉，这不能怪你，也不怪她。"

"我知道念慈的心思，我一直把她当妹妹。对于你们，在我心里是不一样的。拉拉，这是四年前我才知道的事情，四年前我们认识，一个晚上，然后离开，拉拉……"

念熙的眼角泪水湿了，我陪着落泪。四年前，认识了一个晚上就分离，直到四年后才相见，可是这期间会有多少人和事在发生改变？我在心里默默为念熙和念慈祝福，我仿佛看到了他们走上红地毯，红地毯通向幸福。

"我一直想回来陪你，时时想着。拉拉，我相信你我之间的缘分，一眼就看出来了。"念熙抚摸着我的手，我的心又一阵疼，然后是胸口的疼痛。

念熙在深圳陪了我两天，我想我是快乐的。我们就这样安静地坐着，然后吻着彼此，他还吻了我的乳房……

"拉拉，我到广州看看念慈，跟她解释清楚，然后我们结婚，好吗？"念熙把一枚翡翠婚戒戴在我左手无名指上，我朝他点点头。

21

两天后，我收拾打包好所有的行李，把房子退了，一个人提着行李箱到火车站坐车去。妹妹已经帮我联系好了医院，我立即做乳房切除手术，再也不能拖了。

我没有告诉任何一个人，包括王小贤和念慈，我在心里默默地祝福着他们，我的所有联络方式也已经成为一个空白，我不要让任何一个人找到我。

有一天，会有一个已经做了乳房切除手术的女人双手交叉在胸口孤独地行走在街上，谁也不会知道她曾经是那么幸福和快乐，谁也不会想到她已经切除了女人的生命源泉，那个没有乳房的女人叫拉拉。

2004 - 09 - 17